光文社古典新訳文庫

イワン・イリイチの死／クロイツェル・ソナタ

トルストイ

望月哲男訳

kobunsha classics

光文社

Title : СМЕРТЬ ИВАНА ИЛЬИЧА
1886

КРЕЙЦЕРОВА СОНАТА
1889

Author : Л.Н.Толстой

目次

イワン・イリイチの死／クロイツェル・ソナタ

イワン・イリイチの死

1

裁判所の大きな建物の中、メリヴィンスキー事件の審理の休憩時間に、判事団と検事がイワン・エゴーロヴィチ・シェベク判事のオフィスに集まった。

たまたま話題になったのは、有名なクラソフスキー事件である。フョードル・ワシーリエヴィチはむきになって事件が裁判所の管轄外であることを立証しようとし、イワン・エゴーロヴィチのほうも自説を譲ろうとしない。だがピョートル・イワーノヴィチははじめのうち議論に加わらず、いかにも無関心な様子で、届いたばかりの『報知』紙に目を通していた。

「諸君」彼は言った。「イワン・イリイチ氏が亡くなったよ」

「本当かい？」

「ほら、読んでみたまえ」そう言いながら彼はフョードル・ワシーリエヴィチに真新しい、まだインクのにおいのする新聞を差し出した。

見ると黒枠で囲った記事にこうあった。


最愛の夫、控訴院[1]判事イワン・イリイチ・ゴロヴィーン儀、本一八八二年二月四日永眠いたしましたこと、衷心よりの哀悼の念をもって、親戚ならびに生前ご交誼いただいた皆様にご通知申しあげます。告別式は金曜日午後一時より。

プラスコーヴィヤ・フョードロヴナ・ゴロヴィナー

イワン・イリイチはここに集まった人々の同僚であり、皆に愛されていた。病みついたのはもう何週間も前で、どうやら不治の病といわれていた。療養中も職場のポストは保証されていたが、仮にもしものことがあった場合には、おそらくアレクセーエフが彼の後任となり、アレクセーエフの後釜にヴィンニコフかシュターベリが座るだろうという目算はついていた。

だからイワン・イリイチの死の知らせを聞いたとき、このオフィスに集まっていた紳士一人ひとりの頭にまず浮かんだのは、この人物の死が自分自身もしくは知人たちの異動や昇進にどんな意味を持つかということであった。

「今度こそきっとシュターベリかヴィンニコフのポストがもらえるだろう」フョードル・ワシーリエヴィチはそう思った。「もう以前から俺に約束されていた地位だからな。さて昇進となると、諸手当は別として年八百ルーブリの増俸だ」

「これはひとつ女房の弟を、カルーガから転任させてもらえるように頼まなくては」ピョートル・イワーノヴィチは考えた。「女房のやつ大喜びするだろう。これからはもう僕も、女房の親族のために何ひとつしていないなんて、責められなくてすむわけだ」

「どうもそんな気がしていたんだよ、あの人はもう二度と起き上がれまいとね」ピョートル・イワーノヴィチは声に出してそう言った。「お気の毒なことに」

「で、そもそもどんな病気だったんだね？」

「医者たちも診断が下せなかったのさ。いや診断するにはしたんだが、一人ひとり見立てが違っていたんだ。最後に見舞ったときには、回復しそうに見えたけれどね」

1　地方裁判所の判決に対する上訴を扱う裁判所で、いくつかの県・州を管轄していた。

「僕のほうは結局、祭日からこっち見舞いに行かずじまいだった。行こう行こうと思っていたんだが」

「それで、あの人は資産があったのかね」

「どうやらほんの小さな資産があって、それも奥方のものらしい。ごくわずかなもののようだ」

「まあとにかく、お悔やみに行かなくては。あの人の家は、またひどく遠いところだったね」

「君の家から遠いのさ。君の家からだと、どこへ行くのも遠いからね」

「ほらまた、僕が川向こうに住んでいるのがどうにも気に食わないってわけだ」シェベクに笑顔を向けながらピョートル・イワーノヴィチは言った。そこで一同は、町のどこからどこまでが遠いとか近いとかいう話にひとしきり花を咲かせ、その後、法廷へと戻って行った。

こうして各人は、同僚の死にともなって生じるであろう異動や栄転に関する憶測をたくましくしたのだが、それとは別に、身近な知人の死という事実そのものが、それを知ったすべての人の心に、例の喜びの感情をもたらしたのだった。死んだのが他の者であって自分ではなかったという喜びを。

「いやはやあの人もご臨終か。でも俺はこうして生きているぞ」銘々そんなふうに考えたり感じたりしていたのである。

イワン・イリイチと親交のあった、いわゆる故人の友人たちは、またおのずとこんなことも頭に浮かべていた。つまりこれから退屈極まりない礼儀上の務めを果たすために、追悼の祈禱に出かけ、未亡人のところへ弔問に行かなくては、と。

そして誰よりも故人と親しかったのが、フョードル・ワシーリエヴィチとピョートル・イワーノヴィチであった。

ピョートル・イワーノヴィチは法律学校の同級であり、イワン・イリイチに義理を感じていたのだった。

昼食のとき妻にイワン・イリイチの訃報を伝え、義弟をこちらの管区へ転勤させてやれるかもしれないという見通しを告げると、ピョートル・イワーノヴィチは横になって休みもせずに、燕尾服を着込んでイワン・イリイチの家へ出かけた。

イワン・イリイチの住居がある建物の車寄せには、一台の箱馬車と二台の辻馬車がとまっていた。一階の玄関部屋のコート掛けの脇には、金襴《きんらん》で覆った棺の蓋が壁に立てかけられていた。房飾りが施され、モールは磨き粉で磨かれている。喪服の女性が二人、毛皮コートを脱いでいるところだった。一人はイワン・イリイチの妹で顔見知り、もう一人は知らない女性である。

ピョートル・イワーノヴィチの同僚のシュヴァルツが二階から降りてこようとしていたところだったが、階段の上のほうで入ってきた友人に気づくと、立ち止まってウインクしてみせた。その様子はまるで「イワン・イリイチも段取りが悪いね。僕や君だったらもっとうまくやるのに」とでも言っているようであった。

シュヴァルツは英国風の頬ひげをはやしていて、燕尾服に包まれた痩身が、いつもながらの洗練された厳粛な雰囲気をかもし出していた。普段はひょうきんなシュヴァルツの個性にまるでそぐわないその厳粛さが、この場では独特なチャームポイントになっている——そんなふうにピョートル・イワーノヴィチは思った。

二人の婦人を先へ通すと、ピョートル・イワーノヴィチは後を追ってゆっくりと階段を上っていった。シュヴァルツは降りてこずに、上の段にとどまっている。ピョートル・イワーノヴィチはその理由を察した。どうやら今日はどこでホイスト[2]をやるか、相談しようというのだ。婦人たちは未亡人の部屋に通じる階段のほうへと進んでいったが、シュヴァルツはいかにも深刻そうな顔つきで唇をぎゅっと結びながら、眼にはひょうきんな表情を浮かべて、眉の動きでピョートル・イワーノヴィチに右手の、遺体の安置された部屋を示して見せた。

ピョートル・イワーノヴィチはその部屋に入っていったが、いつもそうであるように、入った先でどう振る舞うべきなのか、よくわかっていなかった。ひとつだけわかっていたのは、こういう場合十字を切っていれば決して間違いないということである。だがその際にお辞儀をする必要があるかどうかという点になると、彼はあまり自信がなくて、それゆえ中間案をとることにした。つまり部屋に入りながら十字を切りはじめると同時に、ちょっとお辞儀めいた動作を付け加えたのである。

それとともに、手と頭の動きが許す範囲で、彼は部屋の中を見回した。故人の甥と思われる青年が二人、一人はまだ中学生だが、十字を切りながら部屋を出て行くところだった。老婆が一人、じっとたたずんでおり、その隣で貴婦人が一人、妙に眉を吊り上げた顔で、なにやら老婆にささやきかけていた。フロックコートをまとった威勢

2　フランス生まれのブリッジ系のカードゲーム。

のいいきびきびとした読経役が、どんな異議も受け付けませんといった風情で、なにやら大声で読誦《どくじゅ》している。

台所番のゲラーシムがピョートル・イワーノヴィチの前を軽やかな足取りで通り過ぎながら、なにやら床に撒いていった。それを見るとただちにピョートル・イワーノヴィチは、腐敗していく死体のかすかな臭いを感じ取った。

最後にイワン・イリイチを見舞ったとき、ピョートル・イワーノヴィチはこの使用人が書斎にいるのを見かけたのだった。彼は付き添い看護人の役割を果たしていて、イワン・イリイチに格別気に入られていたのだ。

ピョートル・イワーノヴィチは棺が置かれて読経役が立っている場所と、聖像《イコン》の並べられた隅のテーブルとの間の方角に向かって、ひたすら十字を切り、軽く頭を下げ続けた。そしてその後、片手で十字を切る動作をあまりにも長く続けすぎたなと思ったところで立ち止まり、死者をしげしげと見つめたのだった。

死者は、死者というものがいつもそうであるように、ひときわ重たげに、いわばいかにも死者然として、固くなった四肢を棺の底敷きに沈めていた。永遠に曲がってしまった首を枕に載せていたが、どんな死者もそうであるように、へこんだこめかみの上部が禿げ上がった黄色っぽい蠟《ろう》のような額と、上唇の上にのしかからんばかりのとがった鼻が、やけに目立っていた。たいそう面変わりがしていて、ピョートル・イワーノヴィチが最後に目にして以来、またひときわ痩せたようだった。だがあらゆる死者の例にたがわず、その顔は生前よりも美しく、そして肝心なことに、より威厳があった。そこには、なすべきことはなしてきた、しかも過《あやま》たずなし遂げた、といった表情が浮かんでいた。おまけにその表情にはさらに、生きている者に対する叱責ないしは警告も含まれていた。その警告は、ピョートル・イワーノヴィチには場違いなもの、もしくは少なくとも自分には無関係なものと感じられた。なぜだか不快感を覚えたピョートル・イワーノヴィチは、もう一度そそくさと十字を切ると、われながら礼を失していると思われるほどの勢いでくるりと後ろを向き、そのままドアへと向かったのだった。

シュヴァルツは通り抜け用の部屋で彼を待っていた。両足を大きく広げて立ち、後ろ手でシルクハットをいじっている。ひょうきん者で身ぎれいで、上品なシュヴァルツの姿を見た途端、ピョートル・イワーノヴィチは気分が晴れ晴れした。思うに、シュヴァルツはこういう事態を超越していて、だから重苦しい雰囲気にも負けないのである。

その姿を一瞥しただけで、以下のメッセージが伝わってきた。――イワン・イリイチの葬儀という突発事も、すでに決まっているわれわれの会合の日程を乱すに足る十分な根拠となるには程遠いものである。すなわちいかなる出来事にも妨害されることなく、今宵もまた快音を放って一組のカードの封が切られ、給仕はわれわれの周囲に四組のまっさらな燭台を並べることだろう。そもそもこの出来事によって、われわれの今宵一晩のお楽しみが妨げられなければならぬと考える根拠は、存在しないのだから――実際に彼はこのとおりのことがらを通りかかったピョートル・イワーノヴィチに耳打ちし、加えて、今夜はフョードル・ワシーリエヴィチの家で勝負があるのでおいでなさいと勧めたのだった。

だがどうやらピョートル・イワーノヴィチは、この晩ホイストをする巡り合わせではなさそうだった。

未亡人となったプラスコーヴィヤ夫人は、背が低くてでっぷりと太っており、いくら隠そうとしても肩から胸へかけての肉付きが目立ってしまう女性であったが、その彼女が全身黒ずくめに黒いレースの頭巾をつけ、ちょうどさっき棺のまん前に立っていた貴婦人と同じように、妙に眉を吊り上げた顔で、他の女性たちに伴われて自室から出てきた。そうしてお客を遺体の安置された部屋の戸口へと案内すると、「ただいまから追悼の祈禱が始まりますのでお通りください」と告げたのだった。

シュヴァルツはあいまいな会釈をしたままその場に立ち止まっていた。未亡人の申し出をはっきりと受け入れるでもなく、かといって断るでもないというポーズである。

プラスコーヴィヤ夫人はピョートル・イワーノヴィチの姿に気づくと、ひとつため息をついて彼のすぐそばまで歩み寄り、その手をとった。「存じておりますわ、あなたは主人の本当の友人でいらしてくださった……」そう言うと彼女は、この言葉にふさわしい反応を待ち受ける表情で、じっとこちらを見つめるのだった。

ピョートル・イワーノヴィチがわきまえているところでは、先ほどの状況で十字を切るのが正解だったのと同じように、この状況では相手の手を握り締めてため息をつき、「ご愁傷さまです」と言うのが正しい態度だった。だから彼はそのとおりにした。そして実行してみると、望むとおりの結果が得られたのが感じられた。つまり彼も感動し、相手も感動したのである。

「祈禱が始まるまで、少し歩きましょう。あなたにちょっとご相談があるの」そう未亡人は言った。「お手をお貸しくださる?」

ピョートル・イワーノヴィチが手を差し出し、二人はシュヴァルツの傍《かたわ》らを通って奥の部屋のほうに向かって歩き始めた。見送るシュヴァルツはピョートル・イワーノヴィチにいかにも残念そうな目配せをしてみせたものだ。「やれやれホイストもご破算だね! こっちは別のパートナーを見つけるから、どうか悪しからず。でももしうまく抜け出せたら、五人でゲームするからおいでよ」そのひょうきんなまなざしがそう告げていた。

ピョートル・イワーノヴィチがひとしお深く悲しげなため息をつくと、プラスコーヴィヤ夫人は感謝をこめてその手を握り締めた。

ピンクのクレトン地の壁布をめぐらせた中にぼんやりとしたランプがともる客間に入ると、二人はテーブルを挟んで座った。彼女はソファに腰掛け、ピョートル・イワーノヴィチは低いクッション付きの丸椅子にかけたが、椅子はばねが壊れてでこぼこしているために大変座り心地が悪かった。プラスコーヴィヤ夫人は相手に別の椅子に座るように勧めようと思ったが、そんな忠告は今の自分の立場にそぐわないと思ってやめたのだった。

その丸椅子に座るとき、ピョートル・イワーノヴィチはかつてイワン・イリイチがこの客間の内装をしていて、まさにこのピンク地に緑の葉の模様をあしらったクレトン地の壁布のことで自分に相談を持ちかけてきたのを思い出していた。

未亡人のほうはソファに腰掛けるためにテーブルの脇をすり抜けようとして（大体がこの客間は家具調度の類であふれかえっていた）、黒いケープの黒いレースの部分をテーブルの彫り模様に引っ掛けてしまった。ピョートル・イワーノヴィチがこれを外してやろうとして腰を上げると、解放された椅子のばねがビョンと飛び出して、彼の尻を叩いた。

未亡人が自分でレースをはずそうとしているので、ピョートル・イワーノヴィチは再び逆らう丸椅子を尻で制圧して腰を下ろす。だがやはり未亡人がいつまでも手間取っているのをみて、ピョートル・イワーノヴィチがもう一度腰を上げると、またもや丸椅子が反乱を起こし、今度はビンという音まで立てた。

やっとすべてに片がつくと、未亡人は純白のバチスト麻のハンカチーフを取り出して、さめざめと泣き始めた。ピョートル・イワーノヴィチのほうは、レース事件および丸椅子との戦いのせいですっかりしらけた気分になってしまい、眉をひそめて座り込んでいる。

この気まずい雰囲気を破ったのは、イワン・イリイチの執事をしていたソコローフであった。彼はプラスコーヴィヤ夫人が申し込んでいた墓地の区画の代金が二百ルーブリになると報告に来たのだった。未亡人は泣き止むと、犠牲者の面持ちでピョートル・イワーノヴィチに視線を投げかけ、フランス語でとてもつらいと告げた。ピョートル・イワーノヴィチはさぞかしそうに違いなかろうという、まごうことなき確信を表明する無言のしぐさをしてみせた。

「どうぞ、おタバコをお吸いになって」彼女は鷹揚《おうよう》な、しかし同時に打ちひしがれたような声でそう言うと、ソコローフ相手に墓地の値段の相談を始めた。ピョートル・イワーノヴィチがタバコを吸いながら聞くともなしに聞いていると、彼女はいろいろな区画の価格差についてじつに事細かに問いただしたあげく、最後に契約すべき区画を決めたのだった。それればかりでなく、区画を決めた後に、彼女は聖歌隊のことまで指図をしたのである。ソコローフは出て行った。

「私、なんでも自分でやりますの」テーブルに並んでいたアルバムを隅っこに片付けながら、彼女はそう言ったが、タバコの灰がテーブルに落ちそうになっているのに気づくと、ただちにピョートル・イワーノヴィチに灰皿を差し出して、次のように続けた。

「悲しみのあまり用事に手がつかないなんていうのは、私は欺瞞《ぎまん》だと思いますのよ。私なんか正反対で、もしなにかしら慰みと言わないまでも……そう、気晴らしになることがあるとすれば、それはつまり夫に関係した用事をすることですわ」

彼女はもう一度泣き出しそうなあんばいでハンカチーフを取り出したが、やにわに自分に打ち勝つようなしぐさで頭を一振りすると、静かに話し始めた。

「でも私、あなた様に相談事がありますの」

ピョートル・イワーノヴィチはうなずいて見せたが、途端に尻の下で丸椅子のばねがうごめき始めたのをしっかりと押さえつけた。

「あの人、最後の数日間はひどく苦しみましたわ」

「ひどく苦しまれた？」ピョートル・イワーノヴィチは聞き返した。

「ああ、むごかったこと！　臨終の前は、何分間どころか何時間も、あの人ずっとうめき通しだったのです。いえ、まるまる三昼夜の間、ひっきりなしにうめいていましたわ。とても耐え切れないくらい。私、自分がどうしてあれに耐えられたのか、わからないくらいです。ドアを三枚隔てたところでも聞こえていましたからね。ああ、とてもたまらなかった！」

「それでご主人は、意識はあったのですか？」ピョートル・イワーノヴィチはたずねた。

「ええ」彼女は応えた。「最後の瞬間まで。夫は臨終の十五分前に私たちに別れを告げ、さらに息子を部屋から出すようにとまで頼んだのです」

最初は陽気な少年、学生として、後には大人の同僚として、きわめて親しく付き合ってきた人間がそれほど苦しんだのだと思うと、いかに自分と未亡人のそらぞらしい態度に不快感を覚えていたピョートル・イワーノヴィチといえども、不意にぞっとするものを感じずにはいられなかった。彼は再びあの額と、唇にのしかかった鼻を思い描いて、内心恐ろしくなったのである。

「三昼夜ひどく苦しみぬいたあげくにご臨終か。それがいつ何時この僕の身に降りかかるかもしれないのだ」そう考えると、彼は一瞬怖くなった。だがその途端、なにやら無意識のうちに、次のようなごくありふれた考えが浮かんできて彼を救ってくれた。

「これはイワン・イリイチの身に起こったことであって僕のことじゃない。僕の身に同じことが起こるとは限らないし、起こるはずもない。そんな考え方をしていると、暗い気分に負けてしまうぞ。それがご法度《はっと》だということは、シュヴァルツ君の顔に書いてあるじゃないか」そう考えてすっかり安心すると、ピョートル・イワーノヴィチはイワン・イリイチの臨終の模様を、興味を持って根掘り葉掘り聞き始めた。まるで死というものがイワン・イリイチだけに特有の事件であって、自分にはまったく起こりえないと決めたかのようであった。

イワン・イリイチが耐え忍んだ本当に恐ろしい身体の苦しみの詳細（ピョートル・イワーノヴィチはその詳細を、ひたすらイワン・イリイチの苦しみがプラスコーヴィヤ夫人の神経に及ぼした作用を介してのみ理解したのだった）をめぐってあれこれ語り合った後に、未亡人はどうやら本来の用件に移る必要を感じたようだった。

「ああ、ピョートル・イワーノヴィチ、私つらいですわ。つらくって、ひどくつらくてたまらないのです」そう言って彼女はまた涙を流し始めた。

ピョートル・イワーノヴィチはため息をついて、未亡人が鼻をかみ終えるのを待った。相手が鼻をかみ終えると、彼は「ご愁傷さまです……」と言った。すると彼女はまた口を開き、やっと肝心の相談事と思しきことを切り出したのだった。

相談事というのは、夫の死を理由に国から手当を受け取るにはどうすればよいかという質問であった。彼女はあたかもピョートル・イワーノヴィチに年金について助言を請うているような振りを装っていた。だが彼が見たところでは、彼女はすでにその問題はきわめて細かいところまで知り尽くしており、彼の知らないことまで知っていた。つまり夫の死に際して国庫から引き出せる金のことは、全部わきまえているのだった。ただ彼女が知りたいのは、何とかしてそれを上回る額を引き出せないかということであった。

ピョートル・イワーノヴィチは金を上乗せする手段が思い浮かばないかと呻吟《しんぎん》し、あれこれ考えてみたあげく、相手への礼儀上、政府のケチ振りをののしってさえ見せたが、結局は増額は無理なようだと答えざるを得なかった。

すると彼女はやれやれとため息をついたが、その後はどうやらすでに、このお客を厄介払いする手段を考え始めたようだった。それを察した彼は夕バコの火を消すと、立ち上がって握手をしてから、控えの間のほうへ向かった。

イワン・イリイチが古道具屋で手に入れて大喜びしていた時計のかかった食堂で、

ピョートル・イワーノヴィチは司祭と何人かの顔見知りの弔問客に出会った。さらにまた見覚えのある美しい令嬢、すなわちイワン・イリイチの娘がいるのにも気づいた。彼女は黒一色の姿で、もともとたいそう細いウエストが、いっそう細くなったように見えた。その顔つきは沈鬱《ちんうつ》ながら決然としていて、ほとんど怒っているように見えた。彼女はピョートル・イワーノヴィチに会釈したが、こちらはなにかとがめられたような気がした。令嬢の後ろには同じく怒ったような顔つきをして、ピョートル・イワーノヴィチの顔見知りの裕福な青年が立っていた。予審判事で、聞くところでは令嬢の許婚者《いいなずけ》らしい。

沈痛な面持ちで二人に一礼すると、彼は遺体の置かれた部屋に向かおうとしたが、そのとき階段の下からイワン・イリイチに瓜二つの中学生の息子が姿を現した。それはまさにピョートル・イワーノヴィチが法律学校生として覚えている少年の頃のイワン・イリイチそのものであった。泣き腫らしたその眼は、いかにも十三か十四の不純な少年の目だった。少年はピョートル・イワーノヴィチに気づくと、気難しそうなまた恥ずかしそうなしかめ面を作って見せた。ピョートル・イワーノヴィチは少年にひとつうなずいて見せてから、遺体の置かれた部屋に入った。

祈禱が始まった。灯明、呻き、香、涙、すすり泣き――ピョートル・イワーノヴィチは眉をひそめて立ったまま、ひたすら自分の足もとを見つめていた。彼は一度も遺体に眼をやらず、ほろりとさせるような雰囲気にも最後まで屈せず、ほとんど真っ先に外へ出た。

控えの間には誰もいなかった。台所番のゲラーシムが故人の居室だったところから飛び出してきて、たくましい両手で全部の外套を放り出し、ピョートル・イワーノヴィチの外套を見つけ出して、渡してよこした。

「どうだい、ゲラーシム?」ピョートル・イワーノヴィチはなにか言わなくてはと思ってそう話しかけた。「悲しいだろう?」

「神様の思し召しでさあ。みんな同じところへ行くんですから」ゲラーシムは白く密な男らしい歯をむき出しにしてそう言い放つと、いかにも大仕事の真最中といった様子で威勢よく玄関のドアを開け放ち、辻馬車を呼んでピョートル・イワーノヴィチを乗せると、もっと仕事はないかと探しているような様子で、表階段のほうへ勢いよく駆け戻っていった。

香と遺体と石炭酸のにおいをさんざん嗅いだ後で、きれいな空気を吸い込むのは、格別心地よかった。

「どこへ参りましょう?」御者がたずねる。

「まだ間に合うな。フョードル・ワシーリエヴィチのところに寄って行こう」

そうしてピョートル・イワーノヴィチは出かけた。そして実際、着いたときに友人たちはちょうど最初の三回勝負を終えるところだったので、うまい具合に五人目のメンバーとして仲間入りできたのである。

2

もはや過去のものとなったイワン・イリイチの生涯の物語は、きわめて単純かつ平凡で、しかもきわめて恐ろしいものだった。

亡くなったときのイワン・イリイチは四五歳、控訴院の判事であった。

彼は官吏の息子だったが、父親はペテルブルグのさまざまな省庁や部課を転々としたあげく、なにか重大な職務を任せるには明らかに力不足だが、かといってこれまでの長い功績と地位からして無下に追い払うわけにもいかないというので、無理やりに考え出された架空の地位を与えられ、決して架空のものではない六千ないし一万ルーブリの年俸を得て、そのおかげでたいそうな年まで生き延びるという、きわめて結構な境遇にいたった人間の一人だった。

つまりそれが枢密参事官（三等文官）にして、さまざまな無用の役所の無用の一員、イリヤ・エフィーモヴィチ・ゴロヴィーンであった。

この人物には三人の息子がいた。イワン・イリイチは次男に当たる。長兄は、勤める役所こそ違え父親とほとんど同じ経歴をつんでいて、早くも前記のごとき俸給上の慣性の法則が働きはじめる勤続年数に近づいていた。三男は失敗者で、勤める先々で味噌をつけたあげく、今では鉄道関係に勤めていた。

父親も兄弟も、ことに彼らの妻たちも、この末弟と会うことを好まぬばかりか、よほどの必要でもなければ、その存在を思い出すことさえなかった。一人だけの女きょうだいは、グレーフ男爵に嫁いでいたが、これも岳父のゴロヴィーン氏とそっくりのペテルブルグの役人だった。

イワン・イリイチはいわゆる一家の誇り（*le phénix de la famille*）だった。彼は兄ほど冷たくて几帳面な人間でもなければ、弟ほど無鉄砲でもなかった。ちょうど二人の中間で、賢く覇気があって好感の持てる、品の良い人間だった。彼は弟とともに法律学校で学んだ。弟のほうは卒業までこぎつけられずに五年生で放校となってしまったが、イワン・イリイチのほうは良い成績で卒業したのである。

法律学校にいた当時からもう、彼は後に生涯そうであったとおりの人物だった。つまり才気煥発で朗らかで親切、人付き合いは良いが、ただし自分が義務とみなす仕事は厳密に遂行するというタイプの人間である。ちなみに彼が自分の義務とみなすこととは、高位高官の類が義務とみなすすべての事柄を意味していた。

彼は人におもねるような少年ではなかったし、またそういう大人にもならなかったが、ただしごく小さいころからの癖で、あたかもハエが明るいところに寄っていくように、社会で一番重きを置かれている人々に近寄っていき、そういう人々の立ち居振る舞いや人生観を学び取って、そういう人たちと親しい関係を結ぶのだった。

幼年期や青年期の関心事は、彼の場合たいした痕跡も残さずに消えていった。感傷や虚栄のとりことなったこともあれば、上級生の時には自由主義にかぶれたこともあったが、常に一定の限界を守っていたし、限界がどこかということは、彼の感性が間違いなく指し示してくれたのである。

法律学校で彼がした行為の中には、かつての彼が大変な醜行だと思っていた事柄が含まれていて、行為の最中には、われながら情けない気持になったものだった。だがあとになって気づいてみると、そうしたことは地位の高い人々によっても行われていて、しかも悪いことだとは思われていなかったので、彼はべつにそうした行為をよいことと思い直したわけではないが、ただ自分のした事をすっかり忘れてしまい、いささかも思い出にさいなまれることはなかった。

十等文官の肩書きをもらって法律学校を卒業するに際して、父親から身なりを整えるための費用をもらうと、イワン・イリイチはシャルメルの店でスーツをあつらえ、ペンダント代わりに「*respice finem*（有終の美を飾れ）」と刻まれたメダルをぶら下げ、理事であられる公爵と指導教授にお別れの挨拶をし、一流レストランのドノンで同級生たちとディナーを済ませると、全て最高級の店で注文したり購入したりした最新流行の旅行かばん、下着、衣服、髭剃りに洗面用具セット、ウールの肩掛けといったいでたちで、父親が用意してくれたさる県の知事直属特任官のポストに就くために出発したのだった。

地方に着くと、イワン・イリイチはたちまち法律学校で味わっていたのと同じような気楽で快適な生活環境を整えた。勤務に励んで出世の階段を上ると同時に、楽しい遊びごとのほうも十分に味わった。時には上司の委託を受けて郡を回り、上の者にも下の者にも威厳ある態度で臨み、誇りとすべき正確さと私利のない高潔な態度で与えられた任務を果たした。それは主として分離派信徒[3]にまつわる任務であった。

まだ若くて気楽な慰みごとを好む性格にもかかわらず、彼は役所の職務においては、きわめて沈着冷静で形式を重んじ、厳格なくらいだった。だが社交生活においては、しばしばひょうきん者で機転が利き、いつも温厚で礼儀正しく、上司夫妻から好青年(*bon enfant*)と呼ばれていた。上司の家では、彼は家族同然の扱いだった。

地方ではこの伊達者の法律家めあてに付きまとってきた貴婦人の一人と関係を結んだこともあったし、仕立て屋の女と付き合ったこともあった。到来の侍従武官たちと酒宴を張って、食後に場末の歓楽街に繰り出したこともあった。また上司やその奥方にまでおもねるまねもした。

3　一七世紀ロシアの教会改革に反対して教会分裂を起こした正教徒の流れに属す諸派。古儀式派ともいう。

だがそのすべてがいかにも格調高く上品な雰囲気で行われたので、どれひとつとして悪しき言葉で評されるべきものとは思えなかった。このすべてに似合う形容は、次のフランス語のことわざくらいだろう――すなわち「若気の過ちは大目に見るべし（*Il faut que jeunesse se passe*）」。すべては清潔な手で、純白なワイシャツを着て、フランス語の単語を挟みながら、そしてとりわけ大事なことに、最上流の社会で、つまり上流人士の是認のもとに行われたのだった。

こうしてイワン・イリイチが五年の歳月を勤め上げたとき、官界の刷新が起こった。裁判制度が改新されて、新しい人材が必要となったのだ。

そしてイワン・イリイチはその新しい人材となった。

イワン・イリイチに提供されたのは予審判事のポストであった。職場は別の県にあったので、せっかく出来上がった人間関係を捨ててまた新しい関係を結ばなくてはならなくなるのだが、しかしイワン・イリイチはあえてこの職を受け入れた。友人たちがイワン・イリイチを見送り、一緒に写真をとり、銀のシガレットケースを贈ってくれた。そうして彼は新しい任地に赴いた。

特任官であったときと同様、予審判事としてのイワン・イリイチも、きちんとしていて上品で、仕事と私生活を峻別し、世の尊敬を集めるような存在だった。予審判事の仕事そのものが、イワン・イリイチには前の仕事よりもはるかに興味深く、面白かった。

かつての職場で気分がよかったのは、シャルメルの店で仕立てた燕尾服姿で、今か今かと面会を待ち構えている請願者たちや、こちらにうらやみの目を向けてくる役人たちの傍らを通り抜けて、ずかずかと上官の執務室に入っていき、座り込んで茶とタバコを一服することであった。だがじかに彼自身の意のままになる人間の数はわずかなもので、そういう人間としては、任務で派遣された先の郡警察署長や分離派信徒がいるばかりだった。

彼はそのような自分の意のままになる人間たちに対して、丁重な、ほとんど仲間同士のような態度をとってみせることを好んだ。おまえたちの生殺与奪の権を握っているこの私が、まるで友達のようにざっくばらんな態度をとってやるんだぞと、相手に感じさせるのが好きだったのだ。ただしそういう相手は、当時はわずかだった。

ところが今こうして予審判事になってみると、イワン・イリイチは、どんなに威張りかえった得意顔の人間であろうと一人の例外もなく、すべての人間の命運が自分の手に握られていると感じるのだった。つまり彼が頭書《とうしょ》のついた用箋《ようせん》にしかるべき言葉を書き付けるだけで、そうした威張りかえった得意顔の人間が被告もしくは証人として彼のもとへ連れてこられ、そしてこちらがあえて座らせてやろうとしない限り、いつまでも立ったまま質問に答えなければならないのだった。

イワン・イリイチは決してそうした権力を濫用しようとはせず、むしろ反対に、その表現を穏当なものにしようと努めていた。しかし自分にそうした権力があり、しかも手心を加える権限もあるのだと意識することが、彼の新しい職務の主な興趣と魅力をなしていたのであった。

職務である予審の仕事においては、イワン・イリイチはごく速やかにひとつの姿勢を身につけた。すなわち職務に関係しない事情には一切関与せず、いかに複雑なケースであろうと一律の形式に当てはめ、調書を作成する際は自分個人の見解を完全に排除して、ひたすら外面的事実のみを記述し、そしてなにをおいても所定の手続きはきちんと守る、という姿勢である。これは新しい仕事の手法だった。つまり彼は一八六四年の司法改革令[4]の実地適用法を開発した、草分けの一人だったのである。

予審判事として新しい町に着任すると、イワン・イリイチは新しい交友関係や人脈を作り、新しい自己イメージを作り、立ち居振る舞いのトーンも以前とは少し変えた。すなわち県の権力者たちに対しては幾分敬して遠ざかる立場をとり、裁判官仲間や町に住む富裕な貴族のエリート層を交友仲間とし、政府に対しては軽い不満派で、穏健な自由主義と文明人らしい公民意識を標榜するようになった。

また同時に、エレガントな身だしなみはいささかも変えぬまま、イワン・イリイチは新しい職場に来てからあごひげを剃るのをやめ、好きなところにひげが生えるに任せるようになった。

新しい町でもイワン・イリイチの生活は実に快適なものとなった。反知事派の交友仲間は和気藹々《あいあい》として気持のよい雰囲気だったし、俸給も上がった。

さらに当時人生に少なからざる快感を付け加えてくれたのが、イワン・イリイチがプレイを始めたホイストであった。彼はカードゲームを陽気に、すばやく計算しながら、きわめて繊細に戦わせるコツをわきまえていたので、概していつも勝ち組に入っ

4　農奴解放に始まるアレクサンドル二世の大改革のひとつ。訴訟手続きの簡素化、裁判の公開、司法の行政からの独立、陪審員制度の導入、弁護士身分の制度化などを含む。

ていたのだった。

新しい町で二年を過ごしたあとで、イワン・イリイチは将来の妻となる女性に出会った。プラスコーヴィヤ・フョードロヴナ・ミヘリはイワン・イリイチが出入りしていたサークルでも一番チャーミングで頭のよい、すてきな令嬢であった。予審判事の仕事の気晴らしにするいろいろな遊びごとと並んで、イワン・イリイチはこの令嬢プラスコーヴィヤと茶目っ気まじりの軽い関係を結んだ。

特務官時代のイワン・イリイチは、概してよくダンスをするほうだったが、予審判事となった今は、もう例外として踊るだけだった。つまり彼が踊るとすれば、それは新設の機関に勤めて五等文官を拝命してはいるが、ダンスにかけては他のどなたにも引けはとりませんよ、ということを見せつけるためであった。

そういうわけで彼は時折、夜会の終わりにプラスコーヴィヤと踊り、そして主としてそのダンスの時間に彼女の心を征服したのだった。彼女は彼を愛するようになった。イワン・イリイチにははっきりとした具体的な結婚の意志があったわけではないが、令嬢に惚れ込まれたとき、いよいよ自分にひとつの質問を課した。「実際問題として、どうして結婚してはいけないのか?」そう自問したのである。

令嬢プラスコーヴィヤはよき貴族の家柄で、器量もなかなかのものだったし、少ないながら資産も持っていた。イワン・イリイチはさらに豪華な縁組を狙うこともできたのだが、この縁組も悪くはなかった。イワン・イリイチには自分の俸給があったし、彼の期待するところでは、彼女にも同じくらいの収入があるはずだった。家柄もよく、彼女自身愛らしく美しく、どこへ出しても恥ずかしくない女性だった。

この場合、イワン・イリイチが花嫁を愛し、相手の心のうちに自分の人生観に共鳴するものを見つけて結婚したのだというのも、あるいは彼は自分の周りの社交界人士がこの縁組を支持したから結婚したのだというのも、同じくらい不正確な説明となるだろう。イワン・イリイチは両方を考えて結婚したのだ。つまりこうした妻を得ることで自己に快楽を与えると同時に、最上流階層の人々が正しいとみなす選択をしたのであった。

こうしてイワン・イリイチは結婚した。

婚姻のプロセス自体、および夫婦の愛撫、新しい家具、新しい食器、新しい下着といったものに取り巻かれた結婚生活の初期は、妻が妊娠するまで大変楽しく過ぎていったので、イワン・イリイチはもはや、結婚というものは、自分がそもそも人生かくあるべしとみなしていたような、気楽で、快適で、陽気で、つねに上品で周囲に祝福されるような暮らしぶりを損なわないばかりか、むしろ強化してくれるものと思い始めていた。

だがそうしたところへ、ちょうど妻の妊娠の初期ころから、それまで予想もできなかったような、なにかまったく新しい、意外で、不快で、面倒でかつみっともない状況が出来《しゅったい》し、おまけにどうしてもそれから逃れられなくなった。

妻が、イワン・イリイチからすると何の理由もなく、つまり彼のいわゆるただの気まぐれから（*de gaité de cœur*）、生活の楽しみと品位を壊し始めたのだった。すなわち一切何の理由もなく彼に嫉妬し、自分の機嫌をとることを要求し、なんにでも難癖をつけて、彼の前で不快で下品なシーンを演じてみせるようになったのだ。

はじめイワン・イリイチは、かつて効き目があったように、人生に対して気楽で上品な態度をとることによって、こうした状況の不快さから逃れられるだろうと期待していた。だからつとめて妻の機嫌を無視して、以前どおりの気楽で快適な暮らしをしようと、家に友人たちを招いてカードをしたり、自分のほうからもクラブや友人の家へ出かけたりしたのである。

だが妻はあるときものすごい剣幕で、下品な言葉を使って彼をののしりだし、それ以来というもの、彼が自分の要求に応えぬたびにしつこく悪罵するようになった。どうやらこちらが言うことを聞いておとなしく家にじっと閉じこもり、彼女と同じように無聊《ぶりょう》をかこつようになるまで、決して後に引かない覚悟のようだった。

これにはイワン・イリイチも慄然《りつぜん》とした。夫婦生活は、少なくともこの妻との夫婦生活は、必ずしも生活の快適さや上品さを促さぬどころか、逆にしばしばそうしたものを破壊するもので、したがってこの破壊から身を護《まも》る必要がある――そう彼は理解したのだった。

そこでイワン・イリイチはそのための手段を捜し求め始めた。勤務はプラスコーヴィヤ夫人に畏敬の念を与えるもののひとつだったので、イワン・イリイチは勤務および勤務から派生する義務を盾として自らの独立世界を守り、妻と戦い始めたのだった。

いよいよ子供が生まれると、育児の算段をしなくてはならないし、やればいろいろ失敗もするし、赤ん坊も母親も本当の病気やら想像の病気やらにかかるしというわけで、そのたびにイワン・イリイチが乗り出すはめになるのだが、彼にはどうしたらいいのかまるで見当もつかなかったので、家庭の外に自分だけの世界を築こうという欲求は、ますます切実なものとなってきた。

こうして妻の苛立ちと要求がつのればつのるほど、イワン・イリイチはますます生活の重心を仕事のほうに移していった。彼は以前よりも仕事好きで、名誉欲の強い人間になった。

やがて、結婚後わずか一年ばかりで、イワン・イリイチは次のことを理解した。つまり結婚生活は人生におけるある種の利便を提供してくれはするが、本質的には極めて複雑で困難な事業であって、そこで自らの義務を果たし、世に認められるような立派な生活を営むためには、ちょうど勤めに一定の姿勢が必要なのと同じように、結婚に対しても一定の姿勢を築きあげる必要があるのだ。

結婚生活に対するそのような自己流の姿勢を、イワン・イリイチは立派に築きあげた。彼は家庭生活から、それが与えてくれる食事、主婦、ベッドといった利便と、さらにこれが大事なのだが、世間の意見によって決められる、いわゆる上品な生活の表向きの形式を、限定的に要求することにした。それ以外の点では、楽しく快適であることを追求し、もしそうしたものが見出せれば大満足、もしも抵抗や愚痴に出会ったときは、すぐさま自分一個の陣地である勤務の世界に逃げ込み、そこに快適さを見出すのであった。

イワン・イリイチは精勤振りを評価され、三年もすると検事補に昇進した。新しいいろいろな職務、その重要性、何者であろうと法廷に召喚し、刑務所送りにできる権限、世に報道される弁論、この仕事で自分が遂げた成功——そうしたことがすべて、いっそうイワン・イリイチを勤務にひきつけていった。

子供が次々と生まれ、妻はますます愚痴っぽくて怒りっぽい人間になっていった。だがイワン・イリイチが構築した家庭生活への姿勢のおかげで、妻の愚痴攻撃もほとんど彼には届かなかったのである。

一つの町で七年を勤め上げた後、イワン・イリイチは別の県の検事の職に転任ということになった。家族で任地へ赴《おもむ》いたが、持ち金は少なく、妻には転勤先の土地が気に入らなかった。俸給こそ上がったけれども、生活費が以前よりかさむようになったのだ。おまけに二人の子供を死なせてしまったので、家庭生活はイワン・イリイチにとってますます不愉快なものとなっていった。

プラスコーヴィヤ夫人は、この新しい居住地でなにかいやなことが起こるたびに、夫をなじった。子供の教育のことはもとより、夫婦の間でなにを話題にしても、たいていは昔口論した記憶のある問題に結びついていくので、いつでも夫婦喧嘩の火種は絶えなかった。

例外はほんのたまさか夫婦仲がうまくいっているときだけだが、それも長くは続かなかった。そうした時期はいわば大海の小島のようなもので、二人は一時そこに身を寄せては、やがてまたよそよそしい身振りもあらわに、秘められた反目の海原へと乗り出していくのだった。

このようなよそよそしさは、もしイワン・イリイチがそれをあるまじき状態だと感じていたならば、彼を悲しませたことだろうが、彼はもはやそうした状態を当然視するどころか、むしろ家庭における自らの活動目的とさえみなしていた。彼の目的は、夫婦間の軋轢《あつれき》からどんどん解放されていくことであり、またそれを体面を損なわぬ程度のたわいもないエピソードの範囲にとどめておくことであった。

この目的を、彼は家族といる時間をますます短くするという手法によって達成した。もしどうしても家にいなければならない時には、なるべく第三者を連れてきて自分の立場を守るようにつとめた。大事なのは、イワン・イリイチには勤務があるということだった。

　勤務の世界にこそ、彼の人生の関心事が全部集中していた。そしてその関心事に彼は没頭していたのである。自分には権力があって、破滅させたいと思う人間がいれば誰でも破滅させられるという意識、法廷に入るときや部下たちと面談する際に、外見にも表れる自分の威厳、上司や部下の前での成功、そして大切なことに、自ら認めている審理運営の手腕――そうしたすべてのことと、同僚たちとの雑談や食事やホイストとがあいまって、彼の人生を満ち足りたものとしてくれていた。

　だから大まかに言えば、イワン・イリイチの人生は彼がこうあるべきだと思う形で進行し続けていた。つまり快適に、上品に進んでいたのである。

　そうして彼はさらに七年の歳月を過ごした。長女はすでに十六歳になり、もう一人男の子が死んだので、残るは中学生の男の子だけだったが、これが揉め事の種だった。イワン・イリイチは息子を法律学校へ行かせたいと思ったが、プラスコーヴィヤ夫人が彼へのあてつけに普通の中学校《ギムナジア》へやってしまったのだ。娘は家で勉強しながら順調に成長していき、息子もまたなかなか成績が良かった。

3

このようにしてイワン・イリイチの人生は、結婚以来十七年間続いた。彼はすでに古参検事となっていて、いくつかあった転任話も断り、より好ましい地位につくのを期待していたところだったが、そんな折、にわかにひとつの不愉快な出来事が起こって、生活の安らぎがかき乱されかねない状況となった。

というのも、イワン・イリイチがある大学都市の裁判所長の職につくつもりだったところ、どうしたわけかゴッペという人物が彼を出し抜いて、その地位を横取りしてしまったのである。憤慨したイワン・イリイチはあれこれと文句を言い、相手とも直属の上司とも口論をした。彼を見る目が冷たくなり、そして次の人事異動でも彼は後回しにされたのだった。

これは一八八〇年のことだった。その年はイワン・イリイチの人生において最もつらい一年となった。気がついてみると、一方では俸給が生活費に足りず、また他方では、みんなが彼のことを忘れてしまい、彼自身にとっては自分に対する大いに残酷で不公平な仕打ちと感じられることが、他人には極めてありふれたことと受け取られているのだった。

父親さえ、彼を援助することを自分の義務と思わなかった。年俸三千五百ルーブリの今の地位がしごくまっとうな、あげくは恵まれた地位とみなされるなんて、自分はみんなに見捨てられたんだ——そう彼は思った。自分になされた不公平な仕打ちを意識し、しょっちゅう妻に文句を言われ、収入以上の暮らしをするために借金までしはじめた、そんな自分の暮らしがまっとうなものとは程遠いのだということを、彼だけが知っていた。

この年の夏、彼は生活費節約のために休暇をとり、夫婦でひと夏を田舎で過ごそうと、プラスコーヴィヤ夫人の弟の住む村へ出かけた。

仕事もなしに田舎で過ごすうちに、イワン・イリイチは生まれて初めて退屈を覚えたばかりか、やり切れぬほどのわびしさを経験した。そして、こんなふうに生きていくことはできない、何らかの断固たる対策を講じる必要があると決心したのである。

あるとき一睡もできぬままにひたすらベランダを歩き回って一夜をすごしているうちに、彼はひとつペテルブルグまで出かけて就職運動をし、自分を評価しそこなったあの連中に一泡吹かせてやるために、別の省に移ってやろうと決意した。翌日、彼は妻とその弟が一所懸命引きとめるのも聞かずに、ペテルブルグへと旅立った。

彼の目的はただひとつ——何とか頼み込んで年俸五千ルーブリのポストを得ることであった。それがどんな省であろうと、どんな方面や種類の仕事だろうと、もはや彼にはどうでも良かった。彼に必要なのはただポスト、それも五千ルーブリのポストであって、行政でも金融でも鉄道でもマリア皇后開設の慈善施設でも、あげくは税関でもかまわない、ただ五千ルーブリの年俸が入ることと、自分を評価しそこなった省を出ることが絶対条件だったのだ。

そしてなんとイワン・イリイチのこの旅行が、驚くべき、予想外の成功をおさめることになった。たまたまクールスクの駅で、一等車に知人のイリインが乗り込んできたのだが、この人物がクールスクの県知事の受け取ったばかりの電報というのを紹介してくれた。それによると、近日中に勤務先の省で上層部の交代が起こり、ピョートル・イワーノヴィチのポストに新しくイワン・セミョーノヴィチが任命される予定だという。

予測される大異動は、ロシアにとっての意義とは別に、イワン・イリイチにとって特別な意味を持つものだった。つまりそれによって新顔のピョートル・ペトローヴィチが抜擢され、当然ながらその親友であるザハール・イワーノヴィチが昇進することになれば、イワン・イリイチにとってこの上もなく好都合だったのである。ザハール・イワーノヴィチはイワン・イリイチの同僚であり盟友だったからだ。

このニュースの信憑性はモスクワで確認された。そしてペテルブルグに着くと、イワン・イリイチはザハール・イワーノヴィチを探し出し、これまでと同じ法務省に確かな地位を得るという約束を取り付けたのだった。

一週間の後、彼は妻に電報を打った。

「ザハールガミレルノコウニンニ。ダイイチホウコクノサイ、ショウセイモ、ジレイハイジュノヨテイ」

この人事刷新のおかげで、イワン・イリイチはにわかに同じ法務省の中で、同輩よりも二階級上に当たる職務を拝命することになった。年俸五千ルーブリ、支度金が三千五百ルーブリという好待遇である。以前の敵たちや省全体へのわだかまりをすっかり忘れて、イワン・イリイチは大満足であった。

イワン・イリイチは久しくなかったほど朗らかな、満ち足りた様子で村へと帰還した。プラスコーヴィヤ夫人も同じく快活さを取り戻し、夫婦の間には和解が成立した。イワン・イリイチは話して聞かせた――ペテルブルグでみなが彼の昇進を祝ってくれたこと、彼の敵だった連中がそろって恥辱にまみれ、今や彼の前でお追従《ついしょう》を言い始めたこと、彼の昇進がみなの羨望を呼んでいること、そしてなによりも、ペテルブルグでみなが彼に好感を持ってくれたということを。

プラスコーヴィヤ夫人は一部始終を聞きながら、いかにも全部を信じきっている顔つきをして、何ひとつ反論しようとしなかった。そしてその一方でひたすら、自分たちが赴くことになる都市での新しい生活設計に取り組んでいた。

イワン・イリイチも喜んで認めたように、妻の言う生活設計は彼の生活設計そのものであり、夫婦の気持はぴったりと一致していた。そして一旦は躓《つまず》いた彼の人生が、ふたたび本来の、しかるべき陽気な快適さと上品さを取り戻すことになったのである。

イワン・イリイチが田舎に戻ったのは短い期間であった。九月十日には彼はもう職務に就かなくてはならなかったし、おまけに新しい場所に落ち着き、田舎から一切合切を運んで、なおたくさんのものを買い揃えたり注文したりする時間が必要だった。

ひとことで言えば、彼の頭の中で決まっていた通りに新生活を始めなくてはならなかったのであり、そしてそれはプラスコーヴィヤ夫人の胸の中で決まっていたのとほとんどそっくり同じなのであった。

さてこのようにすべてが首尾よく収まり、夫と妻の目的が合致して、しかも一緒に暮らす時間があまりないという状況になってみると、夫婦の仲は新婚時代から絶えてなかったほどうまくいくようになった。イワン・イリイチはこのまま家族連れで赴任しようと思ったくらいであったが、彼と彼の家族に対して急に格別愛想よく親身な態度をとるようになった妻の妹や弟の主張に負けて、結局まず単身で出かけることになった。

イワン・イリイチは任地へと出かけたが、昇進と妻との和解が相乗的な効果を発揮して生まれたうきうきした気分が、いつまでも心を去らなかった。新居も、ちょうど夫婦がともに夢見ていた通りの、しゃれた物件が見つかった。昔風に広々として天井の高いいくつかの客間、使い勝手が良くて見た目も豪勢な書斎、妻の部屋と娘の部屋、そして立派な息子用の部屋もある——何もかもまるであつらえたように彼の家族に都合よくできていた。

イワン・イリイチはみずから改装に乗り出した。壁紙を選び、家具はとくに古物の出物を選んで買い足し、それにとびきり高級感のある上張りを施すと、全体がみるみる立派になってきて、彼が自分で設定した理想の基準に近づいてきた。そうして半分まで仕上がったときには、もはやできばえが彼の期待を上回っていた。完成したあかつきにはどれほど上品で、優雅で、しかもユニークな住居になるか、彼にはもう分かっていたのである。

夜眠る時には、彼は出来上がった広間を思い浮かべた。未完成の客間を眺めているときにも、すでに彼の目には暖炉や衝立や書棚や散らかった小椅子や、壁に掛けられた大皿や深皿、ブロンズ像などが、全部しかるべき場所に配置された姿で映っていた。同じく室内装飾の趣味がある妻や娘をびっくりさせてやれるという考えが、彼を喜ばせた。彼女たちはこれほどまでのことは決して期待していないだろうから。とりわけうまく行ったのは、いくつかの骨董品を掘り出しの安値で手に入れたことで、それらがすべてに格別上品な風合いを与えてくれていた。家族への手紙には、彼はわざとすべてが実際よりも出来が悪いかのごとく書いておいたが、それも相手を驚かせようという魂胆からだった。

こうした色々なことに熱中するあまり、仕事好きの彼も、予期していたほどには新しい職務に興味を覚えなかった。会議の際にも、時々ぼんやりとしている瞬間があった。そんな時彼は、窓の上のカーテン・ケースはどんなタイプにしようか、まっすぐなものか畝《うね》のあるものか、などと考えていたのだ。彼は興味にまかせて、しばしば自分でも内装に手を出して、家具を置き換えてみたり、カーテンを吊ったりもした。

あるとき、物分かりの悪い経師屋《きょうじや》に壁紙をどう張ってほしいのか実演してやろうとしてはしごに登った彼は、つい足を踏み外して落ちてしまった。ただし頑健で器用な男らしく途中で踏みとどまり、わき腹を窓枠の取っ手にぶつけただけですんだ。打ち身はしばらくうずいたが、やがて痛みも消えた。イワン・イリイチはこの間ずっと、とりわけ陽気で元気いっぱいの気分であった。手紙には「十五歳ほども若返ったようだ」と書いた。九月には終わるつもりだった改装の仕事は、結局十月半ばまでかかった。だがその代わり、できばえは見事だった。彼がそう言うだけではなくて、見た人がみな彼にそう言ったのだ。

そもそもこのとき起こったことは、あまり裕福でない人々の身にありがちな出来事に他ならなかった。そういう人たちは、裕福な人の振りをしようとつとめる結果、ひたすら互いによく似てくるのである。ダマスク織の壁掛けやテーブルクロス、黒檀、花、絨毯やブロンズ像、黒っぽいものと光物――これらはすべて、ある種の人たち一般が、別のある種の人たち一般に似ようとして用いるものばかりであった。彼の場合も、あえて特筆する余地がないほど、そうしたケースとそっくり同じだった。だが彼にはそのすべてが、なにかしら特別なものと見えていたのである。

鉄道の駅で家族を出迎えて、灯りのともる完成したわが家へと連れて行くと、白いネクタイの召使が花で飾った控えの間へ続くドアを開け、その後客間へ、書斎へと入っていった家族が、「おお」と満足の声を上げる――その時の彼は幸せいっぱいで、あちこちくまなく案内して回って家族の賛辞を満喫し、満面に喜色を浮かべていた。

その晩、プラスコーヴィヤ夫人が話のついでに、彼がはしごから落ちたときの模様をたずねると、彼は笑って、自分が吹っ飛んださまや経師屋がびっくりしたさまを、身振り手振りで語ってみせたのだった。

「体操をやっていたかいがあったよ。他の人間だったら投身自殺というところだが、僕はほら、ここのところをちょっと打っただけさ。触ると痛いけれど、それもすでにだいぶ良くなってきた。もうただのあざだけだ」

こうして彼らは新居での暮らしを始めた。通例どおり、新しい家は住み慣れてみるとちょうど一部屋分足りない感じがしたし、新しい給料は、ほんのわずかばかり（たとえば五百ルーブリほど）足りない気がしたものだが、それでも十分楽しかった。とりわけ楽しかったのは最初のころ、まだ完成していない箇所があって、買い物をしたり、注文したり、置き換えたり、組み合わせたりといった仕上げ仕事が残っているときだった。夫妻の間にはあれこれと意見の合わないところがあったものの、二人とも大いに満足で、しかも仕事がどっさりあったので、すべてがたいした口論もなくすんだのだった。

さて、もはや手を加えるところが何もないとなってみると、ちょっとばかり退屈でなにか物足りない気がしたものだが、そのころにはもう知り合いができ、いろいろな習慣もできていたので、生活は充実していた。

午前中を裁判所で過ごし、食事に帰るイワン・イリイチは、最初のころは上々の気分であった。ただし、まさに住居のことで、幾分気になる問題はあった――テーブルクロスや壁掛けのしみや、カーテンの紐のほつれが、いちいち彼をいらだたせた。あれほどの労力をつぎ込んで仕上げたので、ちょっとした傷も彼には痛いのだった。しかしおおむね、イワン・イリイチの生活は、生活というものはこうあるべきだと彼が信じている通りに進み始めた。つまり気楽に、快適に、上品に進んでいったのである。

彼は九時に起床し、コーヒーを飲み、新聞を読み、それから燕尾服を着込んで裁判所に出かけた。職場では仕事の段取りがすっかり整っていて、彼はすぐに取りかかった。請願者たちに会い、公文書保管庫で調べごとをし、書類作りをし、公判や予審に臨んだのである。

そのすべてにおいて、しかるべき公務の流れを損なう恐れのあるような、生《なま》の、実人生にかかわる要素は、全部除外しなくてはならなかった。つまり職務上のかかわり以外のすべての対人関係を排除し、関係の契機も、また関係そのものも、全部職務上のものに限定すべきであった。

たとえば誰かが訪ねてきて、なにかの件で情報を得たいと表明したとする。イワン・イリイチは公務を離れた私人としては、そのような人物とかかわりあういわれはまったくない。だがその人物が法廷の一員としての自分に関係を持ち、その関係が公式書類に記載されうるようなものであるならば、イワン・イリイチはその関係の範囲内において、文字通りできる限りのことをしてやるし、おまけにその際、いかにも人間的な親愛の雰囲気を絶やさない。つまりどこまでも慇懃《いんぎん》なのである。そして職務上の関係がなくなると同時に、他のあらゆる関係も絶えるのだった。

職務上のことをきっぱりと切り離して自分の実人生と混同しないというこの能力を、イワン・イリイチは高度に有していたばかりか、長年の実践と才能によってその能力に磨きをかけた結果、時にまるで離れ業のように、あえて冗談半分に、プライベートなことと仕事上のことをまぜこぜにしてみせることさえできた。彼があえてそんなことをしたのは、自分で必要と思ったときにいつでも、あらためて職務の部分だけを掬《すく》い上げ、人間的な部分を切り捨てることができると感じていたからだった。

イワン・イリイチはこうした技を、単に気楽に、快適に、上品に行ったばかりか、一種名人芸のようにこなしてみせた。そして合間合間には、タバコを吸い、茶を飲んでは、政治向きの話を少々、共通の仕事の話を少々、カードゲームの話を少々、そしてなによりも頻繁に転任や昇進の話をした。そして最後には疲れた体で、ただしオーケストラの第一バイオリンのパートをきちんと仕上げた名手のごとき満足感に浸りながら、家路につくのであった。

家に帰ると、娘と妻はどこかへ出かけているか、それとも誰か客の相手をしている。中学生の息子は、家庭教師と授業の予習で、学校で教わることはしっかり身についているようだ。なにもかも上首尾であった。

正餐が済むと、客がいないときには、イワン・イリイチは時折評判の高い本を読んだ。そして晩には、机に向かって仕事をした。つまり書類を読んで法律と照合し、調書をつき合わせては法律を適用する仕事である。彼にとってこの仕事は退屈でもなければ面白くもなかった。ホイストをやるチャンスをつぶしてこんな仕事をしているのだとすれば退屈だが、そんなチャンスがないのだとすれば、一人であるいは妻と漠然と座っているよりは、仕事しているほうがまだましだった。

イワン・イリイチのお楽しみといえば社交界で重要な地位を占めている女性や男性を招いて開く小さな晩餐会であったが、客と過ごすそうした気晴らしのあり方は、招かれた客たち自身の普段の気晴らしのあり方とそっくりだった。ちょうど彼のうちの客間がすべての客間に似ていたように。

あるとき夫婦は思い切ってパーティーを催し、ダンスまで踊った。イワン・イリイチも楽しんだし、すべてうまくいったが、ただケーキやキャンディのことで妻と大喧嘩になってしまった。プラスコーヴィヤ夫人には自分なりの計画があったのだが、イワン・イリイチはどうしても全部高価な菓子屋のものでそろえると言い張り、たくさんのケーキを購入したのだった。

直接の喧嘩の種は、結局ケーキがあまってしまい、菓子屋の勘定が四十五ルーブリにも上ったことであった。派手な、うんざりするような口論となり、プラスコーヴィヤ夫人はしまいには夫に向かって「このうすのろ、甲斐性なし」と言い放った。夫のほうは頭を抱え、怒りに任せて離婚するとか何とか口走った。

しかしパーティーそのものは盛会だった。最良の人士が集まり、イワン・イリイチはかの「わが悲哀を晴らしたまえ」という皇后が後援する慈善団体の創始者として有名な女性の妹に当たる、トルフォーノヴァ公爵夫人とダンスをした。

仕事上の歓びが自尊心の歓びだとすれば、社交上の歓びは虚栄心の歓びであった。だがイワン・イリイチの本当の歓びは、ホイストを戦わせる歓びだった。

彼が自認するところによれば、どんなことがあっても、つまりどんなに不愉快な実人生上の出来事があっても、ひとつの歓びがあたかも灯火のごとく、他のすべての喜びの先頭に立って燦然と輝いている。それは筋のいい、口うるさくないゲーム仲間と一緒に、ホイストの卓に向かうことである。この場合必ず四人でなくてはならない(五人では、これもまた面白いなどと取り繕ってはいても、ゲームから外れるときがいかにもつまらない)。そうして(札の来方にもよるが)頭を使った真剣な勝負を戦わせ、そのあとで夜食をとり、ワインを一杯傾けるのだ。ホイストをした晩は、とりわけいくらか勝った晩は(大勝ちするのはまた気分の悪いものである)、イワン・イリイチは格別いい気分で眠りにつくことができるのだった。

このように彼らは暮らしていった。彼らのところには一番よい交際相手が集まり、重要人物も若い人々も顔を出した。

自分の知人たちの集団を見る目においては、夫も妻も娘も完全に一致していた。すなわちとりわけ申し合わせたわけでもないが、日本製の皿を壁に掛け並べた彼らの客間になにやら甘ったるいお追従を言いながら押しかけてこようとする、身なりの汚い友人やら親戚やらを、そろって敬遠し、撃退したのだ。やがてそうしたみすぼらしい友人連中は迷い込んでこなくなり、ゴロヴィーン家には最良のグループだけが残ったのだった。

青年たちはしきりに娘のリーザのご機嫌を取ろうとしていたが、そのうちドミートリー・イワーノヴィチ・ペトリシチェフの唯一の跡取り息子で、予審判事をしているペトリシチェフ青年が、リーザに言い寄るようになった。それでイワン・イリイチもプラスコーヴィヤ夫人を相手にその話をするようになった。二人をトロイカで遠出させてやろうかとか、家で素人芝居をやってみようかといった相談である。

こうして彼らは暮らしていった。すべてが順調で、何の変わりもなく、なにもかもきわめてうまく運んでいた。

4

家族はそろって健康だった。時折イワン・イリイチは、口中にへんな味がするとか、腹部の右側に違和感があるなどと訴えていたが、これは病気と名づけるほどのものではなかった。

だがある時からこの違和感が強くなりだして、まだ痛むというわけではないが、常にわき腹が重苦しく、気分が悪いという状態になった。この気分の悪さはどんどんつのっていったので、おかげでせっかくゴロヴィーン家に定着しかけた気楽で上品な生活の快適さが損なわれ始めた。

夫婦の口論が次第に回数を増し、やがて気楽さと快適さの要素は失われて、上品さの体面だけがかろうじて保たれているという状態になった。派手な夫婦喧嘩もまた増えてきた。またもや夫婦が爆発しないで一緒にいられる小島のような部分のみが点々と残り、しかもその数はわずかだったのである。

今ではプラスコーヴィヤ夫人は、夫は気難しい人間だと評するようになったが、それにも一理あった。彼女が持ち前の大げさな口ぶりで言うところでは、夫はずっと手に負えない性格だったのであり、それに二十年も耐えてきたのは、ひとえに自分が思いやり深い人間だったからなのだ。

確かに、いまや口論を仕掛けるのは夫のほうであった。彼がいろいろ難癖をつけだすのは決まって食事の直前、それもしばしば、スープが出て、さて食べ始めるぞというときであった。そんなときに彼は、やれ食器のどれかに傷があるとか、料理がいつもと違うとか、息子がテーブルに肘をついているとか、娘の髪型がどうだとか文句をつけるのだった。しかも彼はすべてを妻のせいにした。

プラスコーヴィヤ夫人ははじめのうちこれに反論し、夫を罵りもしたが、二度ほど夫が食事のはじめにひどく怒り狂った状態になったので、これは食物の摂取が夫に引き起こす病的な症状だと解釈して、自分を抑えるようになった。そうしてもはや言い返したりせずに、ただ食事を早く済ませるようにしたのである。

こうした自己抑制を、プラスコーヴィヤ夫人は自分の大きな手柄だと解釈した。夫がひどい性格の持ち主で、彼女の人生に不幸をもたらしたのだと決めてから、彼女は自分を哀れに思うようになった。そして自分を哀れめば哀れむほど、ますます夫を憎むようになった。

彼女は夫が死んでしまえばいいと思うようになったが、しかし死ねば俸給もなくなる以上、そんな願いを持つのは不可能なことだ。そうした事情がまたさらに夫への苛立ちをつのらせる結果となった。夫の死によってさえ救われないなんて、自分は恐ろしく不幸な人間だ、そう思って彼女は苛立ち、その苛立ちを隠し、そしてその隠れた彼女の苛立ちが、夫の苛立ちをつのらせるのだった。

ある日の悶着《もんちゃく》ではイワン・イリイチの側の不当な態度がとりわけ目立ったが、喧嘩が終わって話し合いをしていた際に、彼は自分がまさしく苛立ちやすくなっていると認め、それは病気のせいだと言った。それに対して妻は、もし病気なら治療を受けるべきだと言い、名のある医者のところへ行くよう彼に要求した。

彼は病院へ出かけた。すべては彼の予想通りで、つまりいつも行われるとおりの事が行われていた。待合室での待機も、彼自身が法廷で愛用しているのとそっくりの、医者の見せ掛けの威厳も、打診も、聴診も、あらかじめ決まった、明らかに無用な答えを要求する問診も、そして「われわれに任せていただければ、万事大丈夫です。われわれはどんな問題にも必ず対処できる方法をわきまえていますし、どんな患者さんも同じように扱います」という声が聞こえてきそうな、もったいぶった態度も。これはすべて、法廷で行われていることと同じであった。彼が法廷で被告に対してとるのとまったく同じ態度を、医者が彼の前でとっていたのである。

医者は語った――これこれの兆候は、あなたの体にこれこれがあることを示しています。しかしもしも検査してそれが見つからなければ、あなたの体にはこれこれがあると想定しなくてはなりません。そして仮にそのように想定するとすれば……イワン・イリイチにとって大事な問題はただひとつ、自分は危険な状態にあるのかどうかということだけだった。

だが医者は、そのような場違いな問題を無視した。医者の観点からすれば、そんな質問は無意味で検討に値しない。要は単に可能性の比較検討であり、遊走腎[5]か慢性カタルかそれとも盲腸炎かという判断が重要なのだ。イワン・イリイチの命の問題など存在しない。あるのは遊走腎と盲腸炎の間の議論だった。

そして医者はその議論をイワン・イリイチの目の前で見事に解決し、盲腸炎に軍配を上げた。ただしひとつ留保をつけて、尿検査の結果新しい兆候が見出されることもあるので、その時は再検討しようと言った。これもまたすべて、イワン・イリイチ自身が何千回と被告の前で見事に演じてきた態度とそっくり同じだった。

こうして見事に所見を述べると、医者は意気揚々と、ほとんど愉快そうな顔で、眼鏡越しに被告を一瞥したのだった。

医者の所見からイワン・イリイチが導いた結論は、自分の病気が思わしくないということだった。医者にとっても、おそらくは誰にとってもどうでもよい問題だが、彼にとっては思わしくない。その結論がイワン・イリイチに痛烈な衝撃を与え、彼のうちに自身への大きな哀れみの感情と、これほど重要な問題に対して無関心な相手の医

5　腎臓を保護し、支える脂肪層が減少し、腎臓の位置がずれて起こる症状。腎下垂。

者に対する大きな憎しみの感情を呼び覚ましたのであった。

しかし彼は口をつぐんだまま立ち上がり、テーブルに金を置くと、ひとつため息をついてこう言った。

「私たち病人は、おそらく先生にしばしば場違いな質問をするでしょうが……全体的にみて、これは危険な病気なんですか、どうですか？」

医者は厳しい顔つきになると、眼鏡越しに片目で彼をにらみつけた。それはまるでこう言っているようだった──被告よ、もしも君が君に課された問いの範囲内にとどまっていることができないのならば、当方も君に法廷の外へ出てもらう手配をせざるをえなくなりますよ。

「私はすでにあなたに必要と思うこと、適切と思うことをお話しました」医者は言った。「それ以上のことは検査が示してくれるでしょう」そして医者は一礼した。

イワン・イリイチはゆっくりと病院を出ると、物憂げに橇《そり》に乗り込み、家路についた。道中ずっと、彼は医者の言ったことを逐一反芻《はんすう》し、何とかその込み入った、あいまいな学術用語を、そっくり普通の言葉に翻訳しようとした。そしてそこに「自分は悪いのか──それもひどく悪いのか、それともまだ大丈夫なのか？」という問いへの答えを読み取ろうとしたのである。

すると彼には、医者の言った言葉が全体として、彼はひどく悪いという意味だと思えてきたのだった。街路の光景がすべてイワン・イリイチには陰気なものに見えた。辻馬橇《ばそり》も陰気、家並みも陰気、行きかう人々も商店も陰気だった。

例の痛み——一瞬も休むことのない、鈍い、疼《うず》くような痛みが、医者のはっきりしない言葉とあいまって、別の、もっと深刻な意味を獲得したように思えた。イワン・イリイチは今や新たな、重くるしい気分で、その痛みに神経を集中していた。

家に帰ると彼は妻に向かって話し始めた。妻はじっと聞いていたが、話の途中で娘が帽子をかぶって入ってきた。母親と出かける予定だったのだ。娘はしぶしぶ腰を下ろしてこの退屈な話を聞き始めたが、長くは我慢できず、母親のほうも最後までは聞き終わらなかった。

「あらよかったこと」妻は言った。「じゃあ、あなた、これからはきちんきちんと薬を飲むことね。処方箋をちょうだい、ゲラーシムを薬局に行かせるから」そう言って彼女は着替えに出て行った。

妻が部屋にいる間、息をつく暇もなかった彼は、相手が出て行くと重いため息をついた。

「なあに」彼は言った。「たぶんほんとうに、まだ大丈夫かもしれないさ……」

彼は薬を飲み、医者の指示を実行し始めたが、薬も指示も尿の検査によってがらりと変わった。しかもちょうどその折に変なめぐり合わせになって、その検査自体にも、また検査の結果にも、何らかの混乱がみられた。医者にじかに問いただすわけにはいかなかったが、結果として医者が彼に言っていたこととは違う展開になったのである。医者が失念したのか、うそをついたのか、それとも彼になにか隠し事をしているかのいずれかだった。

しかしそれでもきちんと医者の指示を守り始めたイワン・イリイチは、はじめのうちその指示を守ることに慰めを見出していた。

医者の診察を受けて以来、イワン・イリイチの主な仕事は、衛生に関する医者の指示をきちんと守ること、薬を飲むこと、そして自分の痛みに、身体のあらゆる機能に注意を向けていることだった。

人々の病気のことや健康のことが、イワン・イリイチの主な関心事となってきた。目の前で病気の人の話、死んだ人の話、病気が治った人の話、そしてとりわけ自分のと似た病気の話がされるようなときには、彼はつとめて興奮を抑えながらじっと耳をすまし、いろいろと質問をしては、自分の病気に当てはめてみるのであった。

痛みは和らがなかったけれども、イワン・イリイチは懸命に、自分は楽になっていると自らに思い込ませようとした。そして何も心配事がないうちは、自分をだましていることができた。しかしひとたび妻ともめたり、仕事がうまく行かなかったり、ホイストで悪い札が入ったりすると、すぐに自分の病気の力を感じるのであった。

かつての彼はそうした失敗があっても、いやこんな落ち目はじきに乗り越えて、きっと勝ってやる、グランドスラムを成し遂げてやる、と思ってしのいだものだ。しかし今では、失敗するとすぐに、めげて絶望してしまうのであった。

彼は今ではこんな風に考えるようになった――「せっかく俺が回復し始めて、薬も効きだしたところへ、よりにもよってこんな不運や不快事が……」そうして彼は不運に対して、あるいは自分をいやな目にあわせて殺そうとしている人間に対して腹を立てる。しかもそうした腹立ちが自分の命取りになると感じながら、どうしても怒りを抑えられないのだった。

状況や人間に対して腹を立てることが自分の病気を悪くするのであり、したがって不愉快な偶然など無視すべきだということは、彼にも当然わかりそうなものである。だが、彼はまったく逆のほうから考えていたのだ。彼によれば、自分には平穏が必要であるから、その平穏を乱すようなものをすべて厳しく監視する。だからほんの少しでも平穏が乱されるたびに、苛々してしまうのだった。

医学書を読み、いろいろな医者の診断を受けたことも、彼の状態を悪化させた。だいたいが悪化のペースは均等だったので、一日一日を比べている限り、自分を欺いていることができた。昨日と今日の差はわずかだったからである。だが医者の診断を受けてみると、病気は悪化しており、しかも急速に進んでいるという風に思えてくるのだった。それにもかかわらず、彼は絶えず医者の診断を受けていた。

この月、彼はもう一人の有名医のところへ通ってみた。この有名医の言うことはほとんど最初の有名医と同じだったが、ただ問題のたて方が違っていた。そしてこの有名医の診断も、イワン・イリイチの疑念と恐怖を強めただけであった。

友人の友人に当たる、とてもよい医者にも診てもらった。この医者はまた全然別の見立てをして、回復すると請合ってくれたのだが、むやみに質問をしてあれこれと仮説を立ててみせるものだから、イワン・イリイチはなおさら混乱し、疑念を深めてしまった。

同種療法の医者はさらに異なった見立てをして、薬もくれたので、イワン・イリイチは誰にも内緒で一週間ほど飲んでみた。しかし一週間してもよくなったような気がしなかったので、これまでの療法も今度の療法もまとめて信用できなくなり、いっそう気分が落ち込んでしまった。

あるときには知り合いの貴婦人が聖像《イコン》で病気が治るという話をして聞かせた。そしてふと気づくと、イワン・イリイチはじっと耳を傾けて、聖像が本当に効くのかどうか確かめようとしていた。

この出来事は彼を震撼させた。「いったい自分はこれほどまでに頭が弱ってしまったのか？」彼は自問した。「くだらん！　何もかもばかげている。猜疑心に負けずに、一人の医者を選んだら、その医者の治療法を厳密に守るのだ。絶対にそうしよう。それで決まりだ。あれこれ考えずに、夏まではしっかり一つの治療法を守るぞ。そうすればはっきりするさ。もうあれこれ迷わないぞ！……」

言うは易く行うは難しだった。相変わらず彼を苦しめていたわき腹の痛みが、なんだかますます強くなり、恒常化してきたようであった。味覚もますます変になってきて、自分の口がなんだかいやなにおいを発しているように感じられた。食欲も体力もどんどん落ちてきた。

もはや自分を騙《だま》し続けることは出来なかった。なにやら恐ろしい、なじみのない、きわめて重大なこと——生涯未曾有《みぞう》の重大事——がイワン・イリイチの体内で起こりつつあったのである。そして彼一人はそれに気づいているのに、周囲の者たちは一向に理解せず、あるいは理解しようとせず、世の中のことが全部昔どおりにすすんでいると思っているのだった。そのことが何よりもイワン・イリイチを苦しめた。

家族はどうか——肝心の妻と娘は、この頃ちょうど頻繁に外出していたが、どうやら何も分かっておらず、彼がふさぎこんで気難しくなっているといって、まるでそれが彼の罪であるかのように腹を立てた。本人たちは表面に出すまいとつとめていたが、自分は彼女らの邪魔者らしかった。ただし妻は彼の病気に対する彼女なりの態度を確立しているようで、彼がなにを言おうとなにをしようと、かまわずその態度を貫こうとしていた。その態度は、妻が知人たちに語る次のような言葉に表れていた。

「まったくねえ、うちのイワン・イリイチは、普通の人たちのように、お医者様が決めた処方をきちんと守れないんですのよ。今日は飲み薬を飲んで、決まった食べ物を食べて、決まった時間に寝たかと思うと、明日はもう急に、こちらが目を離すと、薬を飲み忘れる、禁じられているチョウザメは食べる、おまけに真夜中の一時までホイストをするというふうですからね」

「なに、いったいいつそんなことをした？」イワン・イリイチは腹立たしげに言い返す。「たった一度、ピョートル・イワーノヴィチのところでしただけじゃないか」

「でも昨晩もシェベクさんと」

「どっちみち、痛みで眠れなかったんだ……」

「そりゃまあ、どんな理由があるか知りませんけれど、でもあなた、そんなふうでは決してよくなりませんし、私たちも困りますわ」

他人に言うにせよ彼自身に言うにせよ、夫の病気に対してプラスコーヴィヤ夫人が表明する態度は次のことに尽きた。つまり病気になったのは夫が悪いのであり、そもそもこの病気自体が、妻に対する新手の嫌がらせに他ならないというのである。イワン・イリイチは、これは妻が単にはずみで言っているに過ぎないと感じてはいたが、だからといって気が楽になったわけではなかった。

裁判所ではイワン・イリイチは、自分に対して人々が奇妙な態度をとるのに気づいた。あるいは気づいた気がした。あるときは自分が、まもなくポストを明け渡す人間を見るような目で見られているように思われた。

そうかと思うと急に、友人たちが彼の心配性をからかって、あたかも、彼の体内に巣くって着々と生き血を吸い、抗《あらが》いがたい力でどこかへ連れて行こうとしている、あの忌まわしく恐ろしい、未曾有のものが、恰好の冗談の種に過ぎないといったような態度をとった。とりわけシュヴァルツは、十年前の彼自身を髣髴《ほうふつ》とさせるような、ひょうきんで活発で上品な態度をとって、彼を苛々させたのだった。

あるときは友人たちがゲームをしにやってきて、テーブルを囲んだ。配られた新しい札を手になじませながら見ると、ダイヤがどんどん重なって七枚になった。パートナーが「切り札なし《ノートランプ》」を宣言し、さらに二枚のダイヤが加わることになった。最高だ！楽しく、堂々とやれば、スラムは間違いない。その時突然、イワン・イリイチは例の鈍い痛みを感じ、例の口中の味を感じた。そしてこんな場合に自分がスラムに浮かれていられることに、なにか空恐ろしいものを感じたのだった。

パートナーのミハイル・ミハイロヴィチに目をやると、相手はいかにも多血質らしい手つきでテーブルをこつこつたたきながら、慇懃で鷹揚な態度で取った札に手を出すのをひかえ、反対にイワン・イリイチのほうへ押してよこした。彼がわざわざ遠くまで手を伸ばさなくても、取り札を集める満足を味わえるようにという配慮である。「いったい、この私が遠くに手を伸ばせないほど衰弱していると思っているのだろうか？」そんなことを考えているうちに、イワン・イリイチは切り札を忘れてしまい、味方の札を無駄に切ってしまったので、スラムに三足りずに負けてしまった。そして何より恐ろしいことに、ミハイル・ミハイロヴィチが悔しがるのを目にしながら、自分は平然としていたのであった。どうして自分は平然としているのか、考えるのも恐ろしかった。

みんなは彼が大儀そうなのを見て、「お疲れならばここで中止しましょう。お休みください」と言った。「休むだって？　いいや、少しも疲れてなんていないから、予定通り三回戦までやりましょう」。みんなしずんで黙りがちになった。イワン・イリイチは自分がこの暗い気分を持ち込んでしまったのを感じたが、それを晴らすことは不可能だった。

客たちは夜食をとって散っていき、一人残されたイワン・イリイチはこんな意識にさいなまれていた――自分の人生はもはや毒されており、その毒が他人の人生をも害してしまう。しかもこの毒は弱まることなく、ますます彼の存在の全体に染み渡ってくるのだ。

そんな意識を抱き、おまけに肉体の痛みと、さらには恐怖をも感じながら、寝台に横たわり、しばしば痛みのために夜の大半を眠らずにすごさなければならない。そして朝になればまた起き上がって、服を着て、裁判所に出かけて、しゃべったり書いたりし、あるいは出かけずに家にいたとしても、同じく一日二十四時間をすごさねばならないのだ。その一時間一時間が彼には拷問であった。

そしてこんなふうに死の淵に追いやられながら、誰一人分かってくれる人もなぐさめてくれる人もなく、ひとりぼっちで生きていかなくてはならないのだった。

5

こうして一ヶ月が過ぎ、二ヶ月が過ぎた。年末に妻の弟が町を訪れ、彼らの家に泊まりにやって来た。義弟が着いたとき、イワン・イリイチは裁判所に出ており、プラスコーヴィヤ夫人は買い物に出かけていた。戻ったイワン・イリイチが自分の書斎に入っていくと、ちょうど元気で血色のいい義弟が自分で旅装を解いているところだった。足音に眼を上げた義弟は、そのまましばし口もきけずに、釘付けになったように彼を見つめていた。このまなざしが、イワン・イリイチにすべてを物語った。義弟は口を開いて「あっ」と言いかけたまま、声を押し殺した。その動きがすべてを裏付けていた。

「どうだね、見違えたかい？」

「ええ……確かに変わられて」

このあと、イワン・イリイチがどんなに自分の外見の話に水を向けようとしても、義弟は口をつぐんで答えようとしなかった。プラスコーヴィヤ夫人が戻ってきて、義弟は彼女の部屋に行った。イワン・イリイチはドアを閉めて鍵をかけると、鏡を見始めた。正面から、そして横から。妻と写った肖像写真をもって来て、鏡に映った姿と比べてみた。ひどい変わりようだった。それから両袖を肘までまくってしげしげと眺め、また袖を下ろすと、オットマンチェアに腰掛けた。その顔は夜よりも暗かった。

「いけない、いけない」自分を叱咤すると、彼は飛び起きて仕事机のところに行き、審理の書類を開いて読み始めた。だが読むことはできなかった。彼はドアを開けて広間に入っていった。客間に続くドアは閉まっていた。彼は爪先立ちでそのドアに近寄ると、耳をすませた。

「いいえ、あなたが大げさなのよ」妻がしゃべっていた。

「僕の言うのが大げさだって？　姉さんには見えないのかい。義兄さんはまるで死人じゃないか。あの眼をごらんよ。光が消えているよ。義兄さんはいったいどうしたんだい？」

「誰にもわからないの。ニコラーエフ先生（二番目の医者）が何かおっしゃったけど、私には何のことかわからない。レシチェチツキー先生（最初の有名医）は正反対のことをおっしゃっていたし……」

イワン・イリイチは自室に戻り、横になって考え始めた。「腎臓、遊走腎」——彼は腎臓がどのように離脱し、遊走するのかについて医者たちが言ったことをすべて思い起こした。そして想像力を振り絞って、自分の腎臓を捕まえ、押しとどめ、元の場所に固定しようとしてみた。こんなにも簡単なことか——そう彼には思えた。「いや、もう一度ピョートル・イワーノヴィチを訪ねてみよう」（これは例の医者を友人に持つ友人であった）。彼は呼び鈴を押すと橇に馬を付けるよう命じて出かける支度にかかった。

「あなた、どこへお出かけになるの？」妻が妙に悲しげな、いつになくやさしい表情でたずねた。

このとって付けたようなやさしさにむっとして、彼は暗い顔で妻をにらみつけた。

「ピョートル・イワーノヴィチのところへ行かなくちゃならん」

彼はまず医者を友人に持つ友人を訪れ、次に相手と一緒に医者のところへ出かけた。医者は在宅で、長いこと話をすることが出来た。

医者が彼の体の中で起こっていると考えていることの詳細を、解剖学的見地や生理学的見地から検討しているうちに、彼にはすっかり合点がいった。

盲腸の中にたった一つ、ごくちっぽけな異物があるのだ。これは完治しうるものだった。つまり一つの臓器の活力を強め、もう一つの臓器の働きを弱めてやれば、吸収作用が起こって、すべてがもとに戻るというわけだ。

彼は食事に少し遅れて帰宅した。そして食事を済ますと楽しげにおしゃべりをはじめ、なかなか部屋に戻って仕事をしようとしなかった。ついに書斎に引き上げると、すぐに机に向かって仕事を始めた。審理の書類を読み、書き物をしたが、自分がなにか大事な、内密の用事を先送りしていて、最後にはその用事に取り掛かるのだという意識が念頭を去らなかった。

審理の件が片付いた時、彼はその内密な用事というのが盲腸について考えることだということに、はたと気がついた。だがそうした思いに浸ることもなく、客間に茶を飲みにいった。客が来ていて、しゃべったり、ピアノを弾いたり、歌ったりしていた。娘の理想の婿候補である例の予審判事も来ていた。妻の言葉によれば、この晩のイワン・イリイチは誰にもまして楽しそうだったのだが、しかし彼は自分が盲腸について考えるという重要な用事を先送りしているのだということを、片時も忘れはしなかった。

十一時になると、彼はみなに別れの挨拶をして自室に戻った。病気になって以来、書斎の脇の小部屋にひとりで寝ていたのである。部屋に入ると着替えをしてゾラの小説を手に取ったが、読むことはせずに物思いにふけった。すると空想の中で、願っていた通りに盲腸が治った。つまり異物が吸収され、捨てられて、正常な機能が回復されたのだった。「そうだ、まったくその通りだ」彼は自分に言った。「ただ自然の仕事を手助けしてやりさえすればいいんだ」。

彼は薬のことを思い出し、上体を起こして薬を飲んだ。それから仰向けに横たわり、薬が効いて痛みを消していく様子にじっと耳を傾けていた。「ただ規則正しく薬を飲んで、有害なものを避けるようにすればいいんだ。ほら、もう少し楽になってきた、ずいぶん楽だ」わき腹に触れてみたが、触れるかぎりでは痛みは感じなかった。「うん、痛くない。本当にずいぶんよくなった」彼は灯りを消して横向きになった……。盲腸が治りかけている、吸い込まれていく。

その時突然、彼はすでになじみの、鈍い、疼くような痛みを感じた。しつこい、静かな、ただ事でない痛みを。口中にはまたあのいやな味が広がった。心臓に鈍痛を覚え、頭がぼやけてくる。

「ああ、なんということだ！」彼は口走った。「まただ、まただ、決して消えやしない」すると突然、事態がまったく別なふうに見えてきた。

「盲腸だと、腎臓だと！　いや問題は盲腸でも腎臓でもない。要は、生か、それとも……死かなんだ。そう、今まであった命がこうしてなくなろうとしている。なくなろうとしていて、しかも自分にはそれを止めることができない。そうさ、なぜ自分をだまそうとするんだ？　だって私が死ぬということは、この私を除いて誰の眼にも明らかではないか。問題はそれが何週間後か、何日後か、それともひょっとして今すぐか、ということに過ぎない。かつて光があり、今は闇がある。かつて私はここに存在し、いまはあそこに移ろうとしている！　あそことはどこだ？」全身に冷気が走り、息遣いもとまった。彼はひたすら心臓の鼓動だけを聞いていた。

「私が存在しなくなるとしたら、いったい何が存在するのだ？　何も存在しなくなるだろう。それに私が存在しなくなったら、その私はいったいどこへ行くのだ？　死、だろうか？　いやだ、まっぴらだ」彼は飛び起きて、ろうそくに火をつけようと震える手で手探りしたが、ろうそくを燭台もろとも床に落としてしまい、仕方なくもう一度枕に身をもたせた。

「どうした？　どうせ同じじゃないか」眼を見開いて暗闇を見つめながら彼は自分に語りかけた。

「死ぬんだ。そうだ、死ぬんだ。なのにやつらは誰一人知らないし、知ろうともしない。知るのがいやなんだ。そして音楽なんかやっていやがる（その時、遠くのドア越しに、転がすようなソプラノとリトルネロの曲が響いてきたのだった）。やつらは平気な顔をしているが、やつらだって同じように死ぬんだ。愚か者どもめが。私が先でやつらが後、だがやつらもいつか同じ目にあう。それをのんきに喜んでいやがる。畜生どもが！」彼は怒りに息を詰まらせた。

激しい、耐え難い苦しみが彼を襲った。誰もが必ずこんなひどい苦しみを味わうべく運命づけられてきたなんて、そんなはずはない。彼は起き上がった。

「なにかが間違っている。ひとつ落ち着いて、最初から全部考えなおしてみるんだ」

そうして彼は検討を始めた。

「そう、発病したときのことだ。最初にわき腹を打ったが、その日も次の日も、体に何の異常もなかった。そのうちにちょっとズキズキしはじめて、やがて痛みが強くなり、その後で医者に診てもらった。そして次には倦怠感や憂鬱感を覚え、また医者に診てもらった。

だがそうしているうちに、私はどんどん奈落の淵に近づいていたのだ。体力は衰え、奈落がますます近づいてくる。そうしてほら、もはやこんなにも衰弱し、眼の光も消えてしまった。そして次は死ぬというのに、私は腸のことなんか心配している。腸が治るようにと念じたりしているのだが、問題は死なのだ。でもいったい、本当に死ぬのだろうか？」

再び彼は恐怖のとりことなった。息が苦しくなり、マッチを探そうと身をかがめたところ、肘をサイドテーブルにぶつけてしまった。サイドテーブルがいかにも邪魔で肘が痛いのに苛立った彼は、八つ当たりで思い切り押しのけるようにして、ついにはサイドテーブルをひっくり返してしまった。そうして絶望に駆られ、息を切らせながら、今にも死にそうな心もちで仰向けに倒れた。

それはちょうど客たちが帰ろうとしているときで、プラスコーヴィヤ夫人は見送りに出ていた。物が倒れる音を聞きつけた彼女は、彼の部屋に入ってきた。

「あなた、どうしたの？」

「なんでもない。うっかり倒したんだ」

妻は出て行って灯りをもってきた。夫は横たわったまま、まるで一キロも走ってきたかのようにぜいぜいと息を切らせ、動かぬ目でじっと彼女を見ていた。

「どうしたの、あなた？」

「なんえもあい……あおしたん……」何を言ってもだめだ。妻はわかりはしない――そう彼は思った。

彼女は実際理解できなかった。落ちていた彼の燭台を拾い上げて火をつけると、彼女は急ぎ足で出て行った。客を見送らなければならなかったのである。

彼女が戻ってきたときも、彼は相変わらず仰向けに寝て、上を見ていた。

「どうしたの、具合が悪いの？」

「うん」

彼女はちょっと首を振って腰を下ろした。

「ねえあなた、いっそレシチェチツキー先生に来ていただいたらどうかしら」

つまり金を惜しまずに、有名な医者に往診してもらったらと言っているのだ。彼は毒のある笑いを浮かべて「いや」と答えた。彼女はそのまましばらく座っていたが、やがてそばに来て彼の額に口づけした。

口づけを受けたとき、彼は心の底から妻が憎らしくなったので、相手を押しのけないようにするにはかなりの努力が要ったのだった。

「おやすみなさい。よく眠れますように」

「ああ」

6

自分が死ぬと悟ったイワン・イリイチは、たえず絶望に駆られていた。

心の奥ではイワン・イリイチは自分が死ぬとわかっていたのだが、しかしそのことになじめないばかりでなく、単にそれが理解できない、どうしても納得がいかないのだった。

昔キーゼヴェッター[6]の論理学でこんな三段論法の例を習った――「カイウスは人間である。人間はいつか死ぬ。したがってカイウスはいつか死ぬ」。彼には生涯この三段論法が、カイウスに関する限り正しいものと思えたのだが、自分に関してはどうしてもそう思えなかった。

カイウスが人間であり、人間一般であること――そこには何の問題もない。だが自分はカイウスではないし、人間一般でもなくて、常に他の人間たちとはぜんぜん違った、特別の存在であった。彼はイワン坊やであり、ママがいて、パパがいて、ミーチャとヴォロージャの兄弟がいて、おもちゃがあって、御者がいて、乳母がいて、それからかわいいカーチャがいて、幼年時代、少年時代、青年時代それぞれに、たくさんのうれしいこと、悲しいこと、喜ばしいことを味わってきたのだ。いったいカイウスなんてやつに、イワン坊やが大好きだったあの縞々の革ボールのにおいがわかるか？ カイウスはあんなふうにママの手にキスをしたか、そしてママの絹のドレスの襞《ひだ》がシュルシュルいう音を聞いたか？ カイウスは法律学校でピロシキのことで抗議行動を起こしたか？ カイウスはあんな恋をしたか？ いったいカイウスにこれほどうまく法廷の運営ができるか？

「したがってカイウスは間違いなくいつか死ぬし、死ぬのが正しい。しかしこの私、つまりイワン坊やとして、またイワン・イリイチとして、ありとあらゆる感情と思考をもったこの私は、まったく事情が別だ。だって私が死ななくてはならないなんて、ありえないじゃないか。それはあまりにも非道なことだ」

そんなふうに彼には感じられたのである。

6　Johann Gottfried Kiesewetter（一七六六―一八一九）ドイツの哲学教授。その論理学の教科書が帝政ロシアの学校で広く使用された。カイウスはユリウス・カエサルのこと

「もしこの私もまたカイウスのように死ななくてはならないのなら、自分でそのことを知っているはずだろう、つまり内なる声がそうだと自分に告げそうなものじゃないか。だが私の内ではそんなことはぜんぜん生じていない。私も私の友人も全部、カイウスのような目には絶対あわないと思ってきたのだ。だがそれが今ではこのざまだ！」彼は自問した。「ありえない。ありえないはずのことが起こっているのだ。いったいどうしてだ？　なぜこうなるのだ？」

理解ができぬまま、彼はこのような考えを、嘘の、誤った、病的な考えとして退け、もっと別の正しい、健全な考えによって締め出してしまおうと試みた。しかしこの考えは単なる考えにとどまらず、まるで実在するもののように、何度も戻ってきて彼の前に立ちふさがるのだった。

そこで彼は、こうした考えにとって代わるべきほかの考えを、順番に呼び起こしてみた。何とかそうした考えの中に、支えとなるものを見出したかったからである。かつて死についての思いを追い払ってくれたいくつかの考え方があったので、彼はそうした考え方にもう一度戻ってみようとした。だが不思議なことに、かつては死の意識を追い払い、押し隠し、消し去ってくれたものがどれひとつとして、今はもうそうした効果を発揮してくれないのだった。

近頃のイワン・イリイチは、大部分の時間を、死の影を追い散らしてくれるような以前の考え方をよみがえらそうという試みに費やしていた。

あるときは彼はこう自分に語りかけた。「勤めに専念しよう。私は勤めで生きてきたのだから」そうして彼は、あらゆる疑念を追い払って法廷に出かけていった。

そうして同僚たちと雑談を交わし、昔からの癖で、ぼんやりとしたもの思わしげなまなざしを傍聴人たちに投げかけつつ、やせ細った両手でオーク材の椅子の手すりに身を支えながら着席した。そして、同席の判事のほうへ身を傾けて、一件書類の位置をちょっと直しながらささやきを交わし、それから突然眼を上げてまっすぐに座りなおすと、決まり文句を告げて審理を開始するのだった。

しかしそうした仕事のさなか、突然わき腹に痛みが走り、審理の進展具合など何のお構いもなしに、じりじりと貪《むさぼ》るような例の作業を開始する。イワン・イリイチはじっと耳をすまし、痛みについての思いを振り払おうとするが、痛みは自己主張をやめない。

するとそこへあいつが、死のやつがやってきて、彼のすぐ前に立ち、こちらを見つめる。彼は凍りついたようになり、眼の光も消える。そしてまたもや自分に問い始めるのだ――「いったい、あいつばかりが真実なのか？」と。

同僚も部下も、あんなにも優秀で周到な判事であった彼が混乱し、間違いを犯すさまを、驚き嘆きつつ見守っていた。

彼は頭を振って何とか正気に戻ろうとつとめ、どうにかこうにか審理を最後まで導き終える。家に帰るときには陰鬱な意識にさいなまれていた――もはや昔のように、法廷の仕事が自分の隠したいものを隠してはくれないし、法廷の仕事をもってしても、あいつから逃れることはできない。いやなによりも悪いことに、あいつがこちらの気を引こうとするのは、なにかをさせたいからではない。ただ単にこちらがあいつを見つめて、まっすぐにあいつの目を覗き込んで、見つめたまま何もできずに、ひたすら身も世もなく苦しむのが狙いなのだ。

こうした状況から逃れようと、イワン・イリイチはなにか慰めを、別の障壁を見出そうとした。そうした別の障壁は一応見つかり、どうやらしばらくは彼を救ってくれるのだが、しかしじきにまた壊れてしまう、というよりもむしろ透けてしまう。あたかもあいつは万能の浸透性を持っていて、何物をもってしてもさえぎることができないかのようだった。

この時期、彼はよく自分が内装した客間に行ってみた。彼がはしごから落ちた例の客間である。思い返すと忌々しくも滑稽なのだが、この客間のため、この客間を内装するために、彼は自分の命を犠牲にしたことになる。なぜなら、彼は自分の病気があのときの打撲から始まったのを知っていたからだ。

さてあるとき客間に入ると、ニスを施したテーブルの表面に、なにかで引っかいた傷がついているのが目に留まった。何が原因かと探してみると、アルバムについたブロンズ製の表紙飾りの端がめくれているせいだとわかった。自分が丹精こめて作った大事なアルバムを手に取った彼は、思わず娘とその友人たちに腹を立てた。ところどころページが千切れていたり、肖像写真がひっくり返っていたりしたのである。彼は丁寧にそうした箇所を直し、表紙飾りの曲がっているのも元に戻した。

それからふと、この書見テーブルをアルバムごとそっくり、草花が活けてある別の片隅に移したらどうかという考えが、彼の頭に浮かんだ。彼は召使を呼んだ。娘だったか妻だったかが、手伝いにやってきた。みんなはうんと言わずに反対し、彼もそれに反論して腹を立てた。だがそれで万事めでたしだった。彼はこの間あいつのことを忘れていたし、そもそもあいつの姿が見えなかったからだ。

だが、いざ彼が自分でテーブルを動かしにかかると、妻が言った。「おやめなさい、召使たちにさせますよ。ほんとにもう、また体に悪いことをしようとするんだから」。その時突然、あいつが障壁越しにちらりと姿をみせ、彼もそれに気づいた。なにちらりと姿を見せただけで、どうせまたすぐに隠れるだろうと思いながら、何気なくわき腹に意識を向けてみると、どうやらそこには相変わらず例のものが住みついて、ズキズキとうずくものだから、もう忘れることはできない。そしてあいつも花の陰から、明らかに彼を観察している。いったい何でこんな目にあうのか？

「実際まさにここで、このカーテンのことで、私はまるで突撃隊のように、命を落としてしまった。いったいこれは本当のことだろうか？ なんとひどい、なんとおろかなことだろう！ こんなことはありえない！ ありえないが、しかし現にあるのだ」

彼は書斎へ戻り、横たわり、またもやあいつと二人きりになる。あいつと眼と目を合わせているのだが、一緒にすべきことは何もない。ただあいつを見つめて、肝を冷やしているだけなのだ。

7

イワン・イリイチが病気になって三ヶ月目、一歩一歩目立たぬうちに生じたことだけにどうしてそうなったか説明しがたいのだが、気がついてみると、妻も娘も息子も、召使も知人も医者も、そして肝心なことに彼本人も、皆が共通の理解をもっていた。

それはつまり、今となっては周囲が彼に覚える関心はただ一つ、いったいいつになったら彼が自分の占めている場所を空け、彼がいるせいで窮屈な思いをしている生者たちを解放し、そして自分も苦しみから解放されるだろうか、ということであった。

眠れる時間はますます短くなってきた。アヘンが与えられ、モルフィネ注射も始まった。だが彼は楽にはならなかった。朦朧《もうろう》とした状態で味わうけだるいような感覚は、最初こそなにか新鮮で救いになったが、やがて生《なま》の痛みと同様に、あるいはそれ以上に彼を苦しめるようになった。

食事も医者の指示で特別メニューとなった。だがどんなものを食べても、ひたすらまずく、うんざりするばかりであった。

排泄にも特別な装置が用意されたが、これは毎度苦しみの連続であった。不潔さも、恥ずかしさも、においも閉口だし、また他人の手を借りなくてはならないのもたまらなかった。

だがこのいちばん苦痛な仕事の中から、イワン・イリイチにとっての慰めが生まれてきたのである。彼の汚した便器を片付けに来るのは、台所番のゲラーシムであった。ゲラーシムはこざっぱりとして元気のよい、都会の食事で丸々と肥えた若い百姓だった。いつも明るく、潑剌《はつらつ》としていた。はじめ、いつもこぎれいなロシア式の服装をした使用人が、この汚い仕事をしているのをみると、イワン・イリイチはなんだかきまりが悪かった。

あるとき、彼は便器から立ち上がったまま、ズボンを持ち上げる力もなくて、やわらかい肘掛け椅子にくずおれてしまった。そしてその格好で、剝き出しになった自分の、筋がくっきりと浮き出た弱々しい腿を、悲痛な思いで見つめていた。

そこへ厚手のブーツを履いたゲラーシムが、靴に塗りこめたタールと新鮮な冬の大気の芳香を振りまきながら、軽やかな力強い足取りで入ってきた。きれいな手織り麻の前掛けをつけ、きれいな更紗のシャツの袖を捲りあげて、力強い若々しい腕を剝き出しにした格好で、ゲラーシムはイワン・イリイチのほうを見ないようにして（明らかに病人に気を使って、自分の顔に輝く生の喜びを抑えながら）、便器に近寄った。

「ゲラーシム」イワン・イリイチは弱々しい声で言った。

ゲラーシムはぎくりとして、自分がなにかへまをしでかしたかと明らかにおびえながら、ようやくひげが生え始めたばかりの、つやつやと健康そうな、純朴な若々しい顔を、すばやく病人のほうへ向けた。

「何でございましょうか」

「おまえ、さぞかしそんな仕事はいやだろうな。許しておくれ。自分ではできないんだ」

「なにをおっしゃいます」そう言ってゲラーシムは目を輝かせ、若々しい真っ白な歯をむき出してみせた。「お世話するのが当たり前でしょう。旦那様はご病気なのですから」

器用な力強い腕で手馴れた仕事を済ませると、ゲラーシムは軽い足取りで出て行った。そして五分もすると、またもや軽い足取りで戻ってきた。

イワン・イリイチは相変わらず肘掛け椅子に座り込んだままだった。

「ゲラーシム」きれいに洗った便器を元の場所に置いた相手に、彼は声をかけた。

「たのむ、ちょっとこっちへ来て助けてくれ」ゲラーシムが近寄ってくる。「私を立たせてくれんか。一人じゃ難しいんだ。ドミートリーのやつは使いにやってしまったし」

ゲラーシムは主人のそばまで来ると、力強い腕で、足取りと同じく軽々と彼を抱き、そっと上手に助け起こすと、一方の手で彼の身を支えたまま、もう一方の手で足にまといついていたズボンをたくし上げてやり、それからまた座らせようとした。だがイワン・イリイチは自分をソファまで連れて行ってくれと頼んだ。ゲラーシムはまるで力を入れていないかのように軽々と、ほとんど腕にかかえるような形で彼の体をソファのところまで連れて行くと、そこに座らせた。

「ありがとう。おまえは本当に器用で、上手に何でもできるんだな」

ゲラーシムはまたにっこりと笑って、退出しようとした。だがイワン・イリイチはこの青年といるのがとても心地よかったので、彼を帰したくなかった。

「ちょっと待て、そこの椅子をこちらへ持ってきてくれんか。いや、そっちの、足置き椅子だ。足を高くすると楽だから」

ゲラーシムは椅子を運んできて、音も立てずにそっと床に下ろすと、イワン・イリイチの両足をその上に載せた。イワン・イリイチはゲラーシムが彼の足を高く持ち上げてくれたとき、楽になったような気がした。

「足を高くすると楽だ」イワン・イリイチは言った。「あそこのクッションを足の下においてくれ」

ゲラーシムは言われたとおりクッションをもってくると、再び主人の足を持ち上げてクッションを敷いてやった。またもやイワン・イリイチは、ゲラーシムが足を持っていてくれる間、楽になった感じがした。そして彼が足を下ろすと、なんだか悪くなるような気がするのだった。

「ゲラーシム」彼は相手に呼びかけた。「おまえ、いま忙しいのか？」

「いいえ、すこしも」都会の人間からご主人方との口のきき方を教わっているゲラーシムはそう答えた。

「他にどんな用事があるんだ？」

「他の用事でございますか？　全部片付きました。あとは明日の薪を割っておく仕事くらいです」

「じゃあ、さっきみたいに足をちょっと持ち上げていてくれないか、どうだ？」

「お安い御用でございます」ゲラーシムは主人の両足をさらに高く持ち上げた。イワン・イリイチは、そうしてもらっているうちはまったく痛みを感じない気がした。

「薪はどうする？」

「ご心配なく。後からでも間に合います」

イワン・イリイチはゲラーシムに、腰を下ろして足を持っていてくれと指示し、その格好でしばらく相手と話をした。そして奇妙なことに、ゲラーシムに足を持っていてもらうと、具合が良くなる気がするのだった。

このときからイワン・イリイチは時折ゲラーシムを呼んでは、両の肩で足を支えてくれと命じ、そうして好んで彼と話をするようになった。ゲラーシムがこのつとめを軽々と、進んで、淡々と、しかもやさしく果たしてくれるのが、イワン・イリイチにはたいそううれしかった。

他の人間の健康、力、活気といったものは、すべてイワン・イリイチには不快だった。しかしゲラーシムの力と活気だけは、イワン・イリイチを傷つけず、かえって慰めてくれるのだった。

イワン・イリイチを一番苦しめたのは、嘘であった。つまり、彼は単なる病気であって、死ぬわけではないから、ただ落ち着いて治療に専念していれば、なにかとても良い結果が出るだろう、といった、なぜかみなに受け入れられている嘘であった。彼にはよくわかっていたのだ――何をしようと効果はなく、ただ余計に苦しい目にあって、結局は死ぬだけだと。だからそうした嘘が彼を苦しめた。お互いにわかっていることを認めようとせず、こちらの症状がいくらひどくても嘘をつき続け、おまけにこちらまでその嘘に加わるように強いる――そんな連中の手口はうんざりだった。彼の死の前夜にまで演じられ、彼の死という恐ろしくも厳粛な一幕を、社交上の訪問だとかカーテンだとかディナーに出るチョウザメ料理だとかと同じ下世話なレベルにまで貶《おとし》めずにはおかない、こうした嘘……それがイワン・イリイチには不快でたまらなかったのだ。

だから、奇矯《ききょう》に見えるかもしれないが、人々が自分を相手にそうした下手な芝居を演じている最中に、彼は幾度もすんでのところでこう叫びそうになった――「嘘はやめてくれ。諸君も私もよくわかっているとおり、私は死ぬのだ。だからせめて、嘘はやめてくれないか」。だが一度もそう叫ぶ元気はなかったのである。

彼が見るところ、彼の死という恐ろしい、凄絶な事件は、周囲の者たちの手で、なにか偶然の不快な出来事とか、ある種の無作法のようなものにまで貶められてしまった（これはまるで、客間に入ってきていやな体臭を振りまく人間を扱うような態度である）。しかもこの場合の「作法」意識は、彼が生涯大事にしてきた作法とまったく同じであった。

彼にはわかっていた――誰ひとり彼を哀れまないのは、誰ひとり彼の置かれた状況を理解しようとさえしないからだった。ただひとりゲラーシムだけが、彼の状況を理解し、彼を哀れんでくれたのである。

それゆえに、イワン・イリイチはゲラーシムと一緒にいるときだけ気分が良かった。ゲラーシムは時には一晩中彼の足を支えていてくれて、いっこうに退がって寝ようとせず、「どうかご心配なく、ご主人様、まだまだ眠る時間はございます」と言ったり、また時にはにわかにくだけた口調になって、「仮におまえさんが病気でなくても、どうしてお世話せずにいられるもんかね」と言い添えたりしたが、そんな時イワン・イリイチはとてもうれしかった。

ゲラーシムだけが嘘をつかなかったし、どう見ても彼だけが事の本質をわきまえていて、しかもそれを隠す必要を感じず、単にやせこけた弱き主人を哀れんでくれていた。あるとき、彼を退がらせようとしたイワン・イリイチに向かって、彼は率直にこんな言い方さえした。

「みんないつかは死ぬのです。お世話するのは当たり前のことですよ」この意味するところは――自分はこの仕事を苦にしていない。なぜならそれは死んでいく人のためにやっているからであり、またいつか自分の番がきたら、誰かがこうして同じことをしてくれるだろうから、というのであった。

さて例の嘘のほかに、あるいは嘘のせいで、イワン・イリイチにとって一番つらかったのは、彼が願っているほど彼に同情してくれる人が、ひとりもいないことだった。たとえば痛みが長く続いた後など、彼がなによりも願うのは――打ち明けるのはいかにも恥ずかしいのだが――ちょうど病気の子供を哀れむように、誰かに哀れんでもらうことだった。子供をあやして慰めるように、優しく撫でて、口づけして、哀れみの涙を流してほしかったのだ。もちろんれっきとした公職にいて、ひげも白くなろうという身の彼には、そんなことは望むべくもないのはわかっていた。だがそれでもそうしてほしかったのだ。

そしてゲラーシムとの関係にはなにかそれに似たものが混じっていたので、ゲラーシムとの付き合いが彼を慰めてくれたのだった。

イワン・イリイチは泣きたかったし、誰かに慰められ、泣いてほしかった。だがそんなところへ同僚の、判事仲間のシェベクが見舞いに来ると、泣いたりあやしてもらったりどころではなく、イワン・イリイチはまじめで、厳格な、考え深い表情を作って、いつもの惰性から控訴審判決の意義について自説を述べ、しかもそれを断固譲らないのだった。

なによりも自分の周囲と自分の内側にあるこの嘘こそが、イワン・イリイチの人生最後の日々をだいなしにしてしまったのである。

8

朝だった。なぜ朝だったかといえば、単にゲラーシムが去って従僕のピョートルが現れ、灯りを消し、カーテンを片方だけ開けて、そっと片付けにかかったからに過ぎなかった。朝だろうと晩だろうと、金曜だろうと日曜だろうと、何の意味もない、まったく同じことだった。片時も静まらず疼きつづけるせつない痛み、もはや望みもなく消え去ろうとしながら、かろうじて消え残っている命の意識、唯一の現実である、あの恐ろしく忌まわしい、迫りくる死、そして相変わらずの嘘――何曜日だろうが何の週だろうが何時だろうが、いったいどんな違いがあろうか？

「お茶を召し上がりますか？」

こいつはただ決まりとして、朝は主人に茶を飲ませたいのだ――そう思った彼は、そっけなく答えた。

「いらん」

「ソファにお移りになりますか？」

部屋を片付けるのに邪魔だというのか。とんだゴミ扱い、厄介者扱いだ――そう思ってまたそっけなく答える。

「いや、ここでいい」

従僕のピョートルはまだうろうろしていた。イワン・イリイチが手を伸ばすと、かいがいしく近寄ってくる。

「御用で？」

「時計を」

ピョートルはすぐ手元にあった時計をとって手渡した。

「八時半か。家のものはまだ起きていないか？」

「まだでございます。お坊ちゃまは学校に出かけられましたが、奥様はご主人様がお言いつけになったら起こすようにとのことで。お起こししますか？」

「いや、いい」茶でも飲んでみるか――彼は思った。「じゃあ、茶を……持ってきてくれ」

ピョートルがドアに向かうと、イワン・イリイチは一人になるのが怖くなった。なにかで引きとめよう。そうだ、薬だ――「ピョートル、薬をくれ」いやなに、薬だってまだ効くかもしれんさ――彼はスプーンに盛った薬を受け取って飲み干した。いや、効くものか。こんなものは全部下らんまやかしだ――おなじみの甘ったるい、いやりきれない味を感じるや否や、彼はそう断じた。

いや、もはや信じられない。だがこの痛みが、痛みがたまらん。ほんの一時でもおさまらぬものか――彼が呻きだすと、ピョートルが戻ってくる。「いや、行け。茶を持ってきてくれ」

ピョートルは出て行った。一人残されたイワン・イリイチは呻き声を立てていたが、それはいかに痛みがひどいとはいえ、痛くて呻いていたというよりはむしろ切なくて呻いていたのであった。——まったくいつまでもいつまでも同じ繰り返し、きりのない昼と夜が続くのだ。いっそ早いとこ……早いとこ、何だ？　死と闇か。いやいや、何であれ死よりもましだ。

ピョートルが盆に茶を載せて戻ってくると、イワン・イリイチは放心したような目つきでじっと彼を見つめたが、相手がどこの誰なのかさっぱり分からぬふうであった。ピョートルはその目つきに当惑した。そしてピョートルが当惑したとき、イワン・イリイチはわれに返った。

「ああ」彼は言った。「茶か……よし、そこにおいておけ。あ、それから洗面をさせてくれ、新しいシャツもな」

イワン・イリイチは洗面に取り掛かった。休み休み手を洗い、顔を洗い、歯を磨き、髪をとかし始めたところで鏡に見入った。おぞましい光景だった。とりわけ、青白い額に髪がぴったり張り付いているところが、なんともいやな眺めだった。

シャツを替えてもらっている間、自分の体を見たらもっとうんざりするだろうと思い、彼はあえて鏡を見ようとしなかった。だが何とかすべて終わった。部屋着をまとい、ショールにくるまって、茶を飲もうと肘掛け椅子に腰を下ろす。つかの間、彼はさっぱりとした気分になったが、しかし茶を飲み始めるとすぐ、またもや例の味、例の痛みがぶり返した。無理やり茶を飲み干すと、彼は脚を伸ばして横になった。横たわって、ピョートルを解放した。

まったく同じことだった。一抹の希望がほの見えたかと思うと、絶望の大波が襲いかかって来る。そして絶え間ない痛みも、やるせなさも、すべてが同じ繰り返しだった。一人でいるのがわびしくてたまらず、誰かを呼びつけようと思うが、しかしそうする前から分かりきっている。他人がいればもっとつらいのだ。――いっそまたモルフィネでも射ってもらって、意識をなくしてしまうか。とにかく医師に言ってなにか考えてもらおう。このままではだめだ、とても耐え切れない。

そんな状態で一、二時間がたったところに、玄関でベルの音がした。おそらく医者だ。案の定、元気溌剌として丸々と肥えた陽気な医者が、「おやおやどうしました？　だいじょうぶ、すぐに楽になりますからね」といった表情で現れた。医者はそんな表情がこの家ではふさわしくないと知っていたのだが、ちょうど朝からいろいろな家にお客に行く人間が出がけに着た燕尾服を途中で脱げないのと同じように、いったん一生ものとして身につけてしまった表情を、いまさら剝ぎ取るわけにもいかないのだった。

　医者は威勢よく、励ますように両手をこすり合わせた。

「いや寒いこと。けっこうな凍《い》てですな。ちょっと温まらせてください」そういう医者の表情は、まるで彼の体が温まるまでちょっと待っていさえすれば、万事解決するというかのようであった。

「で、いかがですか？」

　イワン・イリイチには、医者が本当はおどけて「いかがですか、景気は？」とでも言いたいところを、そう言うわけにもいかないと感じて言い換えているように聞こえた。

「昨夜はいかがでしたか？」医者は聞いた。

　イワン・イリイチは、「君、いつまでもそんな空々しいことを言って、恥ずかしくないのか」という問いのこもった視線で医者を見つめたが、医者はその問いを読み取ろうとしなかった。

　そこでイワン・イリイチは言った。「相変わらず最悪です。痛みが引きません、いっこうに消えないのです。何とかならないものでしょうか」

「いやはや、患者さんはいつもそんなことをおっしゃいますがね。さてと、どうやら私の体も温まりました。これならもう厳しいお宅の奥様から、私の手が冷たいとお叱りを受けることもないでしょう。では、失礼しますよ」そう言って医者は手を握ってきた。

そこからはもう、医者はこれまでのひょうきんな様子を振り捨てて、真剣な顔で診察を始めた。脈拍を測り、体温を測り、打診や聴診へと移っていく。

イワン・イリイチにはこんなことはすべて下らぬこと、ただのごまかしだと分かりきっていたが、それでも膝立ちになった医者が彼の体に覆いかぶさるようにぐっと上体を伸ばし、あるときは上のほう、あるときは下のほうへと耳をくっつけながら、彼の上で大まじめな顔で体操の秘術のごとき格好をしてみせているうちに、ついそれに引き込まれてしまうのだった。それはちょうど判事としての彼が、弁護士連中の言うことが全部嘘であるということも、なぜ嘘をついているかということも熟知していながら、ついついその発言に引き込まれてしまうのと同じだった。

ソファに膝立ちになった医者がまだあれこれ打診を続けているとき、戸口のあたりにプラスコーヴィヤ夫人のシルク・ドレスの衣擦れの音が響き、そしてお医者様のいらしたのをなぜ伝えなかったかと、ピョートルを叱る声がした。

入ってきた妻は夫に口づけするとすぐに、自分はもうとっくに起きていたのに、ちょっとした行き違いで、お医者様がいらしたときお迎えもできなくってと、しきりに弁解し始めた。

イワン・イリイチは妻に目を向けると、全身をじろじろ観察して、その白くてむっちりとした肌、きれいに手入れされた手や首筋、つやつやした髪や生気にあふれた目の輝きを、全部彼女の落ち度とみなした。彼は全身全霊で妻が憎かった。妻にちょっと触られただけでも、こみ上げる憎しみの情にさいなまれるのだった。

妻は、彼に対しても彼の病気に対しても、まったく同じ態度をとっていた。ちょうど医者がひとたび患者に対する一定の姿勢を築き上げると、二度とそれを翻せなくなるように、妻も彼に対する一定の姿勢を築き上げて、もはやその姿勢を翻すことができなくなっていた。その姿勢とは、夫はなにかしらすべきことを怠っているのであって、病気になったのも自業自得だというものであり、彼女はそのことで好んで夫を非難するのであった。

「まったくこの人は言うことを聞いてくれないんですよ。薬も時間通りに飲みませんし。なによりも、寝方が変なんですよ。きっと体に悪いわ、足を上げて寝るなんて」妻は夫がゲラーシムに足を持たせて寝る話をした。

医者は小ばかにしたような愛想笑いを浮かべる。「しかたないさ。病人というのは時々とんでもなく馬鹿なことを思いつくものだから。まあ許してやるさ」――そんなふうに思っているのだろう。

診察が済むと、医者はちらりと時計に眼をやった。するとプラスコーヴィヤ夫人がイワン・イリイチに告げた――彼の気に入るかどうかはわからないが、じつは彼女は今日有名な医者に往診を依頼しており、その医者とミハイル・ダニーロヴィチ（これがいつもの普通の医者の名だった）で一緒に診察し、検討していただくことにしてある、というのだ。

「だからどうかあなたも嫌がったりしないでね。これは私が自分のためにすることなんだから」彼女は皮肉な口調でそういったが、それはつまり、自分のすることは全部彼のためであり、だからこそ彼には嫌がる権利は与えられないのだということをほのめかしているのだった。彼は黙って顔をしかめた。自分を取り巻く嘘があまりにも込み入ったものとなって、もはや何にせよはっきり識別するのが難しくなっている――

そんな気がした。

妻が彼に対して行うことは、全部ひたすら彼女自身のためである。そして彼女は彼に対し、自分がまさに自分のために行っていることを、わざわざ自分のために行っているのだと断ってみせる。するとそれがあまりにもありえないことのように聞こえるので、彼はその言葉を反対の意味にとらなければならなくなるのだった。

事実、十一時半に有名な医者が現れた。ふたたび聴診が行われ、彼の前で、さらには別室で、腎臓について、盲腸について重要な会話が交わされた。問いも答えもきわめて深刻な調子で交わされたので、またもや目下の彼が唯一直面している生と死の現実的な問題に代わって、腎臓や盲腸の問題が前面に出てきた。つまり腎臓と盲腸がなにかしら誤ったまねをしているので、その件でいましもミハイル・ダニーロヴィチ先生と有名な医者がこれらの臓器を懲らしめ、更生させようとしているというわけだった。

辞去するときの有名な医者の顔つきは、深刻そうではあったが絶望的ではなかった。イワン・イリイチが恐れと期待に輝く目で相手を見上げながら、回復の見込みはあるかとおずおずとたずねると、請合うわけにはいかないが、可能性はあるという答えが返ってきた。

イワン・イリイチが医者を見送るときの期待のまなざしがいかにも哀れっぽかったので、それを目にした妻は、有名な医者に謝礼を渡そうと書斎の戸口を出ながら涙を流したほどだった。

医者の言葉に励まされて高揚した気分も、長くは続かなかった。またもや同じ部屋の中、絵も、カーテンも、壁紙も、薬ビンも同じなら、傷む、苦しいわが肉体も同じだった。イワン・イリイチは呻きだす——すると麻酔注射がうたれ、意識がなくなった。われに返ったときには日が暮れようとしていた。食事が運ばれてくる。彼は無理やり肉汁《ブイヨン》を少し食べた。そしてまた同じこと、また夜がやってくる。

食事のあと、七時に妻が部屋に入ってきた。夜会に行くようないでたちをして、胸はまるまると盛り上がり、おしろいの跡を顔に残している。妻はまだ朝のうちから彼に、今夜はみなで観劇に出かける予定だと念を押していた。有名な女優サラ・ベルナール[7]の来演があり、ボックス席がとってあったのだ。

これはイワン・イリイチがどうしてもと言って予約させたものだったが、今ではすっかりそのことを忘れていたので、妻がおめかししているのを見てムカッとしたのだった。だが彼は、観劇が子供の教育によい美的娯楽だからということで、ぜひみなでボックス席をとって見に行くようにと主張したのが自分自身であったのを思い出して、腹立ちを押し隠した。

入ってきた妻は自分の姿に満足しながらも、なんとなく申し訳なさそうな様子を見せていた。彼の脇に腰掛けると、妻は体の具合はどうかとたずねたが、あきらかにそれはこちらの体調を確かめるためではなく、ただ質問のための質問だった。確かめるべきことは何もないと妻は分かっていたからである。

それから彼女は自分が言っておきたいことをしゃべり始めた——自分はどうしても出かけたくないのだが、ボックス席がとってあるし、エレンも娘もペトリシチェフさん(娘の恋人である例の予審判事だ)もいらっしゃるので、私がお付き合いしないわけにはいかない。自分としてはこうして夫と一緒にいるほうがいいのだけれど。でもどうか自分のいない間も、お医者様の言いつけを守ってちょうだい、と。

「ところでペトリシチェフさんがお見舞いしたいとおっしゃっているんだけれど、入っ

7 Sarah Bernhardt(一八四四—一九二三)フランスの女優。コメディ-フランセーズで活躍。物語の設定された一八八一—八二年の冬に、実際にロシア巡業を行っていた。

てもらって良い？　それからリーザもね」

「入ってもらえ」

娘が入ってきた。盛装して、若い肉体を剝き出しにしている。それは彼をこんなにも苦しめているのと同じ肉体であった。だが娘はその肉体を見せびらかしているのだ。娘は強く、健康で、見るからに恋をしており、幸せの邪魔をする病気、苦しみ、死を憎んでいるのだった……。

続いてペトリシチェフ青年が入ってきた。燕尾服を着てカプール風[8]に長い前髪をうねらせ、筋張った長い首にぴったりとした白いカラーをはめ、大きな純白の胸当てを付けて、頑強そうな太ももを細い黒ズボンに包み、片手にだけ白い手袋をはめて、折りたたみの山高帽を手に持っている。

その後ろからこっそりともぐりこんできたのは、真新しい制服を着た中学生の息子だった。あわれにも手袋までして正装したのに、眼の下にはひどい隈が出来ている。その意味をイワン・イリイチは知っていた。

この息子のことが、彼にはたえず不憫でならなかった。少年のおびえたような、同情にみちたまなざしは、怖くさえあった。イワン・イリイチには、ゲラーシムを除いて自分を理解し、哀れんでくれるのは、このワーシャだけのように思えた。

皆が腰を下ろし、再び容態についての質問が出る。沈黙が生まれた。ふとリーザが母親に、双眼鏡を持っているかとたずねると、母と娘の間で、双眼鏡を誰がどこへしまったかという言い合いが始まった。いやなムードが漂った。

ペトリシチェフがイワン・イリイチにサラ・ベルナールを見たことがあるかとたずねた。イワン・イリイチははじめ自分が何を問われているのか分からなかったが、やがてこう答えた。

「ないな。で、君は見たのか？」

「はい、『アドリエンヌ・ルクヴルール』[9]に出たのを」

妻はその芝居の彼女は格別すばらしいと言い、娘はそれに反論した。そこでこの女優の演技のどこがエレガントでどこがリアルかといった話が始まった。相も変わらぬ

8　Joseph Capoul（一八三九―一九二四）＝ペテルブルグでも人気を博したフランスのテノール歌手。新モードの導入者としても有名。

9　一九世紀フランスの劇作家スクリーブとルグーヴェの共作喜劇。一八世紀フランスの女優の人生を描いている。

例の話題である。

話の最中にペトリシチェフがふとイワン・イリイチに目をやり、そのまま黙り込んでしまった。他の者たちも同じく一瞥して黙り込んだ。

イワン・イリイチは目をぎらぎらさせながら前方をにらんでいた。明らかに彼らに腹を立てているのだった。何とかこの場を取り繕わねばならなかったが、どうにもしようがない。せめて何とかこの沈黙を破る必要があったが、誰一人思い切って口を開こうとしなかった。みな怖くなったのだ——なにかの拍子に突然うわべの嘘がはがれて、ありのままの事実がむき出しになってしまうことが。

娘のリーザが最初に覚悟を決め、沈黙を破った。彼女はみなが気にしていることを隠そうとしたのだが、つい口を滑らしてしまった。

「でも、もし出かけるとしたら、そろそろ時間ね」父からもらった時計を覗いてそう言うと、娘は恋人の青年に向けて、彼ら二人だけに分かる合図のように、そっと意味ありげな笑みを投げかけながら、衣擦れの音をたてて立ち上がった。

一同が立ち上がり、挨拶をして出て行った。

みなが行ってしまうと、イワン・イリイチはほっとしたような気分になった。嘘がなくなったからだ。嘘は連中とともに去った。だが痛みは残った。相変わらず同じ痛み、相変わらず同じ恐怖が、何ひとつ重くもなく、何ひとつ軽くもない、膠着《こうちゃく》状態を作っている。事態はますます悪化していた。

相変わらず一分また一分、一時間また一時間と時が過ぎていくが、絶えず同じことの繰り返しでいっこうに果てしがない。それだけに、避けがたい終わりがますます怖かった。

「そうだ、ゲラーシムをよこしてくれ」彼は用事を聞くピョートルにそう答えた。

9

夜更けに妻が帰宅した。彼女は足音を忍ばせて部屋に入ってきたのだが、彼はそれを聞きつけた。目を開き、急いでまた閉じる。

妻はゲラーシムを帰して自分が彼に付き添おうとした。彼は目を開けて言った。

「いや、部屋に帰れ」

「ひどく悪いの？」

「アヘンをお飲みになって」

「相変わらずだ」

彼は言われるとおりに飲んだ。妻は出て行った。

三時ごろまで彼は苦しい朦朧状態にあった。まるで自分が痛みとともに、どこか狭くて真っ暗な袋の中へ詰め込まれたような気がした。中は深くて、なにかの力で奥へ奥へと押し込まれても、いっこうに端まで届かない。

彼にとって恐ろしいこの作業は、ひどい苦しみを伴った。彼は恐怖に駆られ、向こう側に突き抜けようとあせり、外の力に逆らったり協力したりした。すると突然体がぱっと解放され、落下したとおもったら目が覚めた。

相変わらずゲラーシムがベッドの足元に座ったまま、静かに、辛抱強くまどろんでいる。彼のほうは靴下をはいたやせ細った両足をゲラーシムの肩に掛けた格好で横たわっているのだった。同じシェードつきのランプが灯り、同じ痛みが絶え間なく続いている。

「もう退がれ、ゲラーシム」彼はつぶやいた。

「平気です、もう少しこうしておりましょう」

「いや、もう退がってくれ」

両足を相手の肩からはずし、横向きに寝ると、彼にはにわかに自分が惨めに感じられた。かろうじてゲラーシムが隣の部屋へ出るまで待っていた彼は、その後はもはやこらえようともせず、まるで子供のように泣き出した。彼は自分の無力さを嘆き、恐ろしい孤独を嘆き、人々の残酷さを嘆き、神の残酷さを嘆き、神の不在を嘆いた。

「どうしてこんなことをするのだ？　どうして私をこんな目にあわすのだ？　何のため、何のために私をこんなにひどく苦しめるのだ？……」

彼は答えを予期していなかったが、それでも答えがないことを、答えがありえないことを嘆いた。また痛みが激しくなったが、彼は身じろぎもせず、人も呼ばなかった。彼は心の中で言い続けた。「さあもっとだ、ほら打つなら打て！　だが何のためだ？　私がおまえに何をした？　何のためだ？」

やがて彼は静まり、泣くのをやめたばかりか息まで止めて、じっと耳をすました。それはあたかも音を出して話す声ではなく、自分の内側で生じている心の声を、思考の歩みを聞き取ろうとしているかのようだった。

「おまえには何が必要なのだ？」――これが彼に聞き取りえた最初の、はっきりとした、言葉で表現できる概念だった。「おまえには何が必要なのだ？　何がほしいのだ？」彼は自分に向けて繰り返した。「何がほしいって？　苦しまないことだ。生きることだ」彼はそう答えた。

そして再び彼は全身を耳にした。意識を緊張させるあまり、痛みにも気づかないほどだった。

「生きるって？　どう生きるのだ？」心の声がたずねた。

「だから、かつて私が生きていたように、幸せに、楽しく生きるのだ」

「かつておまえが生きていたように、幸せに、楽しく、か？」声は聞き返した。そこで彼は頭の中で、自分の楽しい人生のうちの最良の瞬間を次々と思い浮かべてみた。しかし不思議なことに、そうした楽しい人生の最良の瞬間は、今やどれもこれも、当時そう思われたのとは似ても似つかぬものに思えた。幼いころの最初のいくつかの思い出をのぞいて、すべてがそうだった。幼年期には確かに、もしも取り戻せるならばもう一度味わってみたいような、なにか本当に楽しいものがあった。だがその楽しさを味わった当の人間は、すでにいないのだ。それはまるで、誰か別の人間についての思い出のようであった。

今の彼、つまりイワン・イリイチの原型が形成された時代を思い出し始めるや否や、当時は歓びと感じていた物事がことごとく、今彼の目の前で溶けて薄れ、なにかしら下らぬもの、しばしば唾棄すべきものに変わり果てていくのであった。

こうして幼年期を遠ざかって現在に近づけば近づくほどますます、歓びだったことがつまらぬ胡散臭《うさんくさ》いものへと変貌した。

その始まりは法律学校であった。とはいえあのころはまだなにかしら本当に良いものがあった。つまり楽しみがあり、友情があり、希望があった。しかし上級になると、もはやそうした良き瞬間もまれになった。

その後、最初の知事直属特任官の仕事をした時期には、再び良き瞬間が現れた。それはある女性への恋の思い出だった。それからはいろんなことが混ぜこぜになって、良きものはさらに少なくなった。その先はこれがさらに減り、先へ行くほどますます少なくなっていった。

結婚……そして思いがけぬ幻滅、妻の口臭、肉欲、偽善！　それからあの死んだような勤め、それからあの金の苦労——こうして一年がたち、二年がたち、十年がたち、二十年がたった。そしていつも同じことの繰り返しだった。時がたてばたつほど、ますます生気が失われていった。

自分では山に登っているつもりが、実は着実に下っていたようなものだ。まさにその通りだ。世間の見方では私は山に登っていたのだが、ちょうど登った分だけ、足元から命が流れ出していたのだ……。そしていまや準備完了、さあ死にたまえ、というわけだ！

さて、これはいったいどういうことだ？　なぜこうなったんだろう？　こんなことはありえないじゃないか。人生がこれほど無意味で、忌まわしいものだったなんて、おかしいじゃないか。それにもしも人生がこれほど忌まわしい、無意味なものだったとしたら、なぜ死ななくてはならない、しかも苦しんで死ななくてはならないんだ？

なにかがおかしいぞ。

「ひょっとしたら、私は生き方を誤ったのだろうか？」不意にそんな考えが浮かんだ。「しかし何でもそつなくこなしてきたのに、いったいどうして誤ったのだろう？」そう彼は自問したが、すぐさまこの生と死のすべての謎に対する唯一の解決の糸口を、なにかまったく手に負えぬものとして頭から追い出してしまった。

いったい今のおまえは何を望んでいる？　生きることか？　どのように生きるん

だ？　おまえが法廷で生きてきたように、廷吏が「開廷！」と宣言したときに生きるのか？　開廷、開廷——そう彼は心の中で繰り返した。ほらここが法廷だ！

「でも私は無罪です！」彼は忌々しげに叫んだ。「なぜですか？」そしてもう泣くのをやめ、壁のほうに寝返りを打つと、ひたすらただひとつのことを考え始めた——なぜ、何のためにこんな恐ろしい目にあうのか、と。

だが、いくら考えても答えは見出せなかった。そしてよくあるように、なにもかも自分が間違った生き方をしてきたせいで生じたことなんだという考えが頭をよぎると、彼は即座に自分の人生の正しさをくまなく思い起こして、その奇妙な考えを追い払うのだった。

10

また二週間が過ぎた。イワン・イリイチはもはやソファから起き上がろうとしなかった。ベッドに寝ているのがいやになって、ソファに寝ていたのだ。そうしてほとんどずっと壁のほうを向いて横たわったまま、ただ一人同じ終わりのない苦しみに浸り、ただ一人同じ答えのない思念にふけっていた。

これは何だ？　本当に死というものか？　すると内なる声が答える——「そう、本当だ」。何のためにこんなに苦しむんだ？　声が答える——「何のためでもなく、ただ苦しむのだ」。もはやそれ以上は何の返事もないのだった。

発病して以来、つまりイワン・イリイチが初めて医者に診てもらったとき以来、彼の生活は正反対の二つの気分に分割され、それが交互に入れ替わってきたのだった。つまりあるときは絶望に駆られて不可解な恐ろしい死を予期し、あるときは希望をもって自分の体の活動を興味深く観察してきた。あるときは一時的に自分の仕事を怠けている腎臓や腸だけが目に浮かび、あるときはどうしても逃れようのない不可解で忌まわしい死だけが目に浮かんでいたのである。

この二つの気分は病気の最初から交互に現れていたのだが、病気が進めば進むほど、腎臓のことを考えるのがますます嘘くさい、見当はずれのことに思え、一方迫りくる死の意識はますますリアリティを増してきたのだった。

三ヶ月前の自分を思い起こして今の自分と引き比べ、自分がいかに規則正しく坂を下ってきたかを思い浮かべてみるだけで、およそどんな希望の芽も潰《つい》えてしまうのだった。

ソファの背に顔を向けて横たわる彼は、孤独だった。たくさんの人が住む都会の只中、たくさんの知人や家族に囲まれながら、海底にも地中にもないほどの、完全な孤独に包まれていた。

その恐るべき孤独の最後の時期を、イワン・イリイチはただひたすら過去を思い浮かべ、過去に生きていた。自分の過去のさまざまな情景が、次から次へと彼の脳裏に浮かんできた。それはいつも一番近い過去に始まって、だんだんと遠くへさかのぼり、最も遠い子供時代まで行って、そこで落ち着くのだった。

今日すすめられて食べたスモモの砂糖煮を思い浮かべただけで、彼は子供のころ食べた生のしわしわのフランス・スモモを、その独特な味を思い出し、すっぱい種までかじった気になって、唾がいっぱい湧いてきた。そしてその味の思い出と並んで、子供のころの思い出が次々と浮かんできたのだった——乳母のこと、弟のこと、おもちゃのこと。

「いやこの思い出はよそう……つらすぎる」——そう自分に語りかけて、イワン・イリイチは再び現在に戻ってくる。

ソファの背にボタンがついていて、モロッコ革に皺《しわ》がよっている。「モロッコ革は高価なくせに丈夫ではない。そのことで喧嘩をしたな。でも昔、自分たちが父の書類カバンを壊したときは、また別のモロッコ革、また別の喧嘩だった。父には罰を食ったけれど、母はピロシキを持ってきてくれたっけ」そこでまた子供のころの思い出にふけり、またもや切なくなってきて、イワン・イリイチは思い出を振り払い、別のことを考えようとつとめることになった。

するとまた直ちに、この思い出と歩調を合わせて、彼の心の中でもうひとつの思い出が進行する。それは自分の病気が悪化し、昂進する過程の思い出である。

ここでもまた、過去へさかのぼればさかのぼるほど、自分はそれだけ生気にあふれていた。人生の幸もたっぷりあったし、命そのものもたっぷりあった。幸と命がひとつに解け合っていたのだ。「ちょうど苦痛が時を追うごとにますますひどくなってきたように、人生全体も時とともにますます悪くなってきた」——そう彼は考えた。ただひとつの明るい点が後ろに、人生の始まりにあり、後は先へ行くほどどんどん暗く、そしてどんどん速くなってきた。

「死からの距離の二乗に逆比例するのだ」——イワン・イリイチはふとそう思った。

そしてこのどんどん速度を増して落下する石のイメージが、彼の心に深く残った。人生という、この増大する苦の連なりが、どんどん加速しながら終わりを、最大の苦を目指して飛んでいるのだ。「私は飛んでいる……」彼はギクッと身じろぎし、これに抗おうとした。だがすでに抵抗しても無駄なことが分かっていた。

こうしてあらためて彼は、ものを見すぎて疲れ果てながら、どうしても前にあるものを見ないではいられない目でソファの背を眺めつつ、じっと待った——恐ろしい落下と、衝突と、そして破壊を待ち受けた。

「抵抗しても無駄だ」彼は自分に言った。「だが、せめてその理由が知りたい。だがそれも不可能だ。仮に私が誤った生き方をしてきたのなら、説明もつくだろう。だがいまさらそんなことを認めるわけにはいかない」自分の人生が法にかなった、正しい、立派な人生であったことを思い起こしながら、彼はそうつぶやいた。「そんなことは決して認めるわけにはいかないぞ」彼は唇を笑いにゆがめた——まるで誰かがその笑いに目を留めて、それにだまされることがあるかのように。「説明はない！　ただ苦しみ、死んでいくだけだ……何のために？」

11

このようにして二週間がたった。この二週間の間に、イワン・イリイチと妻が心待ちにしていた出来事が起こった。ペトリシチェフ青年が正式な結婚申し込みをしたのだ。それはある晩のことで、その翌朝、プラスコーヴィヤ夫人はペトリシチェフのプロポーズをなんといって夫に伝えようかと思案しながら、夫の部屋に入っていった。だがおりしもその夜の間にイワン・イリイチの容態はまた一段悪化していた。入っていった夫人が見ると、夫は同じソファの上にいたが、様子が変わっていた。すっかり仰向けになってうめき声を上げながら、じっと動かぬ目で前方を見つめていたのだ。

夫人が薬を飲む時間だと切り出すと、夫は彼女の方に視線を向けた。夫人は言いかけたことをしまいまで言い切れなかった。それほどまでの憎しみが、まさに彼女に向けた憎しみが、そのまなざしに込められていたのである。

「お願いだ、静かに死なせてくれないか」彼は言った。

彼女は立ち去ろうとしたが、そのとき娘が入室し、朝の挨拶に近寄ってきた。イワン・イリイチは妻を見たのと同じ目つきで娘をにらみつけ、加減はどうかという娘の問いに対して、そっけない声で、「もうじきおまえたちをみんな私から解放してやる」と答えた。二人は黙り込み、少しその場にとどまってから立ち去った。

「私たちのどこがいけないっていうの？」娘が母にきいた。「まるで私たちのせいでこうなったみたいじゃない！　パパはかわいそうだと思うけれど、何も私たちにあたらなくたって」

いつもの時間に医者が来た。イワン・イリイチは憎悪のまなざしを片時も相手からそらさずに、問われることに「はい」「いいえ」と答えていたが、しまいにこう言った。

「どうしようもないことはお分かりでしょう。放っておいてください」

「苦痛を和らげることは出来ますよ」医者は言った。

「それだって出来ないでしょう。放っておいてください」

客間へ出た医者がプラスコーヴィヤ夫人に告げたところでは、容態は非常に悪く、一つの手段はアヘンを使って、激烈なものと予測される苦痛を緩和することであるという。

医者が言う患者の身体の苦痛が激烈なものになるという話は、その通りであった。だが身体の苦痛よりもさらに激しいのが精神の苦痛であり、ここにこそ彼の主な苦しみがあったのだった。

彼の精神の苦痛は、まさにその夜更けに始まった。ゲラーシムの眠たげな、善良な、頬骨の張った顔を見ているうちに、ふと彼の頭に、もしも本当に自分の全生涯が、物心ついてからの生涯が「過ち」だったとしたら、という考えが浮かんだのだった。

これまでまったくありえないと思われていたこと、つまり自分が一生涯間違った生き方をしてきたということが、実は本当だったかもしれないという考えが、脳裏に浮かんだ。ひょっとしたら、世間で一番立派だと思われている人々が良いとみなしていることに逆らおうというかすかな衝動、彼が心のうちに自覚するたびに即座に追い払ってきたそうした衝動こそがまっとうであって、他のことはすべて誤りかもしれない――そんな気がしたのだ。

彼の仕事も、生活設計も、家族も、社会の利益や職務上の利益も――すべて偽物かもしれない。彼はそう思う自分に対して、それらすべてのことを弁護しようとしてみた。すると不意に、自分の弁護がいかにも根拠薄弱だと感じられてきた。そもそも弁護すべきものが何もないのだった。

「もしもその通りだとしたら」彼は自問した。「私は自分に与えられたものをすべて台無しにしてしまって、もはや取り返しがつかない、ということを自覚しながらこの世を去ることになる。その時はいったいどうなるのだろうか？」彼は仰向けに寝たまま、まったく新しい目で自分の全人生を振り返りはじめた。

翌朝、彼は従僕と顔を合わせ、それから妻と、娘と、医者と顔を合わせたが、彼らの一つ一つの動作、一つ一つの言葉が、夜のうちに見出された恐るべき真実を彼に実証してくれるものだった。彼らのうちに彼は自分を見出し、自分が生きがいとしてきたものをすべて見出した。そしてそうしたものがことごとくまやかしであり、生と死を覆い隠す恐るべき巨大な欺瞞であることを、はっきりと見て取ったのだった。

この意識は、彼の身体の苦痛を何倍にも強めることになった。彼は呻き、のたうち、自分の着衣をむしりとろうとした。着衣に胸を締め付けられ、押しつぶされるような気がしたのである。そしてそのせいで、彼はさらに周囲の者たちを憎んだ。

いつもより多いアヘンが投与され、彼は意識を失った。だが昼食時にはまた同じ症状がぶり返した。彼は皆を追い払い、一人で輾転とのたうち回った。

妻がやってきて彼に言った。

「あなた、お願いだから私のために(私のために?)言うとおりにして。決して害になることじゃないし、それどころか効くこともあるのよ。それにたいしたことじゃないわ。元気な人だってちょくちょく……」

彼は目を大きく見開いた。

「何だ? 聖体拝領? 何のためだ? いらんぞ! だがまあ……」

妻は泣き出した。

「いいでしょう、あなた? ここの司祭さんをお呼びしますわ。とても良い方よ」

「分かった、そうするがいい」彼は答えた。

司祭がやってきて聴罪を行うと、彼はすっと気持が落ち着き、あたかも自分の疑念が薄らいで、そのおかげで苦痛も薄らいだような気がした。つかの間の希望が芽生え、彼はまたもや盲腸のことを、そしてその回復の可能性を考え始めた。聖体拝領を受けるとき、彼は目に涙を浮かべていた。

聖体拝領のあとで横に寝かされたときは、しばし体が楽になり、もう一度生きる望みがわいてきた。彼は勧められていた手術を受けることを考え始めた。生きるんだ、生きていたい——そう彼は心に思った。妻が聖体拝領のお祝いを言いにやってきて、決まり文句の後で付け加えた。

「どう、本当に楽になったでしょう?」

彼は妻のほうに目をやりもせずに、「ああ」と答えた。

妻の衣装、妻の体つき、妻の顔の表情、妻の声の響き——そのすべてが彼に向かってひとつのことを語りかけていた。「間違っている。おまえがこれまで生きがいとし、今でもそれによって生きているもの——それは全部、おまえの目から生と死を隠す嘘であり、まやかしだ」

そしてそう思った瞬間、彼のうちに憎しみが頭をもたげ、憎しみとともに苛むような身体の苦痛が生まれ、そして苦痛とともに、避けがたい、間近な死の意識が沸き起こってきた。それはなにかしら新しい症状で、もみ込むような、はじけるような痛みで、息が詰まるような感じがした。

「ああ」と言ったときの彼の形相はすさまじかった。そうして「ああ」と言い放ち、妻の顔を正面からにらみつけると、普段の弱々しい動作とはかけ離れた勢いですばやくうつぶせになり、こう叫んだのである。

「出て行ってくれ、出て行って、私を一人にしてくれ」

12

この瞬間からあの恐ろしい叫び声が始まり、三日間途切れることなく続いたのだった。それはドアを二枚隔てたところで耳にしても、思わずぞっとせずにはいられないような叫び声だった。妻に返事をしたあの瞬間に、彼は理解したのだ——自分は破滅した、後戻りはできぬ、終わりが、完全な終わりが訪れた、そして疑念は相変わらず解けず、疑念のままに残るのだ、ということを。

「あっ！　あぁっ！　あっ！」と彼はさまざまな抑揚でうなり続けていた。彼ははじめ「いやだぁ！」と叫んでいて、最後の「あ」の音がうなり声として残ったのだった。

この三日間、彼にはもはや時間は存在しなかったのだが、この間中ずっと彼は、目に見えぬ正体不明の力によって閉じ込められた例の真っ暗な袋の中でもがき続けていた。あたかも死刑囚がもはや助かりようのないことを知りながら、刑吏の手の内で暴れるように、彼は暴れていた。そして一瞬ごとに、いかに全力で抗おうとも、自分がどんどん恐怖の源へと近づいていくのを感じていた。

彼は感じていた――自分が苦しむ理由は、この真っ暗な穴に吸い込まれようとしているからだが、しかしもっと大きな理由は、自分がその穴にもぐり込みきれないからだと。穴にもぐりこむのを邪魔しているのは、自分の人生が善きものだったという自覚であった。まさにその自分の人生の正当化の意識がつっかえ棒となって彼の前進を阻み、なによりも彼を苦しめているのだった。

不意になにかの力が胸を突き、わき腹を突いて、さらに息苦しさがつのった。と、彼は穴の中を落下していった。そして前方の穴の果てに、なにかが光り出したのだ。汽車に乗っていると、前へ向かって走るつもりでいたところが実は後ろに向かっていて、突然本当の方向を自覚することがあるが、ちょうどそのようなことが彼の身に起こっていた。

「そう、なにもかも間違っていた」彼は自分に語りかけた。「だがそれだってかまいはしない。大丈夫、『すべきこと』をすることはできる。だが、『すべきこと』っていったい何だ?」こう自問して、彼はにわかに黙り込んだ。

これは三日目の終わり、彼が死ぬ一時間前のことだった。ちょうどこのとき、中学生の息子が病室にそっと入ってきて、彼のベッドに歩み寄った。瀕死の病人は相変わらず身も世もなく叫び、両手を振り回していた。その片手が中学生の頭に当たった。息子はその手をつかんで唇に当てると、わっと泣き出した。

これはまさにイワン・イリイチが落下しながら光を見出し、自分の人生は間違っていたが、まだ取り返しはつくという認識を得た瞬間のことであった。彼はすべきこととは何かと自分に問いかけ、黙って耳をすましたのだった。するとその時、誰かが手に口づけしてくれるのを感じた。目を開けてみると息子が見える。彼は息子が哀れになった。妻が近寄ってきた。彼は妻に目をやった。妻はぽかんと口を開けたまま、鼻にも頬にも伝う涙を拭いもせずに、絶望の表情で彼を見つめていた。彼は妻が哀れに思えた。

「そうだ、私はこの者たちを苦しめている」彼は思った。「彼らは哀れんでくれるが、しかし私が死ねば楽になるだろう」彼はそのことを告げたいと思ったが、口に出していう力がなかった。「しかし、なにも口で言うには及ばない。実行すればいいのだ」そう彼は思った。彼は目で妻に息子を指し示して言った。

「連れて行ってくれ……かわいそうだ……おまえもな……」
彼はさらに「ゆるしてくれ《プロスチイ》」と言うつもりで「ゆるくしてくれ《プロプスチイ》」と言ってしまった。だがもはや言い直す力もなく、分かるべき人は分かってくれると思って片手を振ってあきらめた。

このときふと彼は察した。散々彼を苦しめて、どうしても体から出て行こうとしなかったあるものが、にわかに出て行こうとしている。それも二方向、十方向、いやあらゆる方向から、全部いっぺんに出て行こうとしているのだ。

妻や子がかわいそうだ。彼らがつらい目にあわないようにしてやらなくては。彼らをこの苦しみから救えば、自分も苦しみをまぬかれる。

「なんと良いことだろう、そしてなんと簡単なことだろう」彼は思った。「だが痛みは？」彼は自問した。「痛みはどこへいった？　おい痛みよ、おまえはどこにいる？」

彼は耳をすました。

「ほら、ここだぞ。だがかまうな、痛みなど放っておけ」

「では、死は？　死はどこだ？」

彼は自分がかねてからなじんできた死の恐怖を探してみたが、見出せなかった。死はどこにある？　死とは何だ？　恐怖はまったくなかった。死がなかったからだ。

死の代わりにひとつの光があった。

「つまりこれだったのだ！」突然彼は声に出して言った。「なんと歓ばしいことか！」彼にとってこのすべては一瞬の出来事だったが、この一瞬の意味はもはや変わることはなかった。周囲の人々にとっては、彼の苦しみはさらに二時間も続いた。彼の胸のうちでなにかがぜいぜいと音を立て、やつれ果てた体はときどきびくっと痙攣していた。それからぜいぜいいう音もヒューヒューいう音も、徐々に間遠になっていった。

「終わった！」誰かが彼の頭上で言った。

彼はその言葉を聞き取り、胸の中で繰り返した。「死は終わった」彼は自分に言った。「もはや死はない」

彼はひとつ息を吸い込み、吐く途中で止まったかと思うと、ぐっと身を伸ばして、そのまま死んだ。

クロイツェル・ソナタ

「……しかし、わたしは言っておく。みだらな思いで他人の妻を見る者はだれでも、既に心の中でその女を犯したのである。……」(『マタイによる福音書』五章二十八節)

弟子たちは、「夫婦の間柄がそんなものなら、妻を迎えない方がましです」と言った。イエスは言われた。「だれもがこの言葉を受け入れるのではなく、恵まれた者だけである。結婚できないように生まれついた者、人から結婚できないようにされた者もいるが、天の国のために結婚しない者もいる。これを受け入れることのできる人は受け入れなさい。」(『マタイによる福音書』十九章十―十二節)

――新共同訳『聖書』(日本聖書協会、二〇〇〇年)より引用。

1

早春のことだった。私たちはすでに一昼夜以上も汽車に揺られていた。車両には近距離の乗客が出入りしていたが、三人の客だけは、この私と同じように、始発駅からずっと乗り詰めだった。

一人は器量も良くなければ若くもない女性で、タバコをすい、旅疲れの出た顔をして、男物のようなコートを着込んで帽子をかぶっていた。この女性の連れは四十がらみの話し好きな男で、身につけたものは全部新品でこざっぱりとしている。

もう一人、ぽつんと一人離れて座っているのは妙に立ち居ふるまいのぎこちない小柄な紳士で、まだ老人でもないのに巻き毛の髪は明らかに若白髪、異様にぎらぎらした目を一つのものから別のものへとせわしく動かしていた。着ているのは子羊皮の襟がついた仕立てのよい古コートで、丈の高い防寒帽も同じく子羊皮だった。コートの前をはだけると、下にはさらにアンダー・コートとロシア風の刺繍のついたシャツが見えた。

もう一つこの紳士が風変わりなのは、時おり奇妙な音を発することで、それは咳払いのようにも聞こえたし、あるいは途中で断ち切れてしまった笑い声のようにも聞こえた。

この紳士は旅の間中、乗客と付き合ったり知り合ったりすることをつとめて避けていた。隣の客が話しかけても、短くそっけない返事を返すばかりで、だいたいは何かを読んだり、窓を眺めながらタバコをすったり、古い手提げ袋から食べ物を取り出しては、茶を飲んだりなにかつまんだりしていた。

この人物がいかにも一人ぼっちで退屈しているように見えたので、私も何度か話しかけようとしたのだが、互いの目が合うたびに（私たちは斜め向かいに掛けていたので目が合うことはしょっちゅうだった）彼は顔を背け、本を手に取ったり窓を眺めたりしだすのであった。

二日めの夕刻近く、ある大きな駅で停車した折に、この落ち着きのない紳士は外に出て熱いお湯を持ってくると、一人で茶をいれて飲んだ。こざっぱりと新品の身なりをしたもう一人の紳士のほうは、後に弁護士だと分かったのだが、男物風のコートを着た隣席のタバコ好きの婦人と一緒に、駅へ茶を飲みに出かけた。

二人連れが席を外している間に、車両には何人かの新しい乗客が入ってきた。中の一人、背が高くて髭《ひげ》のないしわだらけの老人は、いかにも商人らしい風貌をして、テンの毛皮の外套を着込み、大きなひさしのついたラシャの帽子をかぶっていた。この商人は例の婦人と弁護士の向かいの席に座ると、すぐにもう一人の若者と話を始めた。これもこの駅で乗ってきた客で、見かけは商店の店員といったところであった。

私は通路をはさんではすかいの席に座っていたのだが、汽車が停まっているせいで、脇を通る者がいない間は、彼らの会話が切れ切れに聞こえてくるのだった。商人は開口一番、ここからほんの一駅のところにある自分の村へ出かけるところだと言った。それからお決まりのとおり、まずひとしきり物価や商売の話に花が咲き、それから例によって昨今のモスクワの景気の話になり、その後で有名なニジニ・ノヴゴロド[1]の定期市の話が始まった。

1 ヴォルガ川とオカ川の合流点にある交通と商業の中心都市。

店員風の若者は、彼らの共通の知人である有名な金持ち商人が定期市でどんちゃん騒ぎをしたといううわさ話を始めたが、老人は途中で相手をさえぎって、かつて自分自身が一枚嚙んでクナヴィノ村で行った大宴会の話を始めたのだった。どうやら彼は自分がその乱痴気騒ぎに加わっていたのが自慢らしく、見るからに楽しげに、自分と件《くだん》の知り合いの商人がクナヴィノで酔っ払ったあげく、とことん羽目をはずした顚末を物語るのだが、もはやその中身は小声でささやくしかないような代物らしかった。これを聞いた店員は客車中に響き渡るほど馬鹿笑いし、老人のほうも二本しかない黄色い歯をむき出しにして哄笑した。

何も面白い話が聞けないと判断した私は、汽車が出るまでプラットホームを散歩してこようと席を立った。ドア口で戻ってくる弁護士と婦人の二人連れに出会ったが、相手は歩いている最中もおしゃべりに夢中だった。

「もう時間がありませんよ」愛想のよい弁護士がこちらに声を掛けてくる。「すぐに二番ベルが鳴りますからね」

確かに列車の端まで行く暇もなく、ベルが鳴った。車両に戻ってみると、婦人と弁護士は相変わらずしきりに話しこんでいる。老人の商人は黙って二人の前に座ったまま厳しい目つきで前方を見据え、時おりいかにも気に食わないといった様子で口をもぐもぐさせていた。

「それからその女性ははっきりと夫に宣言したんだ」私が脇を通るとき、弁護士は笑顔でそんなことを話していた。「自分はあなたと一緒に暮らしていくことはできないし、暮らしたいとも思いません。なぜかと言えば……」

その先もひとしきり話が続いたのだが、私には聞き取れなかった。私の後からまだ何人か乗客が乗り込んできて、車掌が通ったり赤帽が駆け込んできたりでかなり長いこと騒ぎが続き、そのせいで会話が耳に入ってこなかったのだ。あたりがすっかり静まると、再び弁護士の声が聞こえてきたが、どうやら話はすでに個別の事例から一般論に移っているらしかった。

弁護士の話題は、現代ヨーロッパで離婚問題が世の関心を集めており、ロシアでも離婚が増え続けているということだった。しかし聞こえているのが自分の声だけだと自覚すると、弁護士は話を打ち切って老人のほうを振り向いた。

「昔は離婚などなかったでしょうね？」彼は感じのいい笑顔を作って老人にそう問いかけた。

老人は何か返事をしようとしたが、ちょうどその時汽車が動き始めたので、帽子をとって十字をきり、小声でお祈りを始めた。弁護士は目をそらすと、恭《うやうや》しい表情で相手の祈り終わるのを待った。祈りを終えて十字を三回きると、老人は帽子をまっすぐ目深にかぶり、その場で居住まいをただしてから、おもむろに話し出した。

「昔にもございましたよ、旦那さん。ただし今ほど多くはありませんでしたな」彼は言った。「いまどきはもう離婚なしでは済みますまい。なにせ教育のある人間が増えましたからな」

どんどん加速する汽車がレールの継ぎ目のところでゴトンゴトンと大きな音を立てるので、人の声が聞きづらくなってきたが、私は話に関心を覚えたため、彼らのそばへと腰をずらした。向かいの席の目のぎらぎらした落ち着きのない紳士も明らかに関心を覚えているようで、その場にじっとしたまま耳を傾けている。

「でも教育のどこがいけないのかしら」ごくかすかな笑みを浮かべて婦人が言い返した。「昔は花婿と花嫁が婚礼までお互いの顔を見たこともないなどということもあったようですが、ひょっとしてそんな結婚のほうがいいとおっしゃるの?」

多くのご婦人の例にもれず、彼女は話し相手の発言そのものに反論しているのではなくて、相手の意見だと勝手に思い込んだ事柄に反論しているのだった。

「昔の女はもう、相手を愛しているか、愛することができるかなんてことは斟酌《しんしゃく》なく、相手かまわず嫁にやらされて、一生苦しんだものです。いったいそのほうがましだとお考えですの？」そういう彼女は明らかに私と弁護士に向かって問いかけているのであって、相手の老人のことなど眼中にない様子だった。

「なにせ教育のある人間が増えましたからな」老人は侮蔑のまなざしで婦人を見つめながらそうくりかえしただけで、相手の質問に答えようとしなかった。

「その教育と夫婦間の不和の問題がどんな関係になっているのか、ひとつご説明をうかがいたいものですな」弁護士もかすかに笑みを浮かべてそうたずねた。

商人は何か答えかけたが、婦人が彼をさえぎった。

「いいえ、もうそんな時代は過ぎましたわ」彼女がそういうと、弁護士がそれを制した。

「いや、この方にもお考えを述べていただこうじゃありませんか」

「教育は無分別のもとです」老人はきっぱりと言い放つ。

「愛しあってもいない者同士を結婚させておいて、後で夫婦仲が悪いからといって大騒ぎするなんて」婦人は弁護士や私や例の店員のほうまで振り向きながらまくし立てた。店員はこのころには席から立ち上がって、背もたれに肘をついた格好で会話に耳を傾けていたのだった。「それは動物同士ならまだしも飼主の思い通りに番《つが》わすこともできるでしょうけど、人間にはそれぞれ相性もあれば好みもあるんですから」明らかに商人をやっつけようとして彼女はそう語った。

「奥さん、それは見当はずれですな」老人が答える。「動物はしょせん畜生ですが、人間には法というものがありますから」

「ではいったい、愛してもいない相手とどうして暮らしていけというの？」相変わらず早口でまくし立てる婦人は、どうやら自説を極めて新しい考えだと思っている様子だった。

「昔はそのような詮索はしませんでした」老人はしみじみとした調子で言った。「近頃になってそんなことをとやかく言うようになったのです。だからちょっと何かあると、女はすぐ男に向かって『わたし出て行きます』などと言う。百姓の間にまでそんな風潮が広まっております。『ほらこれがあんたのシャツとズボン。あたしはイワンと行くわ。あの人のほうがあんたより縮れっ毛の男前だから』という調子です。まあ考えてもみてください。女にはなによりもまず恐れというものがなくてはならんでしょう」

これを聞いた店員は、弁護士、婦人、私と、満遍なく聞き手仲間の顔を見回した。どうやら笑みが漏れるのを抑えているのだが、商人の演説の効果を見極めたうえで、次第によっては破顔一笑やんやの喝采をしてやろうと待ち構えているのは明らかだった。

「恐れって、いったいどういう恐れです？」婦人が問う。

「それはつまり、自分の主人を恐れる気持です！　まさにそういう恐れのことです」

「あら、ご老人、もうそういう時代は過ぎましたわ」婦人はいくぶんむっとした様子で言い放った。

「いいや奥さん、そういう時代が過ぎ去るなんてことはありえません。あのイヴが、つまり最初の女が男の肋骨から作られて以来、世の終わるときまでずっとそのままなんです」老人がいかにも厳しい顔つきで大見得を切るように首を一振りしてそう言い放つと、店員は即座に勝利は商人の手に落ちたと判断して、けたたましい笑い声を上げた。

「それはあなた方男性の言い分に過ぎませんわ」婦人も譲らずに、われわれの顔を見回してやり返す。「ご自分たちは自由を享受していながら、女は奥座敷に閉じ込めておきたいというのですから。きっとご自身は何をしても許されると思っていらっしゃるのだわ」

「誰もそんなふうに思ってはおりません。ただ男が家にいても何の役にも立ちませんし、いっぽう女というもの妻というものは、壊れやすい器ですからな」商人は引き続き言い含めようとする。

諄々《じゅんじゅん》と諭すような商人の口調が明らかに聞き手たちの心を支配しかけ、婦人でさえも圧倒されるのを覚えていたようだが、それでも彼女は降参しなかった。

「それはともかく、女性もまた人間であって、男性と同じく感情というものをもっているということはお認めいただけるでしょうね？　だとすれば、もし妻が自分の夫を愛していないとき、妻はいったいどうしたらよろしいのですか？」

「愛していないときですと！」商人は眉とくちびるを動かして、いかめしい口調で相手の言葉をくりかえした。「大丈夫、いつか愛するようになります！」

この意表をついた論理はとりわけ例の店員にうけたようで、賛同の声が聞こえた。

「いいえ、愛するようになんてなるもんですか」婦人がやり返す。「だいたいが愛してもいないものに愛を無理強いするなんて、できるはずがないでしょう」

「ところで、もし妻が夫を裏切ったとすれば、その時はどうなりましょうか？」弁護士が話に加わった。

「それはあるまじきことです」老人は言った。「そんなことにならぬよう、よく監督しておかねばなりません」

「しかしもしもそうなってしまったとしたらどうですか？　実際にちょくちょくあるじゃありませんか」

「そういう人たちもいるかもしれませんが、私どものところではありません」老人は答えた。

一同はしばし黙り込んでしまった。店員は身じろぎしてさらににじり寄ってきたと思うと、皆に遅れをとるまいというように笑顔を作りながらしゃべり始めた。

「そういえば、うちの若い衆にも一度みっともないもめ事がありましたっけ。それもちょっとややこしい話なんですが、要するにもらった嫁さんがどうにも身持ちの悪い女だったんですよ。それでこの嫁が浮気をはじめたんですな。夫の若い衆のほうは地道で分別のある男なんです。最初この嫁が帳簿係とできてしまいましてね。旦那が大目に見てやるからやめろと言い聞かせても、嫁は言うことを聞かない。それどころかますます悪さをして、ついには旦那の金を盗むようになったんです。そこで旦那も殴っていうことを聞かせようとしたんですが、それがまたすっかり裏目に出て、こんどはなんと、こんな言い方をして何ですが、洗礼も受けていないユダヤ人なんかと乳繰り合うようになったんです。さてこうなってはもうしかたがないということで、結局はきっぱりと離縁になりましたよ。そうして旦那は独り身で暮らしている、嫁のほうは相変わらずふらふら遊び歩いているというわけでさあ」

「それは自業自得でしょう」老人が言った。「もしもその男がいちばん最初から嫁に勝手をさせずに、本当のしつけをしておれば、おそらくはうまく行っていたでしょう。最初から自由にさせないことです。野良では馬を信じるな、家では嫁を信じるな、と申しますからな」

このとき車掌が最寄り駅までの乗客の検札にやってきて、老人は自分の切符を渡した。

「まったく、女のしつけは早いうちにやっておくに限ります。さもないとすっかり台無しになりますからな」

「でもあなたご自身、先ほど女房持ちの男たちがクナヴィノの定期市で羽目をはずした話をされていましたね。ああいうのはどうなんですか?」私はつい我慢できずに口を挟んだ。

「それは別の話ですよ」商人はそう言うと黙り込んでしまった。

汽笛が鳴ると商人は腰を上げ、座席の下から荷物袋を取り出すと、コートの前をかき合わせ、帽子をかるく持ちあげて挨拶してから、デッキに出て行った。

2

老人が姿を消すや否や、何人かがいっせいにしゃべり出した。

「まさしく旧約聖書の時代の旦那ですな」店員が言った。

「まるでいにしえの『家庭訓《ドモストロイ》[2]』が服を着ているようだわ」婦人が切り捨てる。「女性についても結婚についても、なんて野蛮な考えをしていることかしら」

「まったく、わが国の結婚観はヨーロッパ風には程遠いですな」弁護士が言った。

「ああいう人たちには本当に大事なことが分かっていないのよ」婦人が続ける。「愛

2　一六世紀のイワン雷帝時代に編まれた教訓書で、男尊女卑、家父長主義の色彩が濃い。

のない結婚なんて結婚とはいえません。愛があってはじめて結婚は神聖なものになる、つまり本当の結婚とは愛によって浄《きよ》められた結婚だけをいうのです」

店員は笑顔で耳を傾けていた。こうした知的な会話を少しでも多く覚えておいて、いつか使ってやろうと思っているのだろう。

婦人が話している最中に、私の背後から途切れた笑い声とも慟哭《どうこく》ともつかぬ音が聞こえた。一同が振り返ってみると、そこにいたのは例の目をぎらぎらさせた白髪頭の孤独な紳士であった。きっと先ほどの話の途中で興味を惹かれ、そっと目立たずにこちらに移ってきていたのだ。男は両手を椅子の背において立っていたが、明らかに興奮している様子で、顔は赤らみ、頰の筋肉がぴくぴくと動いていた。

「というと、いったいどんな愛が……その、ええと……どんな愛が、その……結婚を浄めてくれるんです?」男はつっかえながらそう問いかけた。

相手が興奮状態なのを見てとった婦人は、なるべく穏やかで丁寧な返事をしてやろうとした。

「真実の愛ですわ……。男女の間にその愛があれば、結婚は可能です」婦人は言った。

「なるほど、でもその真実の愛とは何を意味するのですか?」目をぎらぎらさせた紳士は、きまり悪そうに微笑しながら、おどおどした口調でそう問い返した。

「愛がどんなものかは誰でもご存知でしょう」婦人は明らかに男との会話にけりをつけたいようだった。

「でも私には分かりません」紳士は言った。「あなたが言う愛の意味をはっきりさせていただかないと……」

「えっ？　簡単でしょう」婦人はそう言いながらしばし考え込んだ。「愛とは何か？　愛とは、一人の男ないし女を、他の誰よりも好きだと思うことですわ」彼女はそう答えた。

「その好きだというのはどれくらいの時間のことですか？　一月ですか？　二日間、それとも半時間ですか？」白髪頭の紳士はそう言い放つとニヤニヤ笑った。

「あら、失礼ですが、きっと何か勘違いなさっているのでしょう」

「いいえ、勘違いじゃありませんよ」

「こちらがおっしゃるのはこういうことです」と弁護士が婦人を手で示しながら割って入った。

「つまり結婚というものはなによりもまず相手を慕う気持から、言い換えれば愛から始まるべきであって、そうした感情がはっきりと存在するときにはじめて、結婚はある種の、いわば神聖な事柄となる。したがって自然な恋慕の情、すなわち愛情に基づかぬ結婚はすべて、道徳的拘束力を持ち得ないというわけです。私の理解は正しいでしょうか？」彼は婦人にたずねた。

婦人は首の動きで、自分の思想の解釈に異議がないことを表現してみせた。

「であるとすれば……」弁護士は演説を続けようとしたが、今や興奮のあまり両の目を炎のごとく燃え立たせた相手の紳士は、どうやら堪忍袋の緒が切れかけたと見えて、弁護士の話をさえぎってしゃべり出した。

「いいえ、私だって同じように、一人の男ないし女を他の誰よりも好きだと思う気持の話をしているのです。ただ私がうかがいたいのは、そういう好きだという気持がどれくらいの時間続くものかということです」

「どのくらいの時間続くかですって？　それは永続的なものでしょう。一生続くことだってありますわ」婦人は肩をすくめて答えた。

「それは小説の中だけの話で、実生活では決してありえません。実生活では誰かを一番好きだと思う気持が一年続くこともありますが、これはもう珍しいほうで、ふつうは数ヶ月、でなければ数週間、あるいは数日もしくは数時間しか続かないのです」男は明らかに、一同が自分の言葉に驚きあきれているのを承知していて、そのことに満足しているのであった。

「なんですって！　とんでもない。ちょっと待ってくださいよ」われわれ三人は異口同音に反論した。例の店員さえ、なんだか不満そうな声を発してみせたほどである。

「いや、これは確かな話です」白髪の紳士は私たちを一喝した。「あなた方は本来こうあるはずだと思うところを主張なさっているに過ぎませんが、私が言うのはありのままの事実なのです。そもそもどんな男でも美しい女性を見るたびに、皆さんが愛と呼ぶ感情を覚えます」

「ああ、あなたがおっしゃるのは低劣な感情のことです。しかし人間同士の間には愛と呼ぶべき感情が確かに存在するし、それは何ヶ月や何年という単位ではなくて、生涯続くのではありませんか？」

「いや、そんなものはありません。たとえ男が一人の女を生涯愛し続けるということがあったとしても、女のほうはきっと別の男を好きになるのです。昔からずっとそうだったし、今でもそうなのです」そう言い放つと、紳士は紙巻タバコのケースを取り出して一服し始めた。

「しかし相思相愛ということもありえますね」弁護士が言う。

「いいえ、ありえません」紳士は言い返した。「それはたとえて言えば、荷車一杯のえんどう豆の中に同じ印をつけた二粒がたまたま隣りあって並んでいるというようなもので、絶対にありえないのです。しかもこれは単に確率からいってありえないというだけではなく、おそらく能力的にも無理でしょう。つまり一人の女ないし男を生涯愛し続けろというのは、一本のろうそくに一生燃えていろというようなものなのです」彼は貪るようにタバコの煙を吸い込みながらそう言うのだった。

「でも、あなたがおっしゃっているのは肉体的な愛のことばかりじゃありませんか。いったいあなたは、理想の一致や精神の親和から生まれる愛情というものをお認めにならないんですの？」婦人がたずねた。

「精神の親和！　理想の一致ですか！」例の独特な音を発しながら紳士は婦人の言葉をくりかえした。「しかしそういうことなら、何も一緒に寝る必要はないじゃないですか（どうも下品な表現で恐縮ですが）。それとも人は理想が一致するからといって一緒に寝ているというわけですか」そう言って彼はヒステリックな笑い声を立てた。

「しかしながら」弁護士が口を挟む。「事実はあなたの言うのと食い違っていますよ。われわれが見るとおり、結婚制度は存在していますし、人類のすべてもしくはその大半は結婚生活を営んでおり、多くの人たちは誠実に、末永くその結婚生活をまっとうするのです」

白髪の紳士はまたもや笑い声を上げた。

「あなたは愛情があってはじめて結婚があるとおっしゃっておきながら、私が肉体的な愛以外の愛情の存在に疑念を表明すると、今度は結婚が存在するのだから愛情もあるのだと証明しようとなさるわけですな。いや、現代の結婚なんて、まやかしに過ぎませんよ！」

「いや待ってください」弁護士が言う。「私はただ、結婚は存在してきたし、いまでも存在していると言っているだけです」

「存在していますとも。ただしなぜ存在していると思いますか？　結婚を何かの神秘だと認め、神の前での義務をともなう機密であると考える人々の間で、結婚は存在してきたし、今でも存在しているのです。

そういう人々にとって結婚は存在しますが、われわれの間では存在しません。われわれは結婚を単なる性交としか考えずに結婚するものだから、そこから出てくる結果は欺瞞《きまん》か暴力でしかないのです。欺瞞の場合はまだしも我慢できましょう。夫婦がうわべは一夫一婦制の下で暮らしているというふうに他人を欺いて、じつは一夫多妻や一妻多夫の生活を営んでいるわけです。汚らわしいことですが、まあ成り立ちます。ところがよくあるように、夫婦が生涯一緒に暮らすという表向きの義務を引き受けておきながら、すでに二月目にして互いに憎しみあうようになり、離婚を望みながら、しかもそのまま同居を続けているような場合、恐るべき地獄となります。つまり酒に走ったり自殺したり、鉄砲やら毒やらで殺したり殺されたりということになるのです」紳士はますます早口になって、誰の反論も許さず、ひたすら興奮の度を増していった。皆は黙って聞いていた。なんだかきまりが悪くなったのだ。

「そう、もちろん夫婦生活には危険なエピソードもありますな」度を超えて熱くなった会話を打ち切ろうとして、弁護士は言った。

「どうやら私が何者かお気づきになったようですね」静かに、一見平然とした口調で白髪の紳士は言った。

「いや、残念ながら」

「残念に思われるほどの者ではございません。私はポズヌィシェフと申します。あなたが今おっしゃった危険なエピソードというやつの関係者ですよ。私の場合は妻を殺したんですがね」彼は私たち一人ひとりをすばやく見回しながらそう言った。

誰一人なんと答えるべきか思いつかぬままに、皆黙り込んでしまった。

「いやまあ、つまらんことです」彼は例の音を立てながらそう言った。「とにかく失礼をいたしました。いやはや……皆さんに気詰まりな思いをさせるのはもうよしましょう」

「いいえ、とんでもない……」何が「とんでもない」のか自分でも分からずに弁護士は言った。

だがポズヌィシェフは相手にせず、くるりと振り向いて自分の席へ戻っていった。弁護士と婦人はひそひそささやきあっていた。私もポズヌィシェフのそばの席へ戻ったものの、話の種も見つからぬままに、じっと黙っていた。本を読むにも暗かったので、私は眼をつぶって眠たいふうを装った。そんな調子で私たちは、次の駅まで進んだのだった。

駅に着くと、弁護士と婦人は別の車両へ移っていった。これはもう事前に車掌と話をつけていたのだった。例の店員のほうは、座席に寝床をこしらえて眠り込んだ。ポズヌィシェフはひっきりなしにタバコを吸い、さっきの駅でいれた茶を飲んでいる。私がふと目を開けて彼の様子をうかがうと、相手はいきなり、いらいらしきったような切り口上で食ってかかってきた。

「私と同席しているのがいやなんじゃありませんか？　私の正体をお知りになったからにはね。そうでしたら、私は出て行きますよ」

「いや、とんでもない」

「それでしたら、召し上がりませんか？　ちょっと濃いですけれど」そう言って彼は茶を注いでよこした。

「連中がしゃべっているのは……あれは全部でたらめですよ……」彼は言った。

「何の話です？」私は問い返した。

「さっき言ったとおりです。つまり連中のいう愛情というやつも、それがどんなものかという説明も、全部でたらめだといっているのです。あなたは眠くはないですか？」

「ぜんぜん」

「ではもしよろしければ、お話しましょうか。私がその愛情というやつのせいで、いかにしてあのような事件を起こすにいたったかという顚末を」

「ええ、もし話すのが苦にならないとおっしゃるのなら」

「いや、かえって黙っているほうがつらいのです。どうぞ茶を召し上がって。それとも濃すぎましたか？」

茶はじっさい煮詰まってビールのようだったが、私は一杯を飲み干した。ちょうどそこへ車掌が通りかかった。紳士は黙ったまま忌々しげな目で車掌を見送り、相手がいなくなったところでようやく口を開いた。

3

「ではお話しましょうか……。でも、本当にお聞きになりたいんですね？」

私は大いに聞きたい旨をくりかえした。彼は一瞬沈黙すると、両手で顔を拭ってから話し始めた。

「お話するとなると、いちばんの発端から全部お話しなくてはなりません。私がどんな風に、なぜ結婚したか、結婚の前はどんな人間だったか、すっかりお話することになります。

結婚前の私は皆と同じような生活をしていました。つまりわれわれの階層の仲間がするような生活をしていたのです。私は地主で大学出の学士であり、貴族会長をしておりました。

結婚前の暮らしぶりは皆と同じで、つまりはふしだらな生活をしていたわけですが、これもまたわれわれ地主貴族の仲間が皆そうであるように、ふしだらな暮らしをしながら、それが正しい生き方だと確信していたのです。内心ひそかに、自分は愛すべき人間だ、完全に道徳的な人間だと思っていたものです。私は女たらしではないし、変な趣味もなく、同世代の男にありがちなように放蕩を人生の一大目的とみなすようなこともなくて、ひたすら節度を持って上品に、健康目的で放蕩に励んでいたのです。

ですから子供を産んだり愛情が濃すぎたりして足手まといになりそうな女は、慎重に避けていました。といっても、もしかしたら子供ができていたかもしれないし、愛情もあったかもしれないのですが、私はあたかもそんなものはないかのように振る舞っていました。そしてまさにそうした態度こそ道徳的な態度だとみなしていたばかりか、そのことを誇りにさえ思っていたわけです」

彼は一息ついて、例の独特な音を発した。どうやらこの音は、何か新しい考えが浮かぶたびに発せられるもののようだった。

「そしてまさにそこが私のいちばん卑劣なところだったのです」彼は叫んだ。「そもそも堕落というのは何か肉体的なことをさすのではありません。いくら肉体的にみだらな振る舞いをしても、それはまだ堕落ではない。堕落とは、本当の意味の堕落とは、他でもない女と肉体の関係を持ちながら、相手に対する道徳的関係から自由であろうとすることをいうのです。

しかるにこの私は、まさしくそのような自由さを自分の手柄だと思っていた次第です。覚えていますが、私はあるとき、一人の女性につい金を払い損ねたのをくよくよ悩んだことがありました。その女性はたぶん私に気があって、身を任せたのでした。私は後でこの女性に金を送り、それによって自分が道徳的になんら相手とかかわるところがないことを示すことで、ようやく安心したものです。

いや、そんな風にいかにも同意しているように頷くのはよしてください」突然彼は私に向かって声を荒らげた。

「私はこの方面のことはお見通しです。あなた方はみんな、つまりあなたご自身も、まれな例外ででもない限り、どの道かつての私と同じような考え方をしているはずです。でもかまいません、失礼を申しました」彼はそう言いつつ先を続けた。「しかし問題はそれが忌まわしいことだということです。じつに、じつに忌まわしいことなのです！」

「何が忌まわしいのです？」私は尋ねた。

「私たちが女性に関して、および女性との関係に関して陥っている迷妄の深さがです。そうです、この問題になると私はつい熱くなってしまいます。それは別にさっきの男が言ったように、例のエピソードが自分の身に生じたからではなくて、むしろあの事件を起こして以来、私が開眼し、すべてをまったく別の目で見るようになったからなのです。すべてがひっくり返った、何もかも逆だったのです！」

彼はタバコに火をつけ、膝に両肘をついて語り始めた。

暗がりのためにその顔は見えず、ただ汽車のガタゴトいう音に混じって、胸に染み入るような心地よい声が聞こえてくるばかりであった。

4

「そうです、私は散々苦しみました。でも、苦しんだからこそようやく悟ったわけです。問題の根っこはどこにあるか、どうあらねばならないかっていうことをね。そしてそのおかげで、現状の恐ろしさをあまねく認識することができたのです。

ではお話しましょう。私があんな事件を起こすにいたったいきさつが、そもそもどんなふうに、いつ始まったのかを。それはまだ私が十六になるかならないかというときのことでした。当時私はまだ中学生で、兄は大学の一年生でした。私はまだ女を知りませんでしたが、われわれの階層の不幸な子供たちが皆そうであるように、もはやうぶな少年ではありませんでした。もう一年以上も前から、私は子供仲間によって堕落させられていたのです。

すでに私は、女のことを思って悶々とするようになっていました。それもどういう女というのではなくてただ女、甘く切ない女というものすべてを、女の裸を思い浮かべて苦しんでいたのです。私が一人きりですごす時間は、汚らわしい時間でした。いまどきの少年の九十九パーセントがそうであるように、私ももだえ苦しんでいたのです。私は恐れ、苦しみ、祈り、そして堕落していきました。

私はすでに想像の中でも現実においても堕落を味わっていたわけですが、ただしまだ最後の一歩は踏み出していませんでした。私は一人で破滅しかかっていましたが、いまだ他の人間に手を掛けるには至っていなかったのです。

しかしこのとき、兄の学生仲間である一人のひょうきん者、つまり通例『いいやつ』などと呼ばれるとんでもない悪党で、私たちに飲酒やカード遊びを仕込んだ青年が、飲み会の後で例の場所へ行こうという段取りを決めてしまったのです。そうして私たちは出かけました。兄も同じくまだ童貞で、この夜に堕落したのでした。そして十五歳の子供だったこの私も、自分がしていることにまったく無自覚なまま、自分を汚し、かつ一人の女性の堕落に手を貸したのでした。

そもそも大人たちの誰からも、自分がしたことが悪いことであると聞いた覚えはありません。今でもそういうことを言ってもらえる少年はいないでしょう。確かに聖書の戒律にはそのことが書いてありますが、戒律が必要なのは試験で神父さんに答えるときくらいのもので、しかもそれも大して不可欠なものではありません。ラテン語の条件法における〈ut〉という接続詞の使い方のほうが、はるかに重要なくらいなのです。

そういうわけで私は自分が一目置いていた年長者たちの誰からも、自分がしたことが悪いことだとは指摘されませんでした。それどころか私が尊敬する人たちは、それが良いことだと言ったのです。あれをすることで葛藤や苦悶が軽減される——そういう意見を私は聞きました。耳でも聞けば本でも読みました。年長者たちはあのことが健康に良いと言っていましたし、仲間たちはあのことを一種の手柄、勲章のようにみなしていました。そんなふうですから、総じて好いことずくめのような扱いだったのです。

えっ、病気の危険性ですか？ しかしそれもまたあらかじめ計算済みで、面倒見の良い政府が予防措置を講じています。政府はああした売春宿がまっとうな商売を行うよう監督して、中学生が安心して放蕩できるように配慮しているのです。医者も給料をもらってこの仕事に加担しております。それが当然だとされているのです。なぜなら医者たちの意見によれば、放蕩はしばしば健康に良い作用をするのですから。彼らはつまり、正しい、秩序ある放蕩を制度化しようとしているのです。私の知るところでは、母親が息子の健康に気を使って、こうしたことを勧めるケースもあるようです。

つまり科学が子供たちを売春宿に送り込んでいるのです」

「いったい科学にどんな関係があるのです?」私は問い返した。

「では医者とはそもそも何者ですか? 科学の神官でしょうが。では放蕩が健康に良いといって、青年を堕落させているのはいったい誰でしょう? 医者たちじゃないですか。そしてそのあげくに、彼らはいかにももったいぶった顔つきで梅毒の治療を行うのです」

「でも梅毒の治療がなぜいけないのですか?」

「なぜなら、仮にいま梅毒治療に向けられている努力のわずか一パーセントでも放蕩の根絶に向けられていたならば、梅毒はとっくに消えてなくなっていたはずだからです。ところが実際は、放蕩の根絶どころか、放蕩の奨励に、放蕩の安全保障に努力が注がれているのですよ。

もっとも、問題はそのことではありません。一番の問題は、この私自身が経験し、そしてわれわれの階層ばかりでなく農民階層も含めて、少なくとも九割の青少年が経験していること、すなわち誰か特定の女性の魅力に自然に誘惑され、屈服するのではなくて、ただ単に堕落してしまうという恐ろしい事実です。

そうです、私はどんな女性にも誘惑されたわけではありません。私が堕落したのは、周囲が堕落を堕落とみなしていなかったからです。つまりある者たちはそれを合法的で健康に役立つ排泄行為とみなし、別の者たちは若者にとってきわめて自然な遊び、許すべき遊びどころか、穢《けが》れなき遊びとさえみなしていたからです。

私はそれが堕落だということを理解してさえいませんでした。ただ単に、快楽でもあり欲求でもあるそうした行為に溺れていっただけです。ある年齢の人間にはそうしたことがつきものだと、私は思い込まされていたので、ちょうど飲酒や喫煙を覚えるのと同じように、あの放蕩に没頭し始めたわけです。

とはいえお話しした最初の堕落経験には、なにかしら特別な、哀切なものがありました。覚えていますが、私はその後すぐに、まだ部屋を出もしないうちに、悲しい気持になりました。悲しくて泣きたかった、自分の童貞が失われたこと、女性との関係が永遠に滅びてしまったことを思って泣きたかったのです。そうです、女性に対する自然で率直な関係が、永遠に失われてしまったのです。女性との純粋な関係というものは、そのとき以来もはや私にはなかったし、またあるはずもないのです。私はいわゆる放蕩者になりました。ちなみに放蕩者というのは一種の肉体的な状態であって、麻薬常習者、アルコール常用者、喫煙者と同じ類のものです。麻薬常習者、アルコール常用者、喫煙者がすでに健全な人間ではないように、快楽の目的で複数の女性を知ってしまった人間は、すでに健全な人間ではなくて、永遠に損なわれた人間です。それが放蕩者なのです。

アルコール常用者や麻薬常習者が顔や態度からひと目で識別できるように、放蕩者もすぐに見分けられます。放蕩者も自制したり欲求と戦ったりすることはありますが、女性に対して率直、明快、純粋な態度、兄弟のような態度は、もはや決してとれないのです。男性が若い女性をどんな目で見やり、振り返るかを見れば、すぐに放蕩者の見分けがつきます。さて私は放蕩者になり、そのまま放蕩者であり続けました。まさにそのことが私を滅ぼしたのです」

5

「そう、まさしくその通りでした。その先はますます深みにはまるばかりで、およそありとあらゆる罪を犯してきたのです。ああ、あの世界で自分が犯した醜行のあれこれを思い起こすと、まったくぞっとしますよ。

あのころ自分が仲間たちにいわゆるカマトト振りをからかわれていた、といったこともよく思い出します。ああ、ゴールデン・ボーイとか将校とかパリジャンとかいう言葉を、いったいどんな耳で聞いたらいいのでしょう！　そうした紳士諸君もこの私も、三十歳の放蕩者だったころには、みんな女性に対するさまざまな恐るべき犯罪の記憶を、何百も心に抱いていたものです。ところがそうした三十歳の放蕩者たる私たちが、石鹼で磨きたて、きれいにひげをそり、香水をふりかけ、清潔な下着に燕尾服か軍服を着込んで客間なり舞踏会なりへ颯爽と入っていくさまは、まさに純潔の象徴、魅力のきわみと見えたのです！

だって考えてもみてください、本来はどうあるべきか、しかるに現実はどうかということをね。あるべきこととはこういうことです。つまり私の妹や娘のまわりにある種の紳士が近寄ってきて、こちらがその人物の過去を知っているような場合には、近寄っていって脇に呼び寄せ、そっとこう言ってやるべきなのです――『ねえ君、こちらはお見通しなんだよ、君がどんな風に暮らし、誰と夜を過ごしているかってことをね。ここは君なんかが顔を出すような場所じゃない。清い、純潔な娘たちのいる場所なんだ。帰りたまえ！』まさにこうあるべきなのです。ところが現実には、そんな紳士が現れて、妹なり娘なりと抱き合ってダンスをしているとして、もしそれが金持ちでコネのある紳士だったりしたら、われわれは大喜びするでしょう。おそらく相手はどこかの踊り子に飽きたら、うちの娘にも情けを掛けてくれるだろう、というわけです。もしも病気の痕が残っていたとしても、かまうことじゃない。いまどきは上手に治してくれますからね。だってこの私自身、上流階級の令嬢が、大はしゃぎする両親の手で梅毒男と結婚させられたケースをいくつも知っていますよ。ああ、なんと忌まわしいことでしょう！　どうかこのような醜行と虚偽が暴かれるときが来ますように！」

そう言って彼は何度か例の奇妙な音を立て、茶を飲みにかかった。茶は恐ろしく濃かったが、薄めようにも湯がなかった。そんな茶を二杯も飲んだせいで、むやみに気分が高まるのを私は感じていた。きっと私の話し相手にも茶が作用したに違いない。彼はますます興奮の度をくわえていくようで、声音も、次第に歌うような、表情豊かなものとなっていった。彼はひっきりなしに姿勢を変え、帽子をとったりかぶったりを繰り返し、その顔も二人のいる薄闇の中で、奇妙に表情を変えているのだった。

「まあ私は三十になるまでそんな調子で生きていたわけですが、そのあいだ片時も忘れることなく、いつか結婚して、高潔で清らかな家庭生活を築こうという意志を育んでいたのでした。そしてそのような目で、わが目的にふさわしい令嬢はいないかと、じっくり周囲を観察していたわけです」彼は話を続けた。「放蕩の膿の中でのたうっていたこの私が、同時に自分にふさわしい純潔な娘を求めて品定めしていたわけですよ。そうしてたくさんの娘を、純潔さに欠けるとして不合格にしていたものです。ところがそうしているうちにとうとう、これぞ自分にふさわしいという娘を見つけました。それは、かつてはたいそうな羽振りで今は零落してしまった、ペンザ県のある地主の二人娘の片方でした。

ある晩、私たちはボートで遠出したのですが、夜中に月明かりの中をゆっくりと家に帰る道すがら、私はこの女性と並んで座って、メリヤス編みのセーターにぴっちりと包まれた相手のすらりとした体つきとカールした髪に見とれていました。そしてその時突然、これこそわが女性だと思ったのです。その晩の私には、自分の感じたり思ったりしていることを、彼女が何から何まで全部理解してくれるように思われましたし、また自分が感じたり考えたりしていることが、この上なく高尚なことだと思われたのです。実際は、単に彼女のセーターが格別にその顔つきにマッチしていて、カールした髪もそれに興を添えていたので、一日彼女と親しく付き合った後で、もっと親密になりたいという気になっただけのことだったんですが。

驚くべきことに、人々はしばしば美は善なりというまったくの幻想にとらわれています。たとえば美しい女性が愚劣なことをしゃべっていても、聞いている側はそれを愚劣なことだと思わず、むしろ賢い話だと感じてしまうのです。同じくはしたないことを言ったりしでかしたりしても、それが美人ならなんだかかわいらしく思える。もしも女性が愚劣なこともはしたないことも口にせず、ただ単に美しいとくれば、われわれはもう即座に、これぞ知恵と美徳のきわみだと思い込んでしまうのです。

私は有頂天になって家に帰ると、彼女こそ道徳的完成の極致であり、したがってわが妻とするのにふさわしい相手だと決断し、早速次の日にプロポーズしました。

まったく、なんという筋の通らぬ話でしょう！　結婚しようという男性が千人いたとして、結婚までにすでに十回ほども、あるいはドン・ファン並みに百回も千回も女と関係してこなかった者は、おそらく一人もないでしょう。これは遺憾なことに、われわれの階層ばかりでなく、民衆の間でもそうなのです（もっとも私が見聞するところでは、いまどきの青年たちは純粋で、結婚が冗談ごとでなく重大な事柄であると感じ、自覚しているようです。どうか彼らに神のご加護がありますように！　ただし私の時代にはそんな青年は千人に一人もいなかったのですよ）。そして皆がそういう事情を知りながら、知らぬ振りをしているのです。

どんな小説を読んでも、いわゆる主人公たちの感情だとか、彼らが散策する池だとか茂みだとかが、こと細かに描かれています。しかし主人公がどこかの処女に寄せる大いなる愛が描かれている半面で、その興味深い主人公がそれまでに経験してきたことについては、まったく触れられていません。彼が通った売春宿のこと、手をつけた小間使いや料理女や人妻のことは、一言も出てこないのです。仮にそういうことが書いてある不謹慎な小説があったとしても、そういうものは、そもそもいちばん事情を知っておくべき人間、すなわち若い娘の手には渡らないようになっているのです。

つまり初めのうちは娘たちの手前を取り繕って、われわれの都会生活、いや農村生活でさえも、その半分を浸している放蕩の世界などというものは、まったく存在しないという振りをするわけです。するとそのうちに、そういう取り繕いがすっかり板についてしまい、果てはイギリス人みたいに、自分たちは道徳的な人間であり、道徳的世界に暮らしているのだと、本気で思い込むようになるのですよ。娘たちにいたっては、かわいそうなことに、まじめにそう信じています。

私の不幸な妻もそう信じていた口でした。忘れもしませんが、すでに婚約者となってから、私は彼女に自分の日記を見せました。自分の過去をいくぶんでも知らせておこうと思ったのです。とりわけいちばん最近の女性関係については、彼女が他人の口から聞く恐れもあったので、自分から話しておく必要を感じたのでした。彼女が日記の中身を知って理解したときのあの恐怖、絶望、放心振りが忘れられません。あの時彼女が私を捨てようと思ったのが私には分かりました。なぜ彼女はそうしなかったのでしょうか！」

彼は例の音を立てるとしばし黙り込んで、ごくりとまた一口茶を飲んだ。

6

「いや、しかしそれでよかった、それでよかったんです！」彼は叫んだ。「私は自業自得なんですから！　しかし問題はそのことではありません。私が言いたかったのは、こうした場合哀れにもだまされているのは娘たちだけだということです。母親たちはこういうことをわきまえているのです。とりわけ自分の夫に訓練された母親たちは、よく承知しているのですよ。だから男性の純潔を信じる振りをしながら、彼女たちは実際にはまったく別の行動をとっています。つまりどんな仕掛けを用意すれば、自分のためそして自分の娘のために男を釣り上げることができるか、ちゃんとわかっているのです。

そもそもわれわれ男性だけが知らないこと、それも知りたくないがゆえに知ろうとしないことで、女性がよく知っていることがあります。それはもっとも高尚な、いわゆる詩的な恋愛というものが、精神的な価値によってではなく、肉体の親近感によって左右されること、しかも髪型とかドレスの色や仕立てとかでどうとでもなるものだということなのです。

例えば男性をたぶらかすのを仕事にしているベテランの男たらし《コケット》に、次の二つのリスクのどちらかをおかさざるを得ないとしたら、どちらを選ぶかたずねて御覧なさい。ひとつは、誘惑しようとしている男性の前で嘘や、薄情さや、はてはふしだらな行状を暴露されること、もうひとつは同じ相手の前に野暮な仕立てのみっともない服を着て現れることです。誰に聞いても必ず最初のほうを選ぶでしょう。そういう女性には分かっているのです――男が高尚な感情のことを持ち出すのは嘘をついているに過ぎず、男に必要なのはただ肉体だけである。したがって男はあらゆる醜行は許しても、無様で垢抜けない悪趣味な服装は、許しはしないのだと。ただし商売女がこのことを意識的に知っているのに対して、穢れなき処女はみな、これを無意識に、つまり動物のような仕方で知っているのです。

ここからメリヤスのセーターでボディ・ラインを露わにしたり、腰当てをつけてヒップをふくらましたり、肩や腕、はては胸までをむき出しにしたりといったファッションが生まれるのです。女性は、とりわけ男性経験から学んだ女性は、たいへんよくわきまえています――高尚な話題を巡る会話なぞはしょせんただのおしゃべりに過ぎず、男が必要としているのは肉体、および肉体をもっとも魅惑的な光で浮き立たせてくれるものすべてであると。そしてこの認識がそのまま実行に移されるのです。

そんな浅ましい行いにわれわれは慣れっこになり、いわばそれがわれわれの第二の天性と化してしまっているのですが、もし仮にそうしたすれた感覚を払拭して、破廉恥まみれのわれわれ上流階級の生活をありのままに眺めるならば、まったく何から何まで売春宿そのものじゃありませんか。そう思いませんか？　では、ひとつ証明してみせましょう」彼は私の発言をさえぎって話を継いだ。

「上流社会の女性たちは売春宿の女たちとは別の利害で生きているというのがあなたのご意見で、一方私はどちらも同じだという意見です。では証明しましょう。もし仮に人間同士の間で人生の目的も別、人生の中身も別であるとしたら、その差異が必ず外面にも反映されて、外見も別になるはずです。

ではひとつ、あの軽蔑の的となっている不幸な女性たちと最上流の社交界の貴婦人たちを見比べてみてください。衣装も同じ、ファッションも同じ、香水も同じ、腕、肩、胸のむき出し方も同じなら、ヒップを強調するぴっちりしたスカートも同じ、宝石や高価な光物への情熱も同じ、気晴らしもダンスも音楽も歌も同じではないですか。一方がありとあらゆる手段で男を誘惑しようとしているとすれば、他方も同じことをしているのです。何の違いもありません。もし厳密に定義するならば、こう言うしかないでしょう――短期型の売春婦は通例軽蔑され、長期型の売春婦は尊敬される、と」

7

「そう、そんなわけで私は、ああしたセーターやカールした髪や腰当てにまんまとつかまってしまったのです。私を捕まえるのはいたって簡単でした。なぜなら私が育った環境では、まるでたっぷり肥えた畑のキュウリのように、恋をする若者たちが促成栽培されるのですから。

そもそも、われわれは刺激性の強い食物を過剰に摂取していながら、肉体はまったく使わないわけで、これはもうシステマチックに性欲をあおっているのに他ならないわけです。あなたが驚かれようと驚かれまいと、これは本当のことなのです。この私自身、最近になるまで少しもこんなことに気づきませんでした。でも今は気づくようになったのです。そうしていったん気づいてみると、誰一人そんなことには頓着せずに、さっきのご婦人のようなたわけた意見ばかりが聞こえてくることが、まことに耐え難い気がするのですよ。

たとえばわが家の近所でこの春に百姓たちが鉄道の土盛り工事で働いていました。

ああした農民階層の青年の普通の食事は、パンとクワス[3]とタマネギです。それで彼らは十分元気潑剌《はつらつ》として暮らし、軽い畑仕事をすることができます。それが鉄道の仕事に入ると、食事は粥と肉四〇〇グラムになります。ただしその肉の分で、五〇〇キロもある手押し車を押して一日一六時間も働くのです。それがちょうどぴったりのバランスなのです。

ところが私たちときたら、毎日八〇〇グラムの肉や野鳥と、いろいろな刺激の強い食べ物や飲み物を摂っています。それはどこへ行ってしまうのか？ つまりはこれが性欲の過剰を生み出すのです。しかしもしそうなっても、安全弁が開いてさえいれば、何も困りはしません。ただしこの私の場合のように安全弁を一時的にせよ閉めてしまうと、すぐさま性欲の亢進が起こります。そしてそれがわれわれの人工的生活というプリズムを通過すると、いかにも純粋な恋愛のように見える。時にはプラトニック・ラブとさえ見えるのです。

こうして私も、誰もが恋愛するように恋愛したのでした。そこにはすべてがそろっ

3 ライ麦と麦芽を原料とした発酵飲料。

ていました——喜びも、感動も、詩情も。しかし実際は私のこの恋愛とは、一面からいえば相手の母親や仕立て女たちの活動の成果、別の面からいえば、無為徒食の産物に他なりませんでした。

もしも一方でボート遊びだとか、ウエストをくびらせた仕立て女だとかが存在せず、もしも私の妻が不格好な部屋着を着て家にこもっていたとしたら、そして他方で、もしも私が仕事に必要なだけの食べ物を摂取する健全な生活をしていて、おまけにもしも私の安全弁が開いていたとしたら（というのもちょうどこの時期になぜか偶然私の安全弁が閉まっていたのですよ）、私は恋愛などしなかったでしょうし、あんなことは何ひとつ起こらなかったでしょう」

8

「ところがこのときは、何もかもがうまく符合してしまったんです。私の気分もそんなふうでしたし、彼女のドレスも素敵なら、ボート遊びも楽しかったわけですから。二十回やってもうまく行かないようなことが、あの時はひょいとうまく行ったのです。

罠みたいなものですよ。いや、笑いごとではありません。だっていまどきの結婚というのは、まさに罠みたいに仕組まれるのですからね。

そもそも自然なあり方というのはどういうものでしょう？　娘が大きくなれば、嫁にやらなくてはなりません。娘がまともな体で、しかも結婚したがっている男たちがいる場合、これはいかにも簡単なことに思えます。昔だって同じようにしていたのです。つまり娘が年頃になれば、両親が縁談をまとめてきたわけです。

だいたい人類はみんなそうしてきたし、今でもそうしているわけです。中国人もインド人もムスリムも、わが国の民衆もね。人類の少なくとも九十九パーセントは、そうしているのですよ。

ところが人類のわずか一パーセントかそれに満たない、われわれのようなふしだらな者たちだけが、そんなやり方はよくないと言い出して、新しいやり口を考え出したのです。さてその新しいやり口とはいったいどういうものでしょう？

それはですね、娘たちを座らせておいて、男たちがまるでバザールの客のように周囲を歩き回り、選んでいくやり方です。娘たちは選ばれるのを待ちながらこう思っている——『お兄さん、あたしを選んで！　だめ、あたしよ。あの娘じゃなくて、あたしを選んで。ほらみて、あたしの肩はこんなだし、他のところだって』。ただこういうことを口に出せずにいるだけです。

一方われわれ男たちは、ぶらぶら歩き回って品定めしては、悦に入っている。『承知だとも、その手は食わないよ』というわけで、歩き回って見物しながら、そんな見世物が全部自分たちのために演じられていることにすっかり満足しているわけです。でも御覧なさい、ちょっと油断しているうちにひょいと罠にはまって、それっきりなんですから！」

「では、いったいどうすればいいというのですか？」私は言った。「女性のほうからプロポーズしろとでも言うのですか？」

「それは私にも分かりません。ただ、もし男女平等を主張するのであれば、本当に平等にすべきでしょうね。仮に仲人を立てて縁組するのが屈辱的だというなら、今のやり方は千倍も屈辱的ではありませんか。だって仲人縁組の場合、男女のチャンスは均等ですが、今のやり方では、女性はまるでバザールで売られる奴隷か、それとも罠につける餌みたいなものですからね。

さて、もしもどこかの母親か、それとも娘本人にむかってざっくばらんに、君がしているのはもっぱら結婚相手を引っ掛けることだけだね、などと真実を告げたらどうでしょう。それはもう、ひどい侮辱と受け取られるでしょうね！　でも彼女たちはまさにそのことしかしていないのであって、それ以外に何もすることがないのです。そしてなによりも恐ろしいのは、時としてまだまったく幼い、哀れな穢れなき娘たちが、そんなことに従事しているのを見かけることです。しかもそれが露骨に行われているのならまだしもですが、全部カムフラージュされているのですから。

『あら、〈種の起源〉、面白い問題ですわね！……ところで、うちのリーザは絵が大好きなんですのよ！　展覧会にはいらっしゃるの？　ためになりますわ！……では、トロイカのドライブは、観劇は、交響曲はお好き？　素敵ですわよ！　うちのリーザは音楽に目がないんですの。あら、なぜかお考えがちがうようね。では、ボートでお出かけなさいな！……』そんなことを言いながら、母親は心の中でこう思っているのです――『私を選んで、私のリーザを選んでちょうだい！　いや、私を選んでね！　ほら、試すだけでもどう……』。ああ、醜悪です！　欺瞞の塊です！」そう締めくくると、彼は茶の残りを飲み干し、茶碗と急須を片付けだした。

9

「おまけにですね」茶と砂糖を袋にしまいながら彼はまた話し出した。「世界中を悩ませている女性の天下というのも、全部ここから来ているのですよ」

「女性の天下ですって?」私は問い返した。「でも権利は、大きな権利を享受しているのは男のほうじゃないですか」

「そうそう、まさにそこのところですよ」彼は私をさえぎった。「私の言いたいのもそれなんですが、まさにそこからひとつの異常な状況が説明されるわけです。つまり一面から言えば、確かに女性は最低限の屈辱的な状態にまで貶《おとし》められているのに、反面では確実に女性が支配しているというわけです。ちょうど迫害されたユダヤ人たちが金の力で仕返しをするのと同じようなものですな。

『そうですか、私たちはただの商人風情でいろというわけですな。よろしい、では私たち商人が皆さんを支配してみせましょう』――これがユダヤ人の言い分です。『そうですか、私たちはただの性欲の対象でいろというわけですね。いいでしょう、では私たち性欲の対象が皆さんを奴隷として従えてみせましょう』――これが女性たちの言い分なのです。

女性の権利が不在だというのは、なにも選挙権がないとか裁判官になれないとかいう意味ではありません。そういうことにかかわるのは別に何の権利でもないからです。そうではなくて、女性が性的な交渉において男性と平等ではないこと、つまり自分の欲望に従って男性と交わったり交わらなかったりする権利、男性から選ばれるのではなく、自分の欲望に従って男性を選ぶ権利を持っていないことが問題なのです。あなたに言わせれば、そんなのは破廉恥だということになるでしょう。よろしい。それならば、男性もそのような権利を持たなければいいのです。現状では、男性が持っている権利を女性は奪われているのですから。だからこそ女性は失われた権利を償うために、男性の性欲に働きかけ、性欲を通じて男性を操縦しようとする。つまり、単なる形式上の選択権を男性に与えておきながら、実際は女性が男性を選んでいるという状況を作り出すのです。そして、いったんこういう手法を身につけると、女性はこれを悪用する結果、人間に対する恐るべき権力を獲得するわけです」

「というと、その特別な権力というのは、いったいどこにあるのですか？」私はたずねた。

「権力の所在ですか？　いやはやどこもかしこも、いたるところに見られますよ。どこでもいい、大都市の商店街を回ってご覧なさい。それはもう無数の商品があふれていて、それにつぎ込まれた人間の労力は計り知れないほどです。

でもどうでしょう、そうした店の九割で、たとえ何か一つでも男性用品を見つけることが出来るでしょうか？　つまり世のぜいたく品の全ては、女性が必要とし、女性が支えているのですよ。いったい世の中にいくつの工場があるか知りませんが、その大部分は役にも立たない装飾品、しゃれた馬車、家具、おもちゃの類を、女性のために生産しているのです。

そうした工場の苦役労働によって、何百万もの人間、幾世代もの奴隷たちが身を滅ぼしていきますが、それもみんな女性の気まぐれな欲望のためなのです。女性たちがまるで女帝のように、人類の九割を隷従と苦役の境涯から抜け出せないようにしているのです。

しかしこれもすべて、女性たちを貶め、男性と平等の権利を与えなかったせいなのですよ。だからこそこうして女性たちはわれわれ男性の性欲を刺激し、われわれを自分の網に掛けるという手法で復讐しているのです。そうです、何もかもそのせいですよ。女性たちは自分のからだを実に強力な性欲刺激装置と化してしまったので、いまや男性は落ち着いて女性に対することが出来ません。女性に近づくや否や、男性はあっさりとその毒にやられ、分別を失ってしまうのです。

以前から私はきらびやかな舞踏会服をまとった貴婦人というのを見るたびに、いつも気まずい、おぞましいような感じを覚えていたものですが、いまはもうひたすら恐ろしくなるのです。つまりそういう格好そのものがもはや人間にとって危険な法律違反のように思えて、ただちに警官を呼びつけ、危険から身を守ってくれ、危険な物体を片付け、遠ざけてくれとたのみたい気持になるのです。

ほう、あなたは笑っていますね！」彼は私に向かって声を荒らげた。「でも冗談どころではありませんよ。きっとそのうちに、いやおそらく極めて近い将来、人々はこのことに気づくに違いありません。そうしていまわれわれの社会で女性に許されている、露骨に性欲を刺激する身体装飾に代表されるような、世の安寧を乱す振る舞いを許す社会がどうして存在可能だったのかと、改めて驚くことでしょう。

まったくこれはもう、遊歩道にも路地にもいたるところに罠が仕掛けられているようなものです。いやそれよりひどいくらいですよ！　そもそも賭け事が禁止されている一方で、女性がまるで娼婦のような、性欲を刺激する衣装を着るのはどうして野放しにされているのでしょう！　女性のほうが千倍も危険でしょうに！」

10

「とまあそんな風にして私は捕まってしまいました。いわゆる恋に落ちたというわけです。私は相手を完成の極致のように思ったわけですが、それだけではなくて、婚約している間は自分自身のことも完璧な人間だと思っていたのです。

だいたいがどんなろくでなしでも、探せば何らかの意味で自分よりももっと劣ったろくでなしが見つかるわけで、つまりは自分を誇りに思い、自分に満足する理由はいつだって見つけ出せるわけです。私の場合もそうでした。まず私は金が目当てで結婚しようとしたわけではありません。知り合いの大半は金かコネが目当てで結婚したものですが、私はそれとはちがって、自分のほうが金持ちであり、相手が貧しかったのです。これが自慢要因のひとつでした。

もうひとつ私が誇りに思ったのは、他の連中は結婚した後も独身時代と同じように、一夫多妻的関係を保ち続けようという目論見を持っていたのに対して、私の場合、結婚後は一夫一婦制に徹しようと固く覚悟していたことです。この点に関して、私は限りなく自分を誇らしいと思っておりました。まったくとんでもない卑劣漢のくせをして、まるで天使気取りだったのですよ。

婚約時代は長くは続きませんでしたが、この時期のことはいまや羞恥の念なしでは思い起こせませんね！　まったく醜悪のきわみです！

そもそもこういった場合に、愛というものは精神的なものであって肉体的なものではないとみなされています。で、かりに精神的な愛情、精神的な交流が問題だとすれば、そうした精神の交流というものは言葉によって、つまり会話とか談話とかいうもので表現されるはずでしょう。

しかしそんなものはかけらもありませんでした。二人きりになったような場合、話をするのはとんでもなく困難でした。いわば一種のシシュフォスの苦役[4]でして、どうやら何かひとつ言うべきことを思いついて、それを口にすると、またもや黙り込んで話のたねを考え出さなければいけないという風でした。つまり何も言うべきことがなかったのです。われわれを待ち受けている生活のことも、いろいろな準備や計画のことも、およそ話すべきことは全部話してしまった後で、そのうえ何の話をすればいいのでしょうか？

もしも私たちが動物だったなら、話などする必要はないということがひとりでに分かったでしょう。でもわれわれの場合は反対に、話す必要があったのに話題がなかったのです。それというのも、心を占めていたのは話では解決のつかない問題だったからです。おまけにお菓子を贈ったり、甘いものをむしゃむしゃ食べたりといった醜悪な慣わしや、一連のうんざりするような結婚準備というものがありますね。やれ住まいはどうする、寝室は、ベッドは、ネグリジェは、ガウンは、下着は、衣装は、といった無数の相談事です。

まったくのところ、もしもさっきの老人が言ったように『家庭訓』式に結婚するとしたら、羽根布団だの持参金だのベッドだのは、婚姻の秘蹟に付随する枝葉末節に過ぎますまい。しかしわが国では結婚しようとしている人間十人のうちほとんど一人として、婚姻の秘蹟を信じていないばかりか、自分のしようとしている事がある種の義務だとさえ信じていませんし、また、結婚前に女と交渉を持ったことのない男は百人に一人もおらず、結婚後も好機があれば妻を裏切ってやろうと思わない男は五十人に一人もないという始末で、たいていの男が、教会へ行って式をあげるのは単にある女性を所有するための特別な約束事に過ぎないと考えているのです。

さて、そうした条件下で、さっき申したようなこまごました話がどんないまわしい意味を持つか、ご想像ください。結局は、そうした些事ばかりが肝心で、他に大切なことはないのです。つまりは、結婚が何か取引のようなものと化しているのです。放蕩者に無垢な娘を売却しておきながら、その取引を一定の形式に従ってカムフラージュするわけですよ」

11

「みんなそんな風に結婚しているわけで、この私もそんな風に結婚し、そうしてあの

4　ころがる岩を何度も山頂に押し上げるという伝説のコリントス王シシュフォスの受けた神罰から、果てしない徒労をいう。

むやみに珍重されている蜜月《ハネムーン》というやつが始まりました。まったく名前からしていかにもいやらしいじゃありませんか！」彼は怒りをこめてつぶやいた。

「かつてパリの見世物を見物して回ったとき、私は『髭女に海犬』という看板のかかった小屋に入ってみたことがありました。見ると他愛のないことに、肩もあらわな婦人服を着た男の脇で、アザラシの皮を着せられた犬が風呂桶の水の中で泳いでいるだけという寸法で、まるきりつまらない代物でした。しかし外に出ようとすると、興行師が恭しい格好でついて来て、出口のところで公衆に向かって私を指し示し、こう言うのです。

『さあて一見の価値があるかどうか、ひとつこちらのお客さんにおたずねいただきたい！　さあ入った入った、御代は一人一フランだよ！』こうなると、見る価値がないというのも気が引けるわけで、興行師もおそらくそれを見込んでいたのでしょう。おそらくは蜜月のおぞましさをつぶさに体験した者たちも同じような立場に置かれるわけで、あえて他人を幻滅させようとはしないのです。

私も同じく誰ひとり幻滅させようとはしませんでしたが、今になってみると、なぜ本当のことを語らなかったのかと思いますね。いやむしろあのことについてぜひ真実を語る必要があるとさえ思うのです。気まずい、恥ずかしい、いまわしい、かわいそうな、そして何よりも退屈な、やり切れぬほど退屈な経験だということをね！

それは私がタバコを吸い始めたときの経験とどこか似たところがあります。喫煙初心者の私は、吐き気を覚えながら生唾がわいてくるのを無理やり飲み込んで、いかにもうまそうな振りをしていたのでした。もし喫煙の快楽というものがあるとすれば、それはあのことの快楽と同じで、後になってやってくるわけです。だからあのことについても、もし快楽を得たいと思えば、夫婦が自分たちの間で、あの悪徳を育まなければならないのです」

「悪徳ですって！」私は反論した。「でもお話になっているのは、もっとも自然な人間の本性のことではないですか」

「自然な、ですか？」彼は言い返した。「自然な？　いや、はっきり申し上げますが、私が辿りついた結論によれば、あれは決してその……自然なことではないのです。ひとつ子供にたずねてみるといい、そう、まったくその……自然なことではありません。そ純潔な処女にたずねてみるといいでしょう。

私の姉はずいぶん若くして嫁にやられたのですが、相手は彼女の二倍も年上の放蕩者でした。いまだに覚えていますが、婚礼の晩、姉が真っ青な顔をして泣きながら、夫のもとから逃げてきたのにはびっくりさせられました。姉はその時全身をわななわな震わせながら、いやだ、絶対にいやだとくりかえすのですが、同時に相手が彼女に何をさせたかったのか、口に出すことさえできないというのでした。

あなたは自然なことというのですね！ 自然なこととは、たとえば食べることです。食べるのはうれしいし、簡単だし、楽しいし、しかも最初から恥ずかしくなんてありません。ところがあのことは、いやらしいし、恥ずかしいし、それに痛いのです。いいえ、あんなことは不自然ですよ！ だから純潔な娘はいつもあのことを憎んできた——そう私は確信しています」

「ではどうして」と私は反論した。「どんなふうに人類は存続していけばいいんですか？」

「それそれ、人類が破滅しないためにはいったいどうしたらいいか！」彼は毒々しい皮肉な口調で答えた。あたかもそうしたおなじみの、偽善的な反論が出るのを待っていましたと言わんばかりだった。

「たとえばイギリスの貴族が常に飽食できるように産児制限しようと訴えれば、それはそれで通るでしょう。また、より多くの快楽を味わえるように出産を控えようと訴えても、それは通ります。ところが、道徳の名において出産を控えようなどということを口の端に上せた途端に、轟々たる非難を浴びる羽目になるのです。仮に十人や二十人の人間が豚のまねをやめたところで、人類は滅びはしないでしょうにね。いやちょっと失礼。どうもこのあかりが気になって。閉めてもよろしいですか？」彼はランプを指差してたずねた。

私がどうぞご自由にというと、彼は何事においてもみせるあのせかせかしたしぐさで座席の上に立ち上がり、毛織のブラインドを引いてランプを隠した。

「しかしながら」と私は問い返した。「もし万人がそうすることを自分の法と認めたなら、人類は滅びるでしょうよ」

答えが返ってくるまでにはしばし間があった。

「あなたが言うのは、どうしたら人類が存続できるかということですね？」再び私の正面に腰を落ち着けると、広く開いた両脚に肘をついた低い姿勢から、彼はそんな問いを発した。「ではいったいなぜ人類が存続しなければならないのですか？」

「なぜとはどういうことですか？　さもなければわれわれはいなくなってしまうで

しょう」

「しかしなぜわれわれが存在しなくてはならないのですか？」

「なぜって？　つまり生きるためにですよ」

「では生きるのは何のためです？　もしも目的というものがなくて、ただ生きるためにだけ命が与えられているのなら、われわれに生きる意味はないでしょう。もしそういうことだとすれば、ショーペンハウアーやハルトマンや、すべての仏教信者の言うことは、完全に正しいのです。さて、もしも生命に目的があるのだとしたら、その目的が達成されたときに生命は終焉すべきだということは明白でしょう。つまりそういう結論になるのです」彼は明らかにその自分の考えを大事にしているらしく、見るからに興奮してしゃべっていた。

「そういう結論になるのですよ。よろしいですか、もしも人類の目的が、幸福であれ善であれ愛であれ、いずれその種のものであるならば、つまり人類の目的が、預言の書に書かれているように、全人が愛によってひとつとなり、槍を鋳《い》なおして鎌となし云々、ということだとするならば、その目的の達成を妨げているものはいったい何でしょうか？

妨げているのは欲望なのです。そして欲望のうちでもっとも強く、性悪で、しつこいものは、性欲であり肉欲なのです。だからこそ、もしも欲望が、それも最悪かつ最強の欲望である肉欲が滅ぼされるならば、預言が成就して人々は一つとなり、人類の目的が達成されて、もはや人類が生きる意味はなくなるのです。

しかし人類が生きている間は、目の前にはひとつの理想が立ちはだかっています。もちろんそれはウサギや豚のようにできる限り繁殖すべしという理想でもなければ、猿やパリジャンのようにできる限り洗練された形で性欲の満足を味わうべしという理想でもありません。それは節制と純潔によって達成されるべき善の理想なのです。人々は絶えずこの理想を追求してきたし、今でも追求しています。とすれば、いったいどういう結論になるでしょうか？

それはですね、肉体的な愛とは安全弁なのだ、ということなのです。いま生きている人類の世代が目的を達成していないとすれば、その理由はただ一つ、人類が欲望を抱えているからです。そして欲望のうちでいちばん強いのが、性欲なのです。性欲が存在し、新しい世代が誕生するということは、すなわち次の世代において目的が達成される可能性があるということです。そしてもしも達成できなければ、さらに次の世代に期待を寄せるということになる。こうして目的が達成され、預言が成就し、人類が一つに結合するまで、同じ営みがくりかえされるわけです。

さもなければどういうことになるでしょうか？　もしも神が一定の目的を達成するために人間を創造しておきながら、しかもその人間を、性欲を欠いた死すべき存在か、あるいは不死の存在かのいずれかとして創ったのだとしたら。たとえば人間が死すべき存在であり、しかも性欲を持たなかったとしたら、いったいどうなるでしょう？　その場合人間は一定の期間生きて、目的を遂げぬまま死んで行くことになるでしょう。だから目的を遂げるためには、神は改めて新しい人類を創らねばならなくなるでしょう。一方、もしも人間が永遠に生きる存在だとして、その人類が何千年もの営為の後に目的を達成してしまったとすれば（とはいえ過ちを正して完成に近づいていく作業は、一つの世代だけで行うよりも次の世代にゆだねたほうが簡単なのですが）、その時、人類は何のために存在することになるでしょうか？　いったい不死の人類をどこへ片付ければいいのでしょうか？　だから今あるままがいちばんいいのです……。

でもひょっとしてあなたは、自分は進化論者だからそういう説明形式では納得できない、とおっしゃるかも知れませんね？　でも進化論で言っても同じ結論になるのですよ。

動物の最高種であるヒトが他の動物との闘争に勝ちぬくためには、ただ果てしなく繁殖するのではなく、ミツバチの群のごとく一つにまとまらねばなりません。それにはミツバチがしているように、性のない個体を育てなければならないのです。つまりここでもまた節制が目標となるのであって、私たちの全生活様式の基調となっている性欲の刺激などという目標は、とんでもない見当はずれなのですよ」

彼はしばし沈黙した。

「人類が滅亡するかですって？　そう、たとえどんな思想の持ち主であれ、そのことに疑いを挟めるような人間がいるでしょうか？　だってそれは、死と同じく疑い得ないことではないですか。どんな教会の教えにも世の終わりは到来すると書いてありますし、どんな学問の教義によっても、不可避的に同じ結論になるのです。だとしたら、道徳の教えから同じ結論が導かれたとして、いったい何がおかしいでしょうか？」

こう言うと彼は長いこと黙り込み、またもや茶を飲んで、吸いかけのタバコを吸い終わると、袋から何本か新しいやつを取り出して、古いよれよれの煙草入れに詰め替えた。

「あなたのお考えは理解できます」私は言った。「シェーカー教徒も何かそのようなことを言っていますね」

「そうそう、彼らの言うとおりですよ」彼は答えた。「たとえどんな風に飾り立てられていても、性欲は悪です。恐るべき悪です。それは戦うべき相手であって、われわれの社会のように奨励すべきものではありません。みだらな思いで他人の妻を見る者は、既にその女を犯したのだ、といったことが福音書に書いてありますが、これは何も他人の妻のことだけを言っているのではありません。まさに、いやなによりもまず、自分の妻のことだと思うべきなのです」

12

「ところがわれわれの世界では正反対のことが行われています。かりに独身時代には禁欲を心がける者がいたとしても、結婚してしまえば誰もが、もはや禁欲は無用だと思うからです。そもそも、新婚夫婦が式の後、両親の許可のもとに二人きりで旅行に出かけるという習慣自体が、みだらな生活の容認に他ならないではありませんか。しかし道徳の法というものは、破る者にはおのずから報復します。この私も、何とか蜜月らしい格好をつけようと思ったのですが、どうにもうまく行きませんでした。蜜月の間ずっと、忌まわしいやら、恥ずかしいやら、退屈やらの連続だったのです。でもじきに、もっともっとつらい時期がやってきました。それはすぐに始まったのです。

あれは結婚の三日目かそれとも四日目だったと思いますが、私は妻がさびしそうな顔をしているのに気がつきました。そこでどうしたのかとたずね、どうせ妻が望むのはこんなことしかなかろうと見当をつけて、彼女を抱きにかかりました。ところが妻は私の手を払いのけて、泣き出したのです。なんで泣くのかとたずねるのですが、妻はその理由が説明できません。でも悲しくてつらくてたまらないのです。おそらく散々痛めつけられた神経が彼女に、私たちの関係がいかに忌まわしいものかという真実をそっと告げていたのですが、彼女はそれを言葉にできなかったのです。

5 Shakers 千年紀教会に属する信徒。クエーカー派から起こり、独身・財産共有・質素節制をモットーとする。

私が問い詰めると、彼女は母親がいなくてさびしいとか何とか答えました。私にはそれが嘘に聞こえました。私は母親の件を無視して、彼女を説き伏せにかかりました。妻はそのときひたすら辛かったのであって、ただ口実に母親の話を持ち出したのですが、私はその気持をわかってやれなかったのです。

しかし彼女は、私が母親の話を黙殺したのを、いかにも彼女の言うことを信用していない証拠だと受け取って、たちまち腹を立てました。妻は、私が彼女を愛していないのがよくわかったと言いました。私がそんな言い方は手前勝手だと非難すると、妻の顔はみるみる面変わりしました。悲しみの表情が怒りの表情に変わり、実に毒々しい言葉で私のエゴイズムと残酷さを責めだしたのです。

改めて妻の顔に目をやると、そこには私に対する完全な冷淡さ、敵意、ほとんど憎しみと呼ぶべきものが浮かんでおりました。それを見たときのぞっとする感じを、いまだに覚えています。

『え、何だって？』私はその時思いました。『愛とは心が一つになることだというが、それがどうだ！　いやはや信じられない、妻はまるで人が変わってしまったようじゃないか！』私は彼女の気持をやわらげようとしたのですが、あまりにも強固な、冷たくとげとげしい敵意の壁にぶつかったので、ふと気がつくと怒りの感情がこちらにもすっかり伝染して、ついにはお互いに散々不快な言葉を浴びせあう結果となったのでした。

この最初の夫婦喧嘩の印象はひどいものでした。もっとも喧嘩といっても、あれは本当は喧嘩などではなく、ただわれわれ二人の間に実際にあった底なしの溝が表面化したに過ぎなかったのです。愛というものが性欲の満足によって尽きてしまったために、私たち二人はむき出しの相互関係の中で顔をつき合わせる羽目になった——つまりまったく他人同士の二人のエゴイストが、互いに相手からできるだけ多くの快楽を引き出そうとしているという構図が、そこに浮かび上がったのでした。

この冷たい敵意に満ちた関係こそが私たちの正常な関係だということが、私には分かりませんでした。最初のうちはこうした敵対関係が生まれても、それが新たに沸き起こってくる激しい情欲によって、つまりは恋情というやつによって、すぐにまた私たちの目から隠されてしまったからです。

一度喧嘩したけれど仲直りしたのだから、もう二度とこんなことはないだろう——そんな風に私は思いました。ところが同じ新婚の一月のうちに、すぐさま第二の食傷の時期がやってきて、互いが互いを必要としなくなり、またもや喧嘩が始まったのです。この第二の喧嘩は、最初の喧嘩にもまして私にはショックでした。してみると、最初の喧嘩も偶然ではなかったわけだ。これが当たり前で、ずっとこんな風に暮らしていくのだ——そう私は悟ったわけです。

第二の喧嘩がショックだった一因は、それがおよそ考えられないようなきっかけから起こったことでした。何か金に関係したことだったのですが、私は妻のために一度も金を惜しんだことはなかったし、惜しむなんてまったく不可能だったからです。わずかに覚えているところでは、妻はあれこれと事実を歪曲したあげく、私のちょっとした発言を、金の力で彼女を支配しようという願望の表れであると解釈したのでした。金に関してこの私が独占的な権利を確立しているというわけです。

これはとんでもなく愚かで下劣な発想であり、およそ私にも妻にもふさわしくないものでした。私はいらいらして妻のデリカシーのなさを非難し、妻も私を非難する、というわけでまたもや喧嘩が始まったのです。妻の言葉にも表情や目つきにも、私は前回ひどく驚かされたのとまったく同じ、残酷で冷たい敵意を読み取りました。私はそれまでに兄とも友人とも父親とも喧嘩した記憶がありましたが、この時のような一種特別の、毒々しい敵意を味わったことは一度もありませんでした。

でも少し時がたつと、またもや互いの憎しみが恋情によって、つまり性欲によって覆い隠されることになり、私はまたもや、この二度の喧嘩は過ちであり、取り返しがつくのだと思って自分を慰めたのでした。

しかしそのうちに三度目、四度目と夫婦喧嘩が回を重ね、ついに私もこれが偶然ではなくて必然であり、先々も続くのだということを理解しました。そして将来を思ってじつに暗澹とした気持になったものです。

おまけに、一つの疑心暗鬼が私を苦しめました。つまりこの私だけが期待に反して妻とうまくいっていないのであって、他の連中の結婚生活は順風満帆だと思っていたのです。当時の私にはまだ事情が分かっていなかったのですが、実際は誰もが同じ問題を抱えているくせに、みんな私と同じようにこうしたことを自分だけの例外的な不幸だと思い込み、その例外的な、恥ずかしい失敗を、他人から隠すばかりでなく自分自身に対してもひた隠しにし、認めようとしないのです。

こうして新婚時代の数日間に生じた不和がそのままずっと続くことになり、しかも次第に厄介で深刻なものへと発展していったのでした。心の底では、私は最初の何週間かですでに、自分は罠にかかったのだと感じ始めていました。つまり自分の期待は裏切られたのであって、結婚は幸福でないどころか、なにやら極めて厄介な事業だと実感したのです。でも私も他のみんなと同様に、自分でそのことを認めるのがいやで（もし結婚生活が続いていたら、私は今でも認めたくないと思うでしょう）、他人からばかりでなく、自分からもそのことを隠していたのでした。

今思えば、よくもまあ自分の本当の状況に眼をつぶっていられたものです。だって夫婦喧嘩の種ひとつとっても一目瞭然、まったく後から振り返ってみてもどうしてそうなったか思い出せないような些細な原因で言い合いが始まるようになっていたのですから。あれはもはや、お互いの間にあまりにも頻繁に敵意が生じるものだから、頭がそれに追いついていけず、十分な口実さえ考えつけないという状態でした。

しかしさらにあきれるのは、和解の口実のおざなりさでしたね。時には一応話をし、わけを言い合って、涙を流すことさえありましたが、しかし時には……ああ！　今思い出してもぞっとしますよ。お互いにこれ以上ないほど残酷な罵り言葉を浴びせていた二人が、急に黙り込んだかと思うと、目を見交わし、微笑み、口づけして抱き合うのですから……。いやはや、胸糞の悪い！　まったくどうして私はあの当時、ああした醜悪さに眼をつぶっていられたのでしょうか……」

13

客が二人乗り込んできて、遠くの座席に陣取り始めた。この新来の客たちが落ち着くまで彼はしばし黙り込んでいたが、明らかにその間一瞬たりとも思考の糸が途切れることはなかったと見えて、客たちが静まるとすぐにまた話を続けるのだった。

「とにかく、なによりも汚らわしいことに」彼は話を再開した。「理論上は、愛というものは何か理想的な、高尚なものであるはずだとみなされているのに、実際には口にするのも思い出すのも恥ずかしくてぞっとするほど、何やらおぞましい、下劣なものだということです。

でも自然が愛をおぞましい、恥ずかしいものとしたのには、それなりの理由があるのでしょう。だったらそれをありのままに、おぞましい、恥ずかしいものと受け止めればいいわけです。ところが人々は反対に、このおぞましい、恥ずかしいものが、あたかも美しく、高尚なものであるかのように装っているのです。

私の愛の最初の兆候は、いったいどんなものだったと思われますか？　それはですね、自分があたかもけだもののような過剰な肉欲にふけりながら、そのことを恥と思わないばかりか、なぜかしらそうした過剰な肉欲にふける能力があることを誇りに思い、相手の精神生活はおろか、肉体的な生活のことさえいささかも省みてやらない、ということでした。

私は自分たち夫婦の間の憎しみがいったいどこからわいてきたのかといぶかしく思ったのですが、理由はとてもはっきりしていたわけです。つまりその憎悪とは、人間の本性がみずからを圧しつぶそうとする獣性に対してあげる抗議の声だったのですよ。

私は互いが憎しみあうのを不思議なことと思っていました。しかし考えてみればそうなるしかなかったのです。その憎しみとは、いわば犯罪の共犯者同士が、お互いの教唆や加担に対して示す憎しみに他ならなかったからです。だってあれは犯罪に違いありませんよ。哀れな妻が最初の一月で身ごもったのにもかかわらず、私たちの汚らわしい性関係はずっと続いていたのですからね。

話が途中で脱線したなとお思いですか？　いやいやとんでもない。これは全部、私がどうして妻を殺したかということに関係した話なのです。

裁判では、お前は何を用いて、どのように妻を殺害したのかと尋問されましたよ。愚問ですね！　だって尋問者たちは、私の妻殺しが、あの十月五日という日にナイフによって行われたと想定しているからです。でも私が妻を殺したのはあの日ではなくて、はるか以前のことだったのです。あの連中は今でもみんな、誰も彼も妻殺しを行っているわけですが、ちょうどそれと同じことですよ……」

「でも、いったいどうやって殺したと言うのです？」私はたずねた。

「そう、それこそまさに驚くべき点なのですが、ひとつの明々白々な事実に誰も気づこうとしないし、医者たちですら、自分たちが当然知っていて提唱すべき事柄について、だんまりを決め込んでいるのですよ。だって問題はおそろしく単純なのです。男も女も動物と同じつくりになっているのですから、性交の後には妊娠期間が始まり、その後は授乳期になるわけで、この間は母子いずれの立場からしても、性交は有害なのです。

男女の数が同じだとすれば、ここからどういう結論が導かれるでしょうか？　一目瞭然ではありませんか。つまり別に賢い人間でなくとも、この場合動物が取っているのと同じ態度、すなわち禁欲することが好ましいという結論に至るはずなのです。でも実際はそうなってはおりません。科学が発達した結果、血液中を駆け巡っている白血球とやらをはじめ、ありとあらゆる役にも立たぬ愚劣な発見がなされてきたにもかかわらず、このことには理解が及んでいません。少なくとも科学がこの問題を論じるのを聞いたためしはありません。

そこで女性には二つの解決策しかないことになります。ひとつは男性が安心していつでも快楽を得ることができるように、自分の本性をゆがめて女性たる能力、つまり母親たる能力を抹殺してしまうか、もしくは必要に応じてそれを放棄することです。残るはもう一つの解決策ですが、これは解決策というよりは、むしろ単に乱暴かつ直截な仕方で自然の法を破るだけのことで、良家と呼ばれるような家庭ではどこでも実践されています。この場合女性はみずからの本性に反して、妊婦と乳母と愛人の役を一度につとめなければならない、つまりどんな獣でもそこまではしないという域にまで身を落とさねばならないのです。これは力に余ります。

だからこそ上流社会ではヒステリーや神経症が、民衆の間では狐憑きがはやるわけです。いいですか、狐憑きなどというものは未婚の生娘の間にはなくて、大人の女、それも男と暮らしている女がかかる病気なのです。これはわれわれの階層でも同じですし、ヨーロッパでもまったく事情は同じです。病院という病院が、自然の法則を破ったヒステリーの女性であふれています。

とはいえ狐憑きとかシャルコ病患者[6]となれば、もはやれっきとした病人ですが、そこまで行かぬまでも半病人という女性は、世界中にいくらでもいるのです。だって子供を身ごもったり生まれた子に乳をやったりしているとき、女性の体の中でいかに偉大な事柄が生じているか、ちょっと考えただけで分かるでしょう。なにせわれわれの跡取りを、後継者を育ててくれるわけですからね。でもこの神聖なる事業が破壊されてしまうわけです。いったい何が破壊するのか――考えるだに恐ろしいことですよ！　それでいて自由とか、女性の権利だとかを論じているのですから。これはもう、人食い族が捕まえた人間たちを食っておきながら、同時に自分たちは捕虜の権利と自由を守るよう心がけていると宣言するようなものでしょう」

こんな議論はまったくの初耳なので、私はすっかり驚いてしまった。

6　近代精神医学の権威の一人として一九世紀後半に国際的名声を得たフランス人医師シャルコ(Jean-Martin Charcot)の名を冠した筋萎縮性側索硬化症。

「なんですって？　いや、もしそうだとすれば」私は問い返した。「妻をかわいがることができるのはせいぜい二年に一度ということになってしまいますが、でも男というものは……」

「男はそれを必要とするというのですね」相手はこちらの話を引き取った。「それもまた愛すべき学問の神官たちがみんなに信じ込ませた説ですな。ひとつそうした魔法使い連中に、男が必要としているという女の務めを肩代わりさせてみたいものですよ。そうすれば、果たして連中はどんなことを言い出すでしょうか？　だいたいが人間というものは、お前にはウオツカが必要だ、タバコが必要だ、アヘンが必要だといい聞かされていると、本当にそうしたものを全部必要とするようになるのです。あげくには、神は本当に必要なものを理解していなかったゆえに、魔法使いたちに相談もせず、段取りを間違えたんだということになってしまいます。だってつじつまが合わないでしょう。人々の判断によれば、男性は自分の性欲を満たすことが必要不可欠なのに、出産だの育児だのが間に入って、必要の充足を妨げるのですから。

ではどうしたらいいのか？　魔法使いたちに相談すると、この疑問を解決してくれる。もう答えは用意されているのですよ。ああ、いったいいつになったら、あのまやかしに満ちた魔法使い連中の正体が暴かれるのでしょう！　そろそろ潮時じゃありませんか。だってひたすらこの問題が原因で、気が狂ったり自殺したりという騒ぎになっているのですからね。そうなって当たり前ですよ。

動物はどうやら子孫が自分たちの種を継続してくれることを知っているので、この件に関して一定の法を守っています。ただ人間だけがこのことをまったく知らず、知ろうともしない。そうしてただひたすら、できるだけ多くの快楽を得ることだけに腐心しているありさまです。それが誰あろう、自然の王者たる人間様なのですからね！　だって考えてもみてください。動物が交わるのは子孫を産むことができるときだけでしょう。ところが罪深き自然の王者は、快楽さえ得られるならばいつでも交わろうとするのです。それどころか、このサル並みの営みを、造化の妙と呼び、愛と呼んで崇め奉っているのですよ。そしてその愛とやらのため、つまりは汚らわしい行為のために、なんと人類の半数を犠牲にしているのですからね！

つまり真理と福祉をめざす人類の運動を助けてくれるべき女性全員を、男性は自らの快楽のために、味方どころか敵に回してしまっているのです。考えてみてください、人類の前進運動をいたるところで妨げているのはいったいなんでしょうか？　女性でしょう。ではなぜ女性たちはそうなってしまったのか？　答えはいま述べたことに尽きます。そうですとも、そうですとも」彼は何度かそうくりかえすと、にわかにもぞもぞと懐を探って紙巻タバコを取り出し、一服し始めた。どうやら明らかに心を静める必要を感じたようだった。

14

「まあそんな豚のような生活を、私は送っていたわけですよ」彼はまた以前の口調に戻って言った。「最低なのはですね、そんな下劣な生活をしながら、一方でこう思っていたことです——自分は別の女たちと浮気をしたりしない。つまりまっとうな家庭生活を営む道徳的な人間であって、何も疚《やま》しいところはない。だから仮に夫婦喧嘩が起こるとすれば、それは妻が、妻の性格が悪いのだ。

もちろん、悪いのは妻ではありませんでした。妻は皆と、つまり大半の女性と変わるところはありませんでした。彼女はわれわれの社会における女性の地位が要求するとおりの育て方をされた、つまり有産階級の女性が例外なく受ける教育を受けてきたのであって、それ以外にありえないのです。いまどきはなにやら新しい女性教育というようなことが話題になっていますが、あんなのは全部中身のないお念仏ですよ。女性教育というものは、見せ掛けではない実際の女性観、つまり社会が本音のところで女をいかに見ているかによって決まるのであって、それ以外ではないのです。

ですから女性教育のあり方は今後もずっと男性の女性観に見合ったものであり続けるでしょう。ところで男性が女性をどのように見ているかということは、私たちは誰でも知っていますね。つまり『酒と女と歌』というやつで、詩人たちもおなじことを書いているじゃありませんか。詩でも絵でも彫刻でも全部その伝で、恋愛詩だとか裸のヴィーナスやフリーネ（四世紀ギリシャの有名な娼婦）だとかを見ても一目瞭然、女性は快楽の道具なのですよ。

これはあのトゥルブナヤ街やグラチョフカ街といった歓楽街であろうと宮廷の舞踏会であろうと、事情は同じです。おまけに一つの悪魔的な狡知が働いているのです。つまり、もしも快楽だとか満足だとかいうのなら、そのまま正直に、女性は欲望を満たしてくれる美味しい肉だと認めればいいでしょう。

ところがどっこい、かつてはいにしえの騎士たちが、自分たちは女性を女神として崇拝すると宣言しましたし（女神なんていっても、やっぱり快楽の道具として見ているのですがね）、近頃ではもう女性を尊敬するなどと主張するのが流行っています。女性に席をゆずったり、ハンカチを拾ってやったりする連中がいるかと思えば、女性があらゆる地位に就く権利、女性の参政権といったものを認める連中もいます。でも、そうしたいろんなことをしてみせながら、女性に対する見方はまったく変わっていません。女性は相変わらず快楽の道具であり、女性の肉体は快楽の手段です。そして女性の側もそのことを承知しているのです。

これはもう奴隷制と同じですね。だって奴隷制というのは、ある者たちが別の多くの者たちの強制された労働を利用することに他ならないでしょう。だから奴隷制をなくそうと思ったら、人々が他人の強制された労働を利用したいと望まないこと、そうした所業を罪であり、恥であると認めることが必要なのです。

ところが世間では、ただ単に奴隷制の外形だけを廃止して、今後は奴隷の売買を禁ずるという規則を作り、それでもはや奴隷制はなくなったと想像して、自分にもそう思い込ませている。実際には奴隷制が存続しているのに、人々はそれに気づきもしないし、気づこうという気持もないのです。なぜなら人間というのはそれほどまでに他人の労働を利用することを好み、またそれを良いこと、正しいことだと思い込んでいるからです。そして人々がそれを良いことだと思いさえすれば、いつだって他人よりも力があって目端の利く連中が現れ、それを実行してしまうのです。

女性解放というのも、これと同じまやかしですよ。だって女性の奴隷状態というのはつまり、女性を快楽の道具として利用することを人々が望み、かつそれが極めて良いことだとみなしている状態に他ならないでしょう。ところが現に、女性を自由にして男性と同等の諸権利を与えておきながら、世間は相変わらず女性を快楽の道具とみなしていますし、女性はもう子供のころから、世間の通念によってそのように教育されているじゃないですか。こうして女性はいつまでたっても卑しい、堕落した奴隷のままであり、男性はあいもかわらず堕落した奴隷所有者であり続けるわけです。

女性は大学や議会においては解放されていても、相変わらず快楽の道具と見られています。わが国で従来行われてきたとおり、自分をそのような目で見ることを女性に教え続けるとしたら、女性はいつまでたっても低級な存在であり続けるでしょう。つまり女性は、人非人の医者どもの助けを借りて避妊を行い、結局は完全な売春婦となって、動物どころかモノのレベルにまで身を落としてしまうか、さもなければ今でも女性の多くがそうであるように、心を病み、ヒステリーにかかり、その実際の境遇にふさわしく精神的な発達の可能性を失った、不幸な存在となっていくしかないのです。

中等教育も高等教育も、この流れを変えることはできません。変えうるとすれば、それは男性の女性観が変わり、女性自身の女性観が変わることしかないでしょう。これが変わるのは、女性が純潔を至高の状態と見なすようになる時だけであって、いまのように人間の至高の状態を恥だとか屈辱だとか思っているうちはだめですね。そうならないうちは、教養のあるなしにかかわらず、あらゆる処女の理想とは、相も変わらずなるべくたくさんの男性の、つまりオスの関心をひきつけて、選択の可能性を増やすということでしかないのです。

女性の中にだって数学に詳しい者もいればハープが演奏できる者もいるわけですが、だからといって何の変化も生じません。女性が幸せになり、望みうる限りのものを手に入れられるのは、男性を魅惑して自分のものにしたときなのです。つまり女性の主な仕事とは、うまく男性をたぶらかすことなのです。これは古来そうだったし、今後もそうでしょう。われわれの世界で言えば、娘時代もそうなら結婚した後もそうなのです。娘時代にはこれがパートナー選びに必要ですし、結婚後は夫に対して権力を持つために必要なわけですよ。

これをやめさせる、あるいは一時的にせよ抑制してくれる唯一のものは子供であり、それも女性がまともな体で、母乳で育てている間に限ります。しかしここにもまた医者たちが介在するのですよ。

私の妻は自分で子供の授乳をすることを望み、実際に後から五人の子を自分の乳で育てたわけですが、たまたま最初の子供のときは体調が悪かったのです。そこで医者にかかっていたのですが、まったくあの医者連中というのは、恥知らずにも妻を裸にしていたるところ触りまくるようなやつらで、しかもこちらはそれに対して感謝して金まで払わなければならない始末だったんですが、とにかくその親切な医者の先生方がですね、妻は授乳をすべきでないと判断したわけです。

それで妻は最初の子を産んだ後、男性に対する媚態から自由になれる唯一の手段を奪われてしまったのです。子供は乳母に育てさせました。つまりわれわれは一人の女性の貧困と窮状と無知を利用して、本人の赤ん坊をさしおいてわが家の子供の世話をさせ、その返礼として彼女にモールつきの帽子をかぶせてやったわけです。

しかしそれが問題なのではありません。じつは妊娠状態からも授乳からも解放されたまさにこの時に、妻のうちにそれまで眠りこんでいた例の女としての媚態が、芬々《ふんぷん》と露骨に表に出るようになったのです。

すると私のうちにもこれに呼応する形で、むらむらと嫉妬の苦しみが頭をもたげ、その後結婚生活を通じて絶え間なく心をさいなむようになりました。この私のように不道徳な夫婦生活を営んでいる男たちは、結局は嫉妬にさいなまれるようにならざるを得ないのですよ」

15

「結婚生活を通して、私は絶えず嫉妬の苦しみを味わっていました。しかしその苦しみが格別強まった時期というのもまたあったのです。そしてそうした時期のひとつが、最初の出産の後に医者たちが妻に授乳を禁じた時でした。

当時の私はとりわけ嫉妬を覚えたものですが、それは第一に、母親となった妻が、授乳という生活の自然なステップを理由もなく妨げられた者に特有の、不安な精神状態にあったからです。そして第二には、妻があまりにもあっさりと母親としての道徳的義務を放棄したのを見て、私は正当にも、とはいえ無意識にですが、彼女は夫婦の義務も同じようにあっさりと捨てることができるだろうと結論したからです。ましてや彼女は本来完全なる健康体であって、親切なお医者様方の禁止にもかかわらず、後で生まれた子供たちにはみずから授乳をして、立派に育て上げたのですからね」

「それにしてもあなたはよくよく医者が嫌いなのですね」医者のことを口にするたびに相手の口調がとりわけ辛らつになるのに気づいて、私はそう言った。

「好きとか嫌いとかの問題ではありません。医者たちは私の人生を台無しにしたのですよ。これまでに何千何万という人間を滅ぼし、そして今でも滅ぼしているようにね。だから私としては原因と結果をつき合わせてみずにはいられないのです。弁護士や他の連中と同じように、医者だって金儲けがしたいのだということくらい、私はわかっています。だから私は、医者どもがこちらの家庭生活に介入するのを防ぎ、けっして近所に寄ってこさせないようにできるというのなら、喜んで自分の収入の半分を彼らに進呈するでしょう。いいや、医者のすることを理解している人間なら、誰だってすんでそうするはずですよ。

別にとりわけ情報収集したわけではありませんが、母体が出産に耐えないという診断のもとに医者が胎児を死なせたところ、後に同じ女性が無事出産しているケースや、何かの手術という名目で母体自体を死なせてしまったケースを、私は何十件も知っています。それはもう無数にあるのですよ。しかるにかつての異端審問による殺人のケースと同じように、この種の殺人を数え立てする者は一人もいないのです。なにせ人類の福祉のためという名目がついていますからね。医者たちによる犯罪の数はとても数え切れませんよ。

でもそうした犯罪のすべてでも、連中がとりわけ女性を通じて世間へと広める唯物主義という名の道徳的堕落に比べれば、まだかわいいものです。まったくのところ、仮に連中の指示に従うとすれば、世の中どこもかしこも病原菌だらけなので、人間はまとまっているのではなくてばらばらに離れていなくてはいけないことになる。連中の教えによれば、みんな別々の場所に収まって、じっと石炭酸の吸入器を口にくわえていなくてはならないのです（ただしあの器具も役に立たないということが明らかになっているのですがね）。でもこれはまだましです。なんといっても一番の害毒は、連中が人々を堕落させることなのです。とりわけ女性たちをね。

昨今ではもう『お前の生き方はよくない。ましな生き方をしろ』などというせりふは通用しません。自分にも他人にも、そういう言い方はできなくなっているのです。だって、仮に生き方が悪いとすれば、原因は神経機能の異常か何かだというふうにみなすことになっているのですから。そうすると病院へ行く羽目になり、医者が薬局で三五コペイカする薬を処方してくれて、あなたはそれを飲むという仕組みです。それでもっと悪くなると、さらに薬を飲み、さらに医者に通うというわけですよ。上等な話じゃないですか。

しかしそれはまあよしとしましょう。私が言いたかったのは、妻が立派に自分の乳で子供たちを育てたこと、そして彼女が子供を身ごもっては授乳するという状態にあることだけが、この私を嫉妬の苦悩から救ってくれたということだけです。仮にそうしたことがなかったならば、すべてはもっと早く起こっていたでしょう。子供たちが私と妻を救ってくれたのですよ。八年間で五人の子供を妻は産みました。そして全員を母乳で育てたのです」

「いまはどこにいるのですか、お子さんたちは?」私はたずねた。

「子供たちですか？」相手はびっくりして聞き返した。

「すみませんでした。さぞかし思い出すのもおつらいでしょうね？」

「いや、かまいません。子供たちは妻の姉と弟に引き取られました。彼らは私に子供たちを渡してくれなかったのです。私は彼らに財産を譲ったのですが、彼らは子供たちを渡してはくれなかったのですよ。だって私は異常者のようなものですからね。

今だって彼らのところへ行った帰りなのですよ。子供たちに会ってきたのですが、どうしても引き取らせてはくれないのです。もし引き取ることができたなら、私は決して親の二の舞にならないように彼らをしつけることでしょうに。どうやら、親と同じように育つしかないようです。

でもそれも仕方がありません！　子供たちを引き取れないのも信用してもらえないのも、当然のことです。それにこの私に子供たちを養育する力があるかといえば、自分でも自信はありません。おそらくは無理でしょう。私は廃人であり、異常者なのですから。ただしそんな私にもたった一つとりえがある——それは自覚しています。皆がまだしばらくは気づかないだろうことを、この私は知っている——それは確かなのです。

そうです、子供たちは元気で、やがて周囲のすべての人たちとまったく同様の野蛮人に育つでしょう。私は彼らに会いました。三回も会いました。でも子供たちに何ひとつしてやることはできません。何ひとつね。いまは南部の自分の村へ帰るところです。あちらに小さな家と庭があるものですから。

そう、人々はまだしばらくは、私の知っていることを知るようにはならないでしょう。太陽や他の恒星に鉄はたくさんあるか、そしてどのような金属があるか――そういうことはじきに知られるようになるでしょう。しかしわれわれ自身の下劣さを知らしめることは、難しい、ひどく難しいことなのですよ……。

こうしてあなたに話をきいていただけるだけでも、私は感謝しているところです」

16

「いまあなたは子供のことを思い出させてくれましたが、子供についてもひどい嘘がまかり通っているのですよ。子供は神の恵みだとか、子供は喜びだとかいうやつです。こんなもの全部嘘っぱちですよ。かつてはその通りだったでしょうが、今ではまったくの見当はずれです。

子供とは苦しみであって、それに尽きるのです。大半の母親はそれを実感していますし、時にはついストレートにそう口に出して言う者もいます。私たちのような有産階層の母親の大半にたずねてみれば、こんな答えが返ってくるでしょう――わが子が病気したり死んだりするのが怖いから、子供はほしくないし、仮に産んだとしても、愛着が出て後で苦しむのがいやだから、自分で育てたくないってね。

赤ん坊のかわいらしい手やら足やら小さなからだ全体を見てこみ上げてくる喜び、赤ん坊がいることの満足感――そうしたものは母親たちが味わう苦しみには及びません。子供が病気したり死んだりしたときの苦しみはいうまでもないとして、母親たちは病気や死の可能性に対する恐れだけで、もう十分苦しんでいるのです。こうして損得を量ってみると、どうやら損が多いというわけで、子供は持ちたくないということになるのですよ。

女性たちはそのことを率直に、大胆に公言していますが、それは自分たちの気持が子供への愛から生まれたものであり、誇るに足る善き優れた感情だと思い込んでいるからです。そんな考え方をすることで自分たちが愛を正面から否定しており、自分のエゴイズムを肯定しているだけだということを自覚していないのです。

彼女らは、子供の魅力から得られる満足が子供の身を案ずる苦しみには及ばないということから、愛の対象となる子供は要らないと言っているのです。つまり愛する存在のために自分を犠牲にするのではなく、自分のために愛する存在たるべきものを犠牲にしているわけですよ。

これが愛ではなくてエゴイズムだということは明白ですね。しかし富裕な家庭の母親たちをそうしたエゴイズムゆえに非難するというのも、いくぶん気の毒な気がします。だって考えてみれば、われわれのような貴族層の妻たちは、またもや例の医者連中のおかげで、子供の健康を気遣うあまり文字通りへとへとになっているのですからね。

実際、結婚生活の当初、いきなり子供が三人も四人もできて、育児にかかりきりになっていた頃の妻の暮らしぶりや心理状態を思い出してみると、いまだにぞっとしますよ。私たち夫婦の生活というものはまったく無かったのですから。それはもう一種の永続的危機状態というやつで、一つの危機を逃れるとまた新たなる危機が巡ってきて、またもや死に物狂いの努力をした末にかろうじて救われる——つまりはいつも、まるで難破船に乗っているような、そんな状態だったのですよ。

時おり私には、それは妻が故意にしていることであり、子供を心配するような振りをしながら、じつは私を尻にしこうとしているのだと思えたものでした。そう思いたくなるほど、あの頃はすべての問題が、あきれるくらいやすやすと妻のいいように決まっていったのです。だから時々、そんな際の妻の言動が、何から何まで意図的なものであるかのように感じられて仕方がなかったのです。でもそれは邪推であって、じつは妻自身、子供たちのこと、子供たちの健康や病気のことを気遣って、始終ひどく苦しみ、さいなまれていたのですよ。

あれは妻にとって拷問でしたし、この私にとっても拷問でした。そして妻が苦しむのも無理はなかったのです。だって子供たちに愛着を覚え、子供たちを養い、いつくしみ、護ってやりたいという動物としての欲求は、大方の女性と同じように彼女にも備わっていたのに対して、動物とはちがって想像力や理性が欠如しているわけではなかったのですから。雌鶏は雛の身にどんなことが降りかかるかなんて心配しはしませんし、雛がかかりそうな病気について知りもしなければ、病気や死から救ってくれると思われる薬についても、人間様のようにわきまえていることもないわけです。

だから雌鶏にとっては、子供は苦しみの種ではありません。雌鶏はわが子らに対して、自分らしいこと、自分がして楽しいことをしてあげるだけです。つまり雌鶏にとって子供は喜びの種なのです。仮に雛が病気にかかっても、雌鶏がしてやることは極めて限られている——つまり体を暖め、食べさせてやるだけです。そうしながら、自分はなすべきことをすべて行っていると自覚しているのです。雛が死んでしまったとしても、雌鶏はどうして死んだのかとか、どこへ行ってしまったのかとか自問したりはしません。ただひとしきりコッコッと鳴くだけで、鳴き終えるとまたもとのように生きていくのです。

しかしわれらが不幸なる女性たちの場合は、まあ私の妻の場合も含めてですが、そんな具合にはいきません。いろいろな病気とその治療法については言うまでもなく、子供の養い方、育て方について、妻はありとあらゆる方面の無限に多様な、しかも絶えず変化する決まりを聞いたり読んだりしたものです。『これこれの仕方でこれこれの食べ物を与えるべし』『いや、そのやり方は誤りで、以下のようにすべし』——というわけで、着せるもの、飲ませるもの、湯浴みの仕方、寝かせ方、散歩、空気浴といったすべての事柄について、私たちは、とりわけ妻は、毎週のように新しい決まりを教えられました。まるで人類が子供を産むようになったのはつい昨日のことだといった様子ではありませんか。しかもそうした食べさせ方や湯浴みの仕方が見当はずれだったりタイミングが悪かったりして、赤ん坊の具合が悪くなると、結局は妻が間違ったことをしたせいであり、妻が悪いということになってしまうのです。

つまり赤ん坊が元気でいてさえこれほどの気苦労なのですから、もしも病気でもしたら、もう大変。地獄そのものです。病気というものは治すことができるものであって、そのために医学という学問と医者という専門家がいて、彼らが治し方をわきまえている——これが一般通念です。ただしすべての医者がその治し方を知っているのではなくて、一番優秀な名医たちだけが知っているというわけです。

だからいざ子供が病気になったら、ぜひ救ってくれるような名医にかからなくてはならない。そうすれば子供は助かる。ところがたまたまそういう名医が捕まらなかったり、名医のいるような場所に住んでいなかったりすれば、それで子供の命はおしまいだという理屈です。これは別に特殊な信念ではなくて、妻の属する階層の女性全員がこう思い込んでいるわけですから、妻にしてみればもうあらゆる方面からこの種のことばかりを聞かされるわけですよ。

『あのエカテリーナさんのところではお子さんが二人も亡くなったけれど、あれはイワン・ザハールィチ先生にすぐ来ていただかなかったからで、マリヤさんのおうちではイワン・ザハールィチ先生のおかげで長女の方が助かったのよ』

『ペトロフさんのお宅では、先生のお勧めで早めにお子さんたちをホテルに分散させたからみんな助かったけれど、分散させなかったらだめだったでしょうね』

『この私も体の弱い子を授かったのだけれど、お医者様の勧めで南に転地させたら、元気になったわ』

こんな風じゃ、母親は一生苦しんだり心配したりしているしかないですよ。だってイワン・ザハールィチ先生とやらの診断を折りよく受けられるかどうかで、自分が本能的な愛着を感じている子供の運命が決定されるというわけですから。

ところがこのイワン・ザハールィチ先生がどんな診断を下すかなんて、誰にも見当がつきません。第一本人が知らないのです。というのもこの先生自身、自分が何ひとつ知らず、何の助けにもなれないということをよく自覚していながら、ただ自分が何かを知っているのだということをいつまでも人々に信じさせたいために、行き当たりばったりの言い逃れをしているだけなのですから。

もしも母親が完全なる動物だったとしたら、そもそもこんなに気をもんだりはしないでしょう。またもしも母親が完全なる人間だったとしたら、きっと神を信じているでしょうから、信心深い女性たちが言うように『神が与え、神が奪った。神からは逃れられない』と言って納得したことでしょう。

きっと彼女は、わが子の生死も、すべての人の生死と同じく、人間の力の及ぶところではなくて、ただ神の力の支配するところであり、したがって子供の病気や死を自分の手で防いでやろうなどと思い煩うこともなければ、そんな努力をしようともしないでしょう。そう考えでもしない限り、母親の置かれた状況はひどいものですからね。

つまり、母親はありとあらゆる災厄にさらされた、もろくて弱い存在である幼子らを授かり、その存在に激しい、本能的な愛着を感じているわけです。しかもその幼子らは彼女の手にゆだねられているのに、彼らの身を守る手段は彼女たちには隠されていて、それを知るのは赤の他人です。そしてその他人の奉仕や助言を受けるためには大金を積むほかはなく、しかもそうしたところで必ずしもみてもらえるとは限らないというわけなのです。

子供を授かってからの暮らしは全部、妻にとって喜びどころか苦しみだらけであり、したがって私にとっても苦しみでした。どうして苦しまずにいられましょう。妻は絶えず苦しんでいましたよ。

たとえば何か嫉妬によるいさかいとか、あるいは単なる口喧嘩がひとしきりあった後にようやく落ち着き、これでしばらくはのんびりと本を読んだりものを考えたりできるなと、ほっとしている。そうして何か仕事にでも取り掛かったところへ、突然に知らせが来て、やれ息子のワーシャが吐いているだの、娘のマーシャが血便をしただの、アンドリューシャが蕁麻疹《じんましん》にかかっただのと告げられるわけです。

そうなるともちろんもう一巻の終わりで、生活なんてなくなってしまいます。そうしてどこへ駆けつけようか、どの医者にみせようか、どこへ隔離しようかとおろおろしたあげく、浣腸だ検温だ、飲み薬だ医者だといった騒ぎが始まるのです。

こうした騒ぎが終わるか終わらないうちに、またもや何か別の騒ぎが持ち上がります。まともな、落ち着いた家庭生活なんてあったためしはなく、あったのはすでにお話ししたように、絶えず想像上の危機や実際の危機を切り抜けていく暮らしでした。いまや大半の家庭がそんな調子ですよ。ただわが家ではそれが極端だったわけです。なにせ、妻が子煩悩で信じ込みやすい性格でしたからね。

そんなわけで子供の存在は私たちの暮らしをより良くしてくれないばかりか、むしろ生活を毒することになりました。しかも子供たちは、新しいいさかいの種になったのです。子供たちが生まれた時から始まって、大きくなればなるほど、ますます子供たちそのものが夫婦喧嘩の手段となり、対象となっていきました。

いさかいの的であるばかりか、子供たちは戦いの道具でもありました。私たち夫婦は、まるで子供を武器にして戦っていたようなものです。私たちにはそれぞれ自分のお気に入りの子供がいましたが、その子供が喧嘩の道具になりました。私はもっぱら長男のワーシャを武器にし、妻は娘のリーザを武器にしました。

おまけに子供たちが徐々に成長して性格も固まってくると、私たちはおのおの自分の側に引き入れて、同盟者にしたのです。かわいそうに、子供たちはそのことでおそろしく苦しんでいましたが、常に戦争状態の私たちには、子供たちのことを考える余裕はありませんでした。やがて娘が私の味方になり、妻に似ている長男は、妻のお気に入りとなりましたが、それで私はしばしばその子を憎んだものです」

17

「まあそんな風に暮らしているうちに、夫婦仲はどんどん険悪になってきました。そしてついには、意見の不一致が憎しみを生むのではなく、憎しみが意見の不一致を生むようになりました。妻がどんな意見を言おうと、私は聞く前から反対でしたし、妻のほうもまったく同じだったのです。

結婚後四年目をむかえる頃には、二人ともさも当たり前のことのように、自分たちはお互いに理解しあうことも同意しあうこともできないのだと決めつけてしまいました。とことん話し合って折り合いをつけようなどということは、もはやしてみようとさえ思わなくなってしまったのです。ごく単純な問題、とりわけ子供にかかわる問題でも、私たちは常にそれぞれの意見を守り通そうとしていました。

今でも思い出しますが、私が固執した意見というのは、決して譲りがたいほど自分にとって大切なものではありませんでした。しかし妻が反対の意見である以上、意見を譲ることはすなわち妻に屈服することになります。それは私にはできない相談だったのです。妻はおそらく、自分はいつだって夫である私よりもずっと正しいと思っていたのでしょうが、私は私で、自分はいつだって彼女に比べれば神様のようなものだと思っていたのです。

二人でいるときの私たちは、ほとんど沈黙して過ごすか、もしくはきっと動物だってできるような単純な会話しかできなくなっていきました。『いま何時？』『もう寝なくては』『今日の夕食は何？』『どこへ出かければいい？』『新聞にはなんて書いてある？』『医者を呼びにやろう』『マーシャは喉が痛いようだ』――というような会話です。このように極限まで狭まってしまった『許される会話』の領域をほんの毛先でも踏み外したとたん、かっと怒りが爆発するのでした。コーヒーであれテーブルクロスであれ馬車であれホイストのカードの切り方であれ、あらゆることがきっかけで衝突がおこり、憎しみが表面化しました。原因ときたら、いずれの側にとってもおよそ何の意味も持ちえないようなことばかりなのです。

少なくとも私の心のうちには、しばしば妻に対するおそろしいほどの憎しみが煮えたぎったものです。時おり、たとえば茶を注ぐ妻が片足をぶらぶらさせていたり、あるいは口元へスプーンを持っていって、ズルズル音を立てながら啜ったりするのを見かけると、まるで最低の無作法を目撃したかのような気になって、それだけで妻が憎らしくなってくるのでした。

当時自分では気がつきませんでしたが、憎しみがわく時期というのがあって、それは完全に規則正しくきちんきちんと巡ってくる、しかもその時期は私たちが愛と呼んでいた感情のわく時期と呼応していたのです。つまり愛の時と憎しみの時がワンセットになっていたわけで、激しい愛の時の後にはその分長い憎悪の時が訪れるし、愛の表れが淡白な場合は、憎しみの時も短いというわけです。当時の私たちには理解できませんでしたが、この愛というのも憎しみというのも、単に同じ一つの動物的な感情を別々の側から見たものに過ぎなかったのですね。

仮に私たちが自分の置かれた状況を理解したなら、きっとこんな暮らしはまっぴらだと思ったことでしょう。でも私たちは自分の状況を理解もしなければ気づきもしなかったのです。それこそが人間にとっての救いでもあり罰でもあるわけですが、正しい生き方をしていない人間は、自分の状況の悲惨さに気づかぬように、われとわが目を曇らせることができるのですよ。

私たちもそうでした。妻は家事、家具調度のしつらえ、自分と子供たちの衣装、子供たちの勉強や健康といった、気力の要る、常に差し迫った仕事につとめて没頭しようとしていました。私は私で熱中の対象を持っていた、つまり勤めや狩猟やカードの勝負にわれを忘れることができたのです。だから私たちはいつも忙しくしていました。忙しければ忙しいほど、お互いに対して意地悪になれる——二人ともそんな風に感じていたのです。

『お前はそうして仏頂面をしていればいいさ』妻に対してそんなことを思ったものです。『お前の悶着《もんちゃく》で一晩中苦しめられたが、俺は今日会議があるんだよ』『あなたは気楽ね』妻は思うばかりか口に出してそういいました。『私は赤ちゃんのことで一睡もしてないのよ』

こうして私たちは不断の霧に包まれたまま、自分たちのおかれた状況を直視することなく暮らしていました。そしてもしもあの出来事が起こらなかったとしたら、私はそのまま歳をとるまで生きつづけ、いよいよ死ぬときになったら、自分はなかなか結構な人生を過ごしたのだと思ったことでしょう。とりわけ良くもないが、悪くもない、皆と同じような人生だったとね。つまり自分がその中でもがいていたあの底なしの不幸を、あのおぞましい嘘を、ついに理解することはなかったでしょう。

私たちは一つの鎖につながれた囚人同士のように、互いを憎み、互いの人生を毒し合いながら、そのことに気づかぬようつとめていたのでした。当時私は知りませんでしたが、九十九パーセントの夫婦は私が暮らしたのと同じような地獄に暮らしているのだし、そうなる以外にありえないのですね。あの頃の私は、他人のことにせよ自分のことにせよ、その点に関してまだ無知だったのですよ。

それにしても、正しい生活をしていようと間違った生活をしていようと、人生の巡り合わせというやつには驚かされますね！　たとえばちょうど夫婦が互いのせいで生活にうんざりし始めた頃、子供の教育のために都会的な環境が不可欠だということになる。そこで都市に移り住む必要が生じるわけです」

彼はそう言ったところで黙り込み、二度ほど例の奇妙な音を立てた。それは今ではもう押し殺した慟哭そっくりに聞こえるのだった。私たちは次の駅に近づきつつあった。

「何時になりますか？」彼がたずねた。

時計を覗いてみると二時だった。

「あなた、お疲れではないですか？」彼は聞いた。

「いいえ、でもあなたはお疲れでしょう」

「息が詰まるだけです。すみませんが、ちょっと散歩して、水でも飲んでまいります」

そう言うと、彼はよろめく脚で車両の中を歩いていった。私は一人その場に座って彼の話の一部始終を反芻していたが、そのために彼が別のドアから戻ってきたのにも気づかなかった。

18

「いやはや、私の話は脱線ばかりですね」彼は言った。

「あれ以来いろいろと頭の中で反芻し、いろんなことを別の目で見るようになったものですから、ついそれを全部しゃべりたくなってしまうのですよ。

さて、私たちは都会暮らしを始めました。都会というのは、不幸な人間たちには暮らしやすいところです。都会の人間は、自分がとっくに死んでいる、朽ち果てているということに気づかぬまま、百年でも生きていられますからね。自分のことを反省する暇がないくらい、いつも忙しいわけですよ。仕事、世間付き合い、健康、芸術、子供の健康、教育、誰それをお客に呼ばなくちゃ、誰それのところにお客に行かなくちゃ、あの女優を見ておかなくちゃ、あの歌手を聞いておかなくちゃ、といった風にね。まったく都会というところは、いつどんな時にでも必ず、見逃すことのできない名優というのが一人、あるいはいちどきに二人三人と舞台に立っているわけですからね。そうかと思うと、自分の病気、他の誰彼の病気の治療もあるし、あるいは学校の先生、ピアノの先生、家庭教師の先生といった相手もいる。それでいて、人生はまったくの空っぽなのですよ。

さて、私たちもそんな暮らしをしているうちに、結婚生活の苦痛を以前ほど感じないようになってきました。まして初めの頃には、新しい町に住み着いて新しい住居を整えるというとても楽しい仕事がありましたし、おまけに町から村へ、村から町へと往復する用事もあったわけですから。

一冬を過ごして二度目の冬にさしかかる頃、ある新しい事情が生じました。これは一見誰も気づかぬほど瑣末なことだったのですが、それが後の出来事すべての原因となったのです。

じつは妻が体調を悪くしたところ、悪徳医者どもが彼女に出産を控えるように忠告し、避妊法を教え込んだのです。私にしてみれば、それは不愉快きわまることがらでした。それで私は抵抗したのですが、妻は軽薄にも断固として自分のやり方を通そうとするものだから、私も折れたわけです。

こうして豚並みの生活をかろうじて正当化してくれていた子供を産むという目的までが失われてしまったわけで、その結果、生活はさらにいまわしいものとなってしまいました。

農民や労働者は子供をほしがります。子育ては苦労ですが、自分たちが子供を必要とするわけで、それゆえにこそ夫婦関係も正当化されるわけです。われわれの階層で、しかもすでに子供のある人間は、それ以上子供をほしがりません。新しい子供は余計な気苦労や出費をもたらし、遺産争いの種となり、重荷となるからです。

そんな私たちには、もはや豚のような生活を正当化してくれるものが何ひとつありません。それで人工的に避妊したり、あるいはいざ子供ができるとそれを不幸の種、軽はずみの結果とみなしたりするのですが、これはさらにたちが悪いですね。まったく弁明の余地のないことです。でも私たちは道徳的にすっかり退廃してしまっているものですから、弁明の必要さえ認めようとしないのです。現代の教養階級の大半は、何の良心の呵責《かしゃく》も感じることなく、そうした堕落に身をゆだねているのですよ。

なぜ良心の呵責を感じないですむかといえば、私たちの生活においては、いわば世論という良心、および刑法という良心のほかに、良心などまったく存在しないからです。しかもこの場合、世論も刑法も侵犯されるわけではありません。そもそも誰もがしていることをするのですから、何ひとつ世間に対して疚しいところはないのです。しかもそうでもしないと貧乏人ばかりむやみに増やしたり、社会生活の可能性を自ら失ってしまったりすることになりかねませんから。また刑法に対して恥じたり恐れたりする必要もありません。赤ん坊を池や井戸に投げ捨てたりするのは、尻軽娘や兵隊の留守女房のやることで、そういう連中はもちろん牢屋にぶち込んでやる必要がありますが、私たちの階層の場合は、何から何まで段取りができていて、手を汚さずに処理してしまえるからです。

こうして私たち夫婦はさらに二年間暮らしました。悪徳医者どもの教えた避妊法は明らかに効果を発揮し始めたようで、妻は体もふくよかになり、あたかもひと夏の最後の輝きをしのばせるように美しくなってきました。妻自身もそれを感じ取り、美容に気を使うようになりました。その結果、なんとなく人の心を騒がせる、そそるような美しさを獲得したのです。もはや子供を産むことのない、豊満な肢体をもてあましている三十女の力が、全身にみなぎっていました。男性の間を通るとき、彼女は彼らの眼をひきつけました。見る者の心をかき乱しました。まるで長いこと厩に閉じ込められ、さんざん餌を食べて肥えた馬車馬が、急にいましめを解かれたかのようでした。われわれの階層の女性の九十九パーセントがそうであるように、彼女には何の束縛もありませんでした。私もそのことを感じ、そして怖くなったのです」

19

彼は突然に立ち上がると窓際の席に座りなおした。

「すみません」そう言うと彼は窓をまっすぐに見つめ、そのまま二分ほども黙って座っていた。それから一つ深いため息をつくと、また私の前に腰を下ろしたのだった。見るとその顔はすっかり面変わりして、目つきも精彩を失い、なにやら奇怪な微笑とでもいうべきものがくちびるに皺を作っていた。

「私は少し疲れましたが、でもお話ししてしまいましょう。まだ時間はたっぷりあるし、夜も明けてはいませんから。さてと」彼はタバコに火をつけるとまたもや話し始めた。「子供を産まないようになって以来、妻は肉付きもよくなり、病気も、つまり子供を気遣うことからくる不断の苦しみも、次第に過去のものとなっていきました。病気が回復したというのとは違いますが、ちょうど酔いからさめるようにふとわれに返ってみると、自分がすっかり忘れていた喜びに満ちた世界があったことに気づいたといった風なのです。それは彼女がそれまで暮らすことのできなかった世界、まったく理解していなかった世界でした。

『こんな世界を見逃してなるものか！　時がたったら二度と取り返しがつかないわ！』妻はきっとそんな風に思った、というよりもむしろ感じたのでしょう。だってそれ以外の考え方、感じ方はできなかったはずです。妻が受けた教育によれば、世の中でただ一つ重きをおくに値するものは、愛ということだったからです。

彼女は結婚することによってその愛というものの一端を享受したのですが、それは約束されていたもの、期待していたものとはかけ離れていたばかりか、失望と苦しみの連続であり、しかも出産という想像を絶する難儀まで降りかかってきたのです。その受難で彼女はすっかり憔悴していました。

ところが面倒見のよい医者たちのおかげで、彼女は子供を産まずに済ませることができるということを知ったのです。そして大喜びでその可能性を享受した結果、再びよみがえって、みずからが唯一知っていることがら、つまり愛のために生きることができるようになったのでした。

しかし嫉妬やありとあらゆる憎しみによって汚れきってしまった夫との間の愛なんて、すでに本当の愛とは言えません。そこで彼女は何か別の純粋な、新しい愛を夢見るようになった――少なくとも私には妻がそんな状態にあるように思えました。そんなわけでいまや彼女は、何かを待ちのぞむような目つきで周囲を見回し始めたのです。そんな様子を見ていると、私は不安を覚えずにはいられませんでした。

この頃から日常茶飯事となっていったのですが、彼女は例によって他人を通じてこの私と会話するとき――すなわち誰か別の人間たちと話をしながら、じつは私に向けてメッセージを発しているようなとき――実に大胆な発言をしたものです。そんなときにはもう、つい一時間前には自分が正反対のことを言っていたのもお構いなしに、半ば真顔で、母親の気遣いなどというものは欺瞞であって、まだ若くて人生を楽しむ余地があるのに子育てに命をささげるなどもったいない、などと表明してみせるのでした。

　妻はかつてのように必死になって子供の世話をするようなことも少なくなり、その分ますます自分のことにかまけるようになりました。つまり人知れず自分の容姿に気を配り、また自分を満足させること、自分を磨くことに執心するようになったのです。以前はすっかりうっちゃっていたピアノの稽古にも、あらためて身を入れ始めました。そこからすべてが始まったのです」

　彼はいかにも疲れきったような目で再び車窓を振り返ったが、何とか元気をかき集めたといった様子で、すぐさま話を続けた。

「そうです、あの男が現れたのです」彼はまた口ごもり、二度ほど鼻から例の特有な音を立てた。

　見たところその男を名指したり、思い起こしたり語ったりすることが、彼にはつらいようであった。だが努力のあげく、あたかもそれまで通せんぼしていた障害物を突破したかのように、断固とした調子で先を続けた。

「私の目から見たところでは、あれは最低のろくでなしでしたよ。これは別に、私の人生において彼が持った意味からいうのではなくて、彼が実際にそういう人間だったから言うのです。しかし相手がくだらない人間だったという事実は、妻がどれほどまで自制を失っていたかという証拠にしかなりませんね。もしあの男でなければ、きっと誰か別の男が現れていたはずです」彼はまたもや黙り込んだ。「そう、あの男は音楽家、バイオリン弾きでした。それもプロではなくてセミプロで、半分は社交界の人間でした。

じつはこの男の父親が私の父の隣人だったのですが、この父親が破産してしまったので、男ばかり三人いた子供たちは、皆それぞれに身の振り方を決めたわけです。そしてこの末っ子に当たる人物だけが、パリに住む名付け親の女性のもとへと引き取られていきました。この男は音楽の才能があったためにパリの音楽院へ入れられ、卒業後はバイオリン奏者としてコンサートに出ていました。この男というのが……」彼は明らかに何やら誹謗的な言辞を吐こうとして思いとどまると、早口で言った。

「いや、あちらでこの男がどんな暮らしをしていたか知りません。分かっているのはあの年にこいつがロシアに現れ、私どものところへ姿を現したということだけです。

アーモンド形の潤んだ目、いつも微笑んでいる赤いくちびる、ポマードで固めた口ひげ、最新流行の髪型、いかにも女にもてそうな、軽薄な美男顔、華奢《きゃしゃ》ながらそれなりに均整の取れた体格、そして女のように、あるいはいわゆるコイ族[7]のように、極度に発達した臀《しり》(そういえばあの民族もまた音楽を好むそうですね)。許されればどこまでもなれなれしく人に取り入ろうとするくせに、一方では敏感で、ちょっとでも抵抗があればいつでも立ち止まるすべを心得ている。身だしなみには格別に気をつかい、ボタンのついた編み上げ靴も、鮮やかな柄のネクタイも、その他もろもろの装身具も、すべてがパリ風で、いかにもパリ仕込みの外国人といった風情を漂わせ、風変わりで珍しいせいもあっていつでも女たちに効果を発揮するのです。立ち居振る舞いは何かわざとらしく、うわべだけ快活をつくろったような風でした。たとえば、話をするにもすべてほのめかしと断片的な言葉だけですませておいて、まるであなたはこんなことはすべてよくご存知でしょうから、後はご自分で補っていただけますね、といった態度なのですよ。

つまりこの男と彼の音楽がすべての原因だったのです。裁判では、すべて嫉妬が原因で起こった事件だという解釈が下されました。まったくの見当はずれです。いやまっ

7 南アフリカの民族。もと遊牧民で、ホッテントットとも俗称された。

たく見当はずれだとは言いませんが、そうであってそうでないのですよ。法廷の判断は、裏切られた夫であるこの私が、汚名をそそごうとして殺人を犯したというものでした（連中はそんな表現を使うものですからね）。だからこそ私は無罪とされたのです。私は法廷で事件の意味を明らかにしようとしたのですが、単に妻の名誉を回復しようとしているのだとしか受け取ってもらえませんでした。

妻とあの音楽家の関係がたとえどんなものであろうとも、この私にとっては何の意味も持たないことですし、妻にとっても同じことです。意味があるのは私がこれまでにお話したこと、つまり私自身の下劣さなのですよ。すべての原因は、お話したとおり私たち夫婦の間に存在していた恐るべき深淵であり、互いに対する張り詰めた憎しみだったのです。そんな状況下ではちょっとしたきっかけが破局に直結するのですから。最後の頃には私たちの夫婦喧嘩は何やら恐るべき様相を呈するようになり、しかも喧嘩の果てに同じく張り詰めた野獣のごとき情欲が生じるところが、とりわけ衝撃的でしたね。

仮にあの男が現れなかったとしても、しょせん別の男が現れていたでしょうし、仮に嫉妬という口実がなかったとしても、別の口実が見つかっていたことでしょう。

これは私の確信するところですが、私がしたような暮らしをしている世の夫たちは、必然的に放蕩に身を持ち崩すか、夫婦別れをするか、自殺するか、それともこの私と同じように妻を殺すかしかないのです。もしもそうならない人がいたとしても、それはごくまれな例外というしかありません。

この私だって、あのような形で決着をつける前に何度か自殺の際《きわ》まで行ったものですし、妻のほうも服毒自殺を試みたことがあったのですから」

20

「そう、あのことの少し前にもそんなことがありました。

当時私たちはなんとなくうまくいっていて、そんな雰囲気を壊す理由は何ひとつありませんでした。ところがふとどこかの犬の話題になり、私はその犬が品評会でメダルをもらったという話をしました。すると妻は『メダルじゃなくてただ賞状をもらっただけよ』と言います。そこで言い合いが始まりました。いったんそうなるとあの話題からこの話題へと際限なく問題がずれていきます。

『だってそれは昔から知られていることで、いつだってそうだったでしょ。あなただっていつか言っていたじゃない……』

『いや、俺はそんなことを言った覚えはない』

『じゃあ、わたしが嘘をついているというのね！』

　こうなってくると今にも例のおそろしい口論が始まって、自殺したくなるかそれとも相手を殺したくなるかだぞ、という気がしてきます。今にも始まりそうな夫婦喧嘩を火事のように恐れ、そうならないように自制しなくてはと思うのですが、一方で怒りが全身に回ってしまってどうしようもないわけですよ。

　妻のほうもそれと同じかもっとひどい心理状態ですから、わざとこちらの言葉をことごとく曲解し、悪い意味にとろうとする。そうしてひと言ひと言にたっぷりと毒を含ませて、こちらが突かれて痛いと知っているところをどんどん攻撃してくるわけです。これはもう先へ行くほど、ますますひどくなります。

　そこで私が『黙れ！』と一喝するか、あるいは何かそのようなことを怒鳴ると、妻は部屋を飛び出して子供部屋へ駆け込もうとします。私はなんとか話をしまいまで言い切って相手を説得してやろうと思うものですから、彼女の手をつかんで引きとめようとする。すると彼女はいかにも痛い目にあわされたという振りをして、『みんな、お父さんが私をぶつのよ！』と叫びます。私が『嘘をつくな！』と叫ぶと、妻は『これが初めてじゃないわ！』とか何とか叫びかえします。子供たちが彼女のもとへ駆け寄ると、彼女は彼らを落ち着かせようとします。

『芝居はやめろ！』と私。

『あなたは何でも芝居にしてしまうのね。きっと人殺しをした後でも、相手が死んだ振りをしているんだって言い張るつもりでしょう。今こそあなたの気持がわかったわ。きっとそうなることを望んでいるのね！』

『ああ、いっそお前がくたばってくれればな！』

今でも覚えていますが、このおそろしい言葉には自分でもぞっとしました。自分がそれほどおそろしい、乱暴な言葉を吐くことができるなんて予想だにしていなかったものですから、そんな言葉が自分の口から飛び出したことにうろたえたのです。そんなおそろしい言葉を叫ぶと、私は書斎へ駆け戻り、腰を下ろしてタバコを吸い始めました。

するとが玄関部屋へ出て行って、出かける支度をしているのが聞こえてきます。

私はどこへ行くのかとたずねました。彼女は返事をしません。『ふん、あんなやつどうとでもなれ』そうつぶやきながら書斎に戻ってくると、横になってまたタバコをふかします。

どうして妻に仕返ししてやろうか、どうしたら妻から自由になれるだろう、どうしたらすべてを取り繕って、何もなかったことにできるだろう――そんなことについてのさまざまな計画が、無数に頭に浮かんできました。しきりにそんなことを考えながら、何本も何本もひたすらタバコをふかしていたのです。

妻から逃げて身を隠し、アメリカへ行ってしまおう――ふとそんなことを考えます。そのあげくは妻から解放されて自由を満喫し、別のまったく新しい、すばらしい女性と結ばれる、といったストーリーを夢見ているのです。妻が死んで自由になるという筋書きもあれば、離婚するという筋書きもあり、どうすればそうなるのかと考えます。

自分の頭が混乱していて、本当に考えるべきこととはかけ離れた見当はずれのことを考えているのがわかるのですが、でもまさに自分が見当はずれのことを考えているということを認めたくないために、タバコをふかし続けているわけです。

一方で家庭生活は続いています。女の家庭教師がやってきて『奥様はどこにいらっしゃいますか？　いつお帰りでしょうか？』とたずねます。召使がお茶を出したものでしょうかとたずねます。食堂に入っていくと、子供たち、とりわけもうものがわかった長女のリーザが、もの問いたげな、とがめるような目で私を見つめます。全員黙ったまま茶を飲みます。

妻はいっこうに姿を現しません。そうして夜が更けても戻ってこないとなると、二つの感情が交互に去来するようになります。ひとつは妻への呪詛で、こんな風に家を空けてこの私と子供たちすべてを苦しめたあげくに、結局はまた戻ってきやがるんだ、といった気持です。そしてもう一つは、妻が結局戻らずに、何か早まったことをするんじゃないかという恐れの気持です。

捜しに行くこともできるのでしょうが、でもどこへ捜しに行けばいいのか？　妻の姉のところでしょうか？　しかしそんなところへのこのこ出かけていって妻の消息をたずねるなんて、いかにも間が抜けています。

そう、妻なんて放っておけばいい。人を苦しめようとした罰に、自分が苦しめばいいのです。さもないと相手の思う壺で、次からはもっとひどくなるでしょうから。

でも、もしも姉のところにいるんじゃなくて、何かしでかそうとしている、あるいはすでにしでかしてしまったとしたら?……そうしているうちに十一時になり、十二時になり、一時になる。一人でベッドに寝て待つなどというのも愚かしいので寝室にも下がらず、かといってその場で横になることもしません。

何か仕事をしたり、手紙を書いたり読書したりしたいのですが、何ひとつ手につきません。一人書斎に座り込んで、苦しみ、憎み、耳をすましているのです。三時になり、四時になっても彼女はまだ戻らない。明け方にはこちらも眠り込みます。そして目覚めても、妻は戻っていなかったのです。

家の暮らしはすべてこれまでどおりに進行していますが、みんなが怪訝《けげん》な面持ちをして、問いかけるような責めるような目つきで私を見ています。すべて私が原因だと思い込んでいるのです。一方私の心中では、相変わらずの戦いが――私を苦しめる妻への恨みと、妻の身を案じる気持との葛藤が進行しています。

十一時になる頃、妻の姉が遣いとしてやってきました。そうしておなじみの問答が始まります。

『妹はひどい状態よ。いったいこれはどういうことなの!』

『別に何も特別なことはないですよ』私は妻の性格のひどさを述べ立て、自分は別に何もしていないと主張しました。

『でもただこのままじゃすまなくってよ』姉は言います。

『全部彼女の問題で、私の問題じゃありません』私は言います。『こちらから歩み寄る気はありません。決裂するなら決裂するまでです』

妻の姉は何の成果も挙げずに帰っていきます。姉に向かっては自分としても大胆に、こちらから譲歩するつもりはないと宣言したのですが、いざ姉が去って、部屋の外にかわいそうな子供たちがおびえた顔でいるのを見ると、もう折れて出ようかという気になってきます。いやむしろ喜んでそうしたいのですが、ただしどうしたらいいのか分からないのです。

そこでまた歩き回り、タバコをふかし、朝食の際にウオツカとワインを引っ掛け、そうして無意識に願っていた状態を実現する、つまりわが身の愚かしさ、愚劣さに眼をつぶるのです。

三時になる頃、妻が戻ってきました。私と顔を合わせても、彼女は何も言いません。こちらは彼女が折れて出たのだと思っているので、自分としても彼女にあれこれ非難されてむきになってしまったんだと説明し始める。ところが妻は相変わらずかたくなな、おそろしいほどやつれた顔で、戻ってきたのは話し合いするためではなくて子供を引き取るためであり、もう一緒には暮らせないと言います。私は、悪いのは自分ではない、カッとなったのもお前のせいだと対抗します。彼女は険しい、勝ち誇ったような目で私を見つめ、それからこう言いました。

『それ以上しゃべらないほうがいいわ。後悔するわよ』

こんな茶番は耐えられないと私が言うと、妻は何か私には分からない言葉を叫んで、自分の部屋へ駆け込んでいきました。後ろ手に鍵をかける音がして、彼女は閉じこもってしまいました。ドアを叩いても返事がなく、私は忌々しい気持でそこを離れます。そうして半時間後にリーザが泣きながら駆けよってきました。

『なんだ？　どうかしたのか？』

『ママの部屋がしんとしたままなの』

いっしょに部屋まで行き、満身の力でドアを引っ張りました。するとかんぬきのかけ方が弱かったようで、二枚の扉が開きました。ベッドに歩み寄ります。妻はスカートと高い編み上げ靴をつけたまま、ベッドの上に窮屈な姿勢で意識を失って倒れていました。テーブルの上には空になったアヘンの小瓶が転がっています。なんとか意識を回復させ、もう一度涙の一幕があって、それからようやく仲直りとなりました。

だがしょせんそれも仲直りではなかったのです。どちらの心にも、相変わらずお互いに対する憎悪が残っている上に、今度の喧嘩が生んだ苦痛への恨みが積み重なり、しかもお互いがそれを相手のせいにしている始末でしたから。しかしそうしたことは結局どうにかこうにかけりをつけていかねばならないわけで、その結果以前どおりの生活が再開されるわけです。

とまあそんなわけで、この程度のやもっとひどいのも含めて、夫婦喧嘩はしょっちゅうでした。週に一度とか、月に一度とか、あるいは毎日とかね。それがまたいつも同じことの繰り返しなのです。一度など、私はもう外国行きのパスポートまで取りました。その時は丸二日夫婦喧嘩が続いたのです。でもその後でまたもや話し合いの真似事、仲直りの真似事が行われ、結局私は家にとどまったのでした」

21

「つまり例の男が現れた時、私たち夫婦はちょうどそんな状態だったのですよ。男の苗字はトルハチェフスキーといいましたが、彼はモスクワに帰ってくるとそのまま私のもとに現れたのです。

まだ午前中でしたが、私は彼を迎え入れました。かつて私たちは『君』『僕』の間柄だったことがあるのです。このときも彼のほうは『君』と『あなた』の中間くらいで、何とか『君』的な言葉遣いを維持しようと努力していましたが、私がきっぱりと『あなた』口調で応じたものですから、彼もすぐそれに従いました。

私はひと目見ただけで彼を気に食わないやつだと思いました。しかしおかしなことに、なにかしら奇妙な、運命的な力に引きずられるようにして、私は彼を追い払うのでも遠ざけるのでもなく、反対に近づけてしまったのでした。

そもそもが、こんな人物には冷たくひと言かふた言かわして、妻になど会わせずにそのままさよならするのが、いちばん簡単なやり方なのです。ところが私はわざとのように彼の演奏のことを話題にして、聞いた話ではバイオリンをやめたそうですね、などと言ってしまったのです。彼のほうは、いやそれどころか以前よりも弾いているくらいです、と答えます。そこで彼はこの私もかつて演奏していたということを思い起こしました。私はもう音楽はやっていないと答え、しかし妻はピアノがうまいと言ったわけです。

まったく驚くべきことです！　だって彼と会ったあの最初の日、最初の時間の彼に対する私の態度ときたら、まさにあの事件が起きた後ではじめてとりうるような、そんな態度だったからです。つまり彼に対する私の態度には何か張り詰めたものがあって、私は彼が言ったことも自分の言ったことも含め、すべての言葉、すべての表現を記憶にとどめ、それに意味を与えたのです。

私は彼を妻に紹介しました。すぐに音楽の話が始まり、彼はよろしければ一緒に演奏をと申し出ました。妻はあの最後の頃いつもそうであったように、いかにも上品で魅惑的で、どきどきするほど綺麗に見えました。

彼女はどうやらひと目で彼のことが気に入ったようでした。おまけにバイオリンと合奏できると聞いて大喜びしていました。だって彼女は合奏が大好きで、わざわざそのために劇場のバイオリン奏者に通ってきてもらっていたほどですから。この喜びは彼女の顔に出ていました。でもふとこちらのほうを見てすぐさま私の気持を察すると、さっと表情を変え、そうして例の化かしあいの演技が始まりました。

私はにっこりと微笑んで、いかにも楽しげな表情を作ります。彼のほうは放蕩者が美人を見るときに必ずするような目つきで妻を見ながら、自分は単に話しているテーマに関心があるだけですといった振りをしています。ところがもちろん、そんなものにはもはや何の関心もないのですがね。妻はつとめて平静を装っていますが、私の顔に浮かんだおなじみの嫉妬隠しの嘘笑いと、彼の好色なまなざしとが、明らかに彼女を興奮させていました。

私の観察するところ、この最初の出会いのときから彼女の目が格別きらきらと輝き始めましたし、おそらく嫉妬のせいでそう見えるのでしょうが、彼と彼女の間にすぐさま電流のごときものが通い始めたようで、それが両者の表情や目つきや笑い方をそっくりなものにしているのでした。彼女が顔を赤らめると彼も赤くなり、彼女が微笑むと彼も微笑むといったふうなのです。

私たちはしばし音楽の話をし、パリの話をし、あれこれどうでも良いような話をしました。それから彼はお暇《いとま》すると言って立ち上がりましたが、ぴくぴくと震える太ものところに帽子をあてがった格好でその場に立ち止まったまま、笑顔を浮かべて妻の顔と私の顔を交互に見ていました。まるでこちらの出方をうかがっているようでした。私がこの瞬間のことをよく覚えているのは、この瞬間ならまだ彼を招待せずに済ますこともできたし、そうしていれば何事も起こらなかっただろうからです。

しかし私は彼に目をやり、妻に目をやりました。そして心の中で妻に向かって『私がお前に嫉妬しているなんて思わないことだ』と言い、男に向かっては『お前さんを怖がっているなんて思わないでくれ』と言いました。そうして、妻と合奏していただきたいので、ぜひ今晩バイオリンを持ってお越しくださいと招待したのでした。

妻は驚いた顔で私を振り向くと顔をさっと朱《しゅ》に染めましたが、それからいかにもうろたえたように、自分はそれほどの腕ではないからと言ってこの話を断ろうとし始めました。

この彼女の拒絶振りになおさらいら立った私は、どうしてもと言ってさらに強く提案しました。そしてついに彼は、まるで何かの鳥のようにぴょんぴょんと跳ぶような足取りで家を出て行きましたが、その後頭部を、真ん中分けした黒髪の下に際立つ白いうなじをじっと見送った時の奇妙な感情を、私はいまだに覚えていますよ。

私はその男の存在に苦しめられたことを認めざるをえませんでした。『自分次第で二度とあいつの顔を見ないで済ますこともできるんだ』そう私は思いました。しかしそうすることは、自分が相手を恐れていると認めることになる。いや、自分はあんなやつを恐れてはいない！　それはあまりにも屈辱的なことだ——そんな風に自問したのです。

そしてそのまま玄関先で、妻が聞いているのを承知の上で、今晩ぜひバイオリン持参で来てくれるようにと彼に強いたのでした。彼は来ると約束して去っていきました。晩になると彼がバイオリンを持って訪れ、二人は演奏しました。しかし合奏はなかなかうまく行きませんでした。二人にちょうどいい楽譜がなくて、手元に楽譜がある曲は、妻は準備なしには弾けなかったからです。私は大の音楽好きで、彼らの演奏に共感を覚えたものですから、彼のために譜面台を用意したり、楽譜をめくってやったりしたものです。

そうして彼らはどうにかこうにか、無言歌をいくつかとモーツアルトのソナチネを演奏し終えました。彼の演奏ぶりはすばらしく、トーンというか音の表情がきわめて豊かでした。おまけにデリケートで上品な味わいがあって、本人の人格にはまったくそぐわぬ演奏振りだったのです。

もちろん技量は彼のほうがはるかに上だったので、彼が妻の演奏をサポートすると同時に、慇懃《いんぎん》な口調でほめそやしていました。その態度はきわめて礼儀正しいものでした。妻はどうやら音楽だけに集中しているようで、とても率直で自然な様子でした。一方私ときたら、音楽を面白がっている振りをしながら、一晩中絶えず嫉妬の念に苦しんでおりました。

初めて彼と妻が目を見交わした瞬間から、私は両者のうちに潜んでいる獣同士が、お互いの身分も世間の目もかまわずに、『いいかい？』『ええ、もちろん』と言葉を交わしたのに気づきました。どうやら彼のほうは、モスクワの上流婦人に過ぎぬ私の妻がこれほど魅力的な女性であったのが意外で、大喜びしている様子でした。というのも彼女が誘いに応じることに関しては、彼はいささかの疑いも持っていなかったからです。

問題はただ一つ、鼻持ちならぬ夫に邪魔されぬことだけです。もし私が穢れを知らぬ人間だったならそんなことには気がつかなかったでしょうが、私のほうも独身時代は、大半の男性と同じくそんな目で女を見ていたものですから、それで彼の考えていることが手に取るようにわかったのです。

とりわけ私を苦しめたのは次のような明白な事実でした――すなわち妻は私に対して絶え間ない苛立ちのほかはどんな感情も持っておらず、その苛立ちがかろうじてたまさかの惰性的な性欲によって中断されるに過ぎない。一方例の男は、外見がエレガントで目新しい点からしても、ことに疑いもなく秀でた楽才からしても、合奏がもたらした親近感からしても、音楽が、とりわけバイオリンが感じやすい人間の心にもたらす影響力からしても、単に彼女のお気に入りになっただけでなく、簡単に彼女の心を征服し、もみしだき、より合わせて一本の糸のようにした上で、自分の思い通りの女に仕立ててしまうにちがいないのです。

私はどうしてもそれに眼をつぶることができず、ひどく苦しみました。でもそれにもかかわらず、あるいは却ってそのせいで、自分の意に反した何かの力が働いて、私は相手の男に対して格別慇懃なばかりか、きわめて優しい態度をとらざるを得なかったのでした。

妻の手前かそれとも男の手前か、私は彼を恐れていないぞというポーズをとり、また自分の手前でしょうか、われとわが気持をごまかしました。つまり何のためか分かりませんが、私はこの男との関係が始まった瞬間から単純でいられなくなったのです。すぐにでも相手を殺してやりたいという願望に負けないために、相手にやさしくしてやらねばならなかったというわけです。

夜食の席では彼に高価なワインを振る舞い、その演奏を誉めそやし、彼と話す時には格別愛想よい笑みを浮かべ、おまけに次の日曜に晩餐に来てもう一度妻と合奏してくれるよう招待しました。聴衆には自分の知人の中の音楽好きを集めましょう——そんなことも言いました。まあこんな調子でその晩は終わったのです」

ここでポズヌィシェフは興奮のあまり座りなおして、例の風変わりな音を立てた。

「この人物の存在がどうしてあんなにも私に影響を与えたのか、不思議でたまりません」彼はまた話し始めたが、明らかに平静を保とうとして無理をしているようだった。「それから二日めか三日めのこと、展覧会に行って帰宅すると、玄関部屋に入ったところで突然何か重苦しい気分を覚えました。まるで心臓の上に石がのしかかってきたかのようなのですが、それが何なのか自分では説明できないのです。じつはその正体不明の重苦しさの原因は、玄関部屋を通り抜ける際に何か例の男を思い起こさせるものを見かけたことだったのです。

自分の書斎に入ったとき、私はようやくそれが何だったかに思い至り、確かめるためにもう一度玄関部屋に戻りました。そう、私の間違いではありませんでした。彼のオーバーコートがそこにあったのです。しかも最新流行のコートでしたよ（自分でもはっきり意識してはいなかったのですが、あの男に関することならなんでも、私は並外れた注意力で気に留めていたのですね）。聞いてみると案の定、彼が来ているといいます。

私は広間に向かうのに、客間を通らずに子供の勉強部屋を通りぬけました。長女のリーザが座って本を読み、乳母が下の娘と一緒にテーブルで何かのキャップをまわしています。広間へのドアは閉ざされていて、その向こうから規則正しい分散和音《アルペジオ》と、妻と男の声が聞こえてきます。耳をすましても話の内容は聞き取れません。明らかにわざとピアノの音を響かせて、話を聞かれないようにしているのです。いやもしかしたら接吻の音を消しているのでしょうか。

ああ、あの時私の心中に沸き起こってきた感情といったら！　あの頃私のうちに巣くっていた獣のことを思い起こすだけで、ぞっとしてきますよ。不意にぎゅっと締め付けられた心臓が一瞬止まりそうになり、それからまるで早鐘のようにどきどき打ち始めました。何かに腹が立ったときはいつもそうであるように、中心にあるのは自分への哀れみの気持でした。

『よくも子供たちの前で、乳母のいる前で』と私は考えました。きっとおそろしい顔をしていたのでしょう、リーザが変な目で私を見つめていました。

『さて、どうしよう？』私は自問しました。『入っていこうか？　いや、だめだ。今入っていったら自分が何をしでかすか分からない』

しかしその場を立ち去ることもできません。乳母は、まるで私の窮状を理解しているかのような顔でこちらを見ています。

『そう、入らないわけにはいかないぞ』そう自分に言い聞かせると、私はさっとドアを開けました。彼はピアノに向かって座り、反り返った大きな白い指で分散和音を奏でていました。妻はピアノの端のところに立ち、開いた楽譜に向かっています。まず彼女が私の入ってくるのを見つけるか聞きつけるかして、こちらを振り向きました。びっくりしながらも平静を装っていたのか、それとも本当に驚きもしなかったのかは分かりませんが、妻はぎくりともしなければ身じろぎもせず、ただ顔を赤らめただけでした。それも後になってからです。

『あら、帰ってきてくださってよかったわ。私たち、日曜に何を演奏しようか決めかねていたの』そういう妻の語調は、私たち二人きりの時の会話ではありえないようなものでした。そのことと、さらに妻が自分と男を一緒にして『私たち』と呼んだ事実とが、私をむかむかさせました。私は黙って彼に挨拶しました。彼は私の手を握るとすぐさま、私にはもろに嘲《あざけ》りだと感じられる笑みを浮かべながら、日曜日の準備に楽譜をいくつか持参したのだが、比較的難しい古典もの、つまりベートーヴェンのソナタにするか、それとも小品をいくつか演奏するかでもめているのだと説明しました。いかにも自然で単純な話なので難癖のつけようがないのですが、なおかつ私は、全部が嘘っぱちであり、二人は私を欺くために話を合わせておいたのだと確信していました。

嫉妬深い人間にとって（というのは私たちのような社交生活を送る者すべてにとってということですが）もっとも耐え難い事情の一つをなしているのは、ある種の社交界の約束事に従うと、男女が極めて近い、危険な距離まで接近するのが許されるということです。

舞踏会で男女が接近するのを妨げたりすれば、世間の物笑いの種になるでしょう。医者と女性患者の場合もそうですし、芸術の、たとえば絵の授業における師弟の場合もそうです。音楽のレッスンもその最たるものなのです。この場合二人の人間がもっとも高貴な芸術である音楽に携わっているわけであって、そのためにある程度近づきあうことが必要なのですが、その近さにはなんら疚しい所はない。それをとがめだてするのは、愚かなやきもち焼きの夫だけだという理屈です。

しかし一方では周知の通り、まさにそうしたレッスン、とりわけ音楽のレッスンが、わが社交界における大半の不倫への通り道になっているのですよ。私の顔に浮かんだ表情に、彼らは明らかにうろたえたようでした。私は長いこと一言も発することができませんでした。瓶に水が入りすぎていると、ひっくり返してもこぼれないことがありますが、あのときの私はまさにそんな状態でした。

私は彼を罵って追い払ってやりたかったのですが、ここでもまた優しく愛想よく応対する必要を感じたわけです。私はその通りにしました。自分はすべてを是認するといった表情を作った私は、またもや相手の存在がこちらを苦しめれば苦しめるだけなおさら愛想よくしてやることを強いられるような、例の奇妙な感情に駆られるまま、彼に向かって『あなたの趣味を信頼しますし、妻にも同じことを勧めます』と言ったのでした。

この後も彼は、びっくりした顔つきの私が部屋に闖入《ちんにゅう》してきたまま黙り込んでいたときの気まずい印象を和らげるのに必要な時間だけ我が家にとどまったうえで帰っていきましたが、帰るときには、おかげさまで明日の演目は決まりました、といった表情を作っていました。一方私は、二人が目下関心を持っていることがらに比べれば、演奏する曲目の問題などまったくどうでもいいことにちがいないと確信していたものです。

私は格別慇懃な態度で彼を玄関部屋まで見送りました（家族全員の平穏を乱し、幸福を破壊するためにやってきた男を、どうして見送らずにいられましょうか）。そうしてとりわけ愛想よく彼の白い、柔らかい手を握ったのでした」

22

「その日は丸一日、妻とひと言も口をききませんでした。口がきけなかったのです。妻が近くにいるだけで、自分がこわくなるほどの憎しみがわきあがってくるのですから。

食事のとき、子供たちのいる前で、妻は私に旅行はいつになるのかとたずねました。翌週に郡ゼムストヴォ[8]の総会があり、出かけることになっていたのです。私は日程を告げました。妻は何か旅行に必要なものはないかとたずねます。私は何も答えずに黙ったまま食事を終え、そのまま黙りこくって自分の書斎に引っ込みました。

最後の頃、妻は決して私の書斎を訪れようとはしませんでした。とくにあの当時はそうでした。ところが書斎で横になってぷりぷりしていると、突然なじみの足音が聞こえてくるではありませんか。その時私の頭におそろしい、醜悪な考えが浮かびました。あいつはきっと例のウリヤの妻のように[9]、犯した罪を隠そうとして、こんなへんな時間に俺のところへ来るのじゃないか――そう思ったのです。

『本当に俺のところへ来ようとしているのだろうか？』近づく足音に耳をすませながら、私は自問しました。もしそうだとしたら、自分の推測は正しいのだ、と。すると胸のうちに筆舌に尽くせぬほどの憎しみがわいてきたのです。

足音は次第に近づいてきます。ただ通り過ぎて広間に向かうんじゃないだろうか？いや、ドアがギーと音を立てて開き、ドア口にすらりと背の高い美しい妻が姿を現し

8　一八六四年から帝政末期までロシアに存在した議会と役所を備えた身分別選挙制地方行政組織。
9　旧約聖書サムエル記下第十一章でダビデ王と姦通するヘト人バト・シェバのこと。ダビデは彼女の夫ウリヤを危険な軍務に派遣して死なせ、後に彼女を妻とするが、それにより神の怒りを買う。

ます。その顔にも目にも、おずおずとこちらの機嫌を伺うような表情が浮かんでいました。彼女は隠そうとしていたのですが、私はそんな表情を読み取り、その意味も理解したのです。

私は窒息してしまいそうなほど長いことじっと息をつめて妻を見つめていましたが、それからタバコに手を伸ばして火をつけました。

『あら、せっかくお客に来てみたらタバコを吸い始めるなんて』そう言ってソファの私の隣に腰を下ろし、こちらに身を傾けてきました。

私は妻の体に触れぬよう、身をずらします。

『どうやら、私が日曜日に演奏しようとしているのが御不満のようね』彼女は言いました。

『いや、ちっとも不満なんかないね』私は答えます。

『私が盲目だとでも思っているの!』

『眼が見えてよかったね。僕に見えることといったら、ただお前が男たらし《コケット》のような振る舞いをしているってことだけさ……』

『そんな辻馬車の御者みたいな悪態をつくんだったら、私出て行くわ』

『出て行くがいい。ただし覚えておけよ、お前には家族の名誉などどうでもいいかも知れんが、僕にとってはお前じゃなくて（お前なんかどうでもいい）、家族の名誉こそが大事なんだ』

『まあ、なんですって！』

『出て行ってくれ、後生だから出て行ってくれ！』

私の言っていることが分からない振りをしているのか、それとも本当に分からなかったのか、いずれにせよ妻は傷ついてひどく腹を立てました。彼女は立ち上がりましたが、出て行こうとはせず、そのまま部屋の真ん中に立ち尽くしていました。

『あなたって本当にやりきれない人ね』彼女はそう切り出しました。『あなたのような性格じゃ、天使だってさじを投げるわよ』そうしていつもの通り、なるべく私の痛いところを突こうとして、姉に対して私がどんな仕打ちをしたかという話をし始めました（私がカッとしたはずみで、自分の姉に散々乱暴な口をきいたことがあったのですが、妻は私がそれを気に病んでいることを知っていて、まさにそこを突いてきたのでした）。

『あの時以来、あなたがどんなことをしても私驚かないわ』彼女は言いました。

へん、こちらを侮辱し、けなし、恥をかかせて、結局俺が悪いということにしたいんだ――そう心に思ったとき、突然それまで一度も味わったことのないような、妻に対する激しい憎しみが私を捉えました。

はじめて私はそうした憎しみを体で表現したいと思いました。私は飛び起きると、彼女めがけて突進しました。今でも覚えていますが、駆け寄る瞬間、私は自分の憎しみを自覚した上で、その感情に身をゆだねるのが正しいことかどうかと自分にたずね、そして即座にこれで妻の度肝を抜いてやれるならいいことだと答えて、憎しみを抑えるどころか、逆にかき立てるようにして、それがますます心に燃え盛るのをうれしがったのでした。

『出て行け、さもないとぶち殺すぞ！』妻に詰め寄って腕をつかむと、私はそう怒鳴りました。そう言う時も、意識して声に怒りの調子を加えていたのです。それにしても、さぞかし私はおそろしい剣幕だったにちがいありません。なぜなら妻はすっかりおびえて、立ち去る力もないままに、ただこう言っただけだったからです。

『あなた、どうしたの、何があったの？』

『出て行け！』私はさらに大声でわめきました。『おれをここまでいらいらさせるのは、お前くらいのものだ。俺はもう自分のすることに責任は持てんからな！』

狂おしいまでの怒りを発散しながら、私はそれに酔い、そしてさらに自分の怒りの絶頂を見せ付けるために、何か並外れたことをしでかしたくなりました。

妻を殴りつけ、打ち殺してやりたくてたまらなかったのですが、それはしてはいけないとわかっていました。そこでいきりたった気持に少しでもはけ口を与えようと、机の上にあった文鎮を手につかみ、もう一度『出て行け！』と叫びながら、彼女の足元の床めがけて投げつけました。狙いすまして彼女のすぐ脇に投げたのです。

それでとうとう彼女は部屋を出て行くことになりましたが、その前にドア口のところでいったん立ち止まりました。そこでまだ彼女の眼に留まるうちに（これは彼女に見せ付けるためにしていたことなのですから）私は机の上にあった小物やら燭台やらインク瓶やらをかき集め、床に投げ捨てました。そうしながら叫び続けたのです。

『うせろ！　出て行け！　俺はもう自分のすることに責任は持てんぞ！』

妻が姿を消したので、私はすぐにやめました。

一時間後、乳母がやってきて妻がヒステリーを起こしていると告げました。行ってみると、妻は泣いたり笑ったりしながら何も話はできず、全身をびくびく引きつらしています。仮病ではなくて、本当の病気なのでした。

朝までには彼女は落ち着き、私たちは自分たちで『愛』と名づけていた感情の影響で和解していました。

朝になって、仲直りができた後に、私があのトルハチェフスキーのことで妻を嫉妬していたことを告白すると、彼女はいささかもうろたえることなく、ごく自然な様子で笑いました。あのような男に惹かれる可能性を考えること自体がまともではない、と言うのです。

『いったいれっきとした淑女が、音楽の与えてくれる満足を除いて、あんな男に何を感じるっていうの？　ええ、もしそうしろと言うなら、私もう二度とあの人に会わなくてもいいわ。日曜日だって、お客は呼んでしまったけれどかまわないわ。あの人に私の具合が悪くなったって書いてやって。それでおしまいよ。ただいやなのは、ひょっとして誰かが、あれは危険な人物だなんて思うかもしれないことね。一番癪《しゃく》なのは本人がその気になることだけれど。そんな風に思い込まれるのは、私のプライドが許さないわ』

妻は決して嘘を言っていたわけではなく、自分の言うことを信じていたのです。つまりこのような言葉によって自分の胸に彼への軽蔑心を呼び起こし、その気持によって彼から身を守ろうと期待したのでした。だがそれは成功しませんでした。何もかもが彼女の目論見を裏切るようにできていたのです。とりわけあの呪わしい音楽が。ともかくこうして一件落着となり、日曜日には客が集まって、彼らは再び演奏をしたのです」

23

「言うまでもないと思いますが、私はたいそう見栄っ張りな人間でした。私どもの日常生活では、もしも見栄を張る心がなければ、そもそも生きがいというものがないのですから。

そういうわけで日曜日になると、私は趣向を凝らして晩餐会と音楽パーティーの支度をしました。晩餐の材料まで自分で買い込んで、客たちを招いたのです。

六時頃には客がそろい、例の男も燕尾服に趣味の悪いダイヤのカフスボタンというでたちで現れました。彼はくつろいだ様子で、何を聞かれても賛成と理解の笑みを浮かべて即答していました。ほら、例の『あなたのなさることと、おっしゃることは、全部私の期待通りです』といった表情ですよ。彼の挙措《きょそ》の下品なところに逐一着目しながら、私はいまや格別の喜びを感じておりました。だってそうした欠点はすべて私を安心させ、この男が妻に比べて、『そこまではとても身を落とせない』と彼女自身が言うほどの、低級な段階にいることを証明してくれるはずだったからです。

私はもはや嫉妬することさえ自分に許しませんでした。第一に、もう嫉妬の苦しみは味わいつくして休息を必要としていたからですし、第二に、妻の断言したことを信じたかったし、また信じていたからです。しかし嫉妬していないとはいえ、晩餐会のときと音楽が始まる前のパーティーの前半を通じて、私はやはり彼に対しても妻に対しても自然な態度はとれませんでした。私は相変わらず二人の動きや目つきをじっと観察していたのです。

晩餐は形式どおりの、退屈で気取ったものになり、かなり早い時間に音楽が始まりました。ああ、あのパーティーのことは何から何まですっかり覚えていますよ。

あの男がバイオリンを運んできてケースの錠をはずし、どこかの貴婦人に刺繍してもらったカバーを開けて楽器を取り出し、調整し始めたこと。妻が平静を装ってピアノの前に座ったこと――その平静のポーズの下に、彼女が大きな気おくれを、とりわけ自分の技量に対する気おくれを隠していることが私には見えていました――そうして取りすました様子でピアノに向かって、いつもどおりまずピアノがラ音を発し、バイオリンのピチカートが続き、楽譜がすえつけられたこと。それから二人が眼を見交わし、観客のほうを振り返り、ひと声掛け合った後で、ついに演奏が始まったこと――全部覚えていますよ。

妻が最初の和音を出します。男のほうはまじめな、厳格な、好感の持てる顔つきになって、自分の出す音に聞き入るようにして、慎重な指つきで弦を一つはじき、ピアノに応えました。こうして始まったのです……」

彼は話を中断すると、立て続けに何度か例の音を発した。話を続けようとするのだが、鼻がぐずぐずするので、また休むといった風だった。

「二人が演奏したのはベートーヴェンのクロイツェル・ソナタでした。あの最初のプレストを御存知ですか？　御存知でしょう⁉」彼は叫びました。

「ああ……あのソナタは恐るべき作品ですよ。まさにあの部分がね。それにだいたいが、音楽というのは恐るべきものですよ。私には分かりません。音楽とはいったい何なのですか？　音楽は何をしているのか？　音楽は何のためにそのようなことをしているのか？　よく音楽は精神を高める作用をするなどと言われますが、あれはでたらめです、嘘ですよ！

音楽は確かに人間に作用する、それもおそろしく作用します。これは私の経験から言っても間違いありませんが、でもそれは精神を高める作用などではありません。音楽は精神を高めるのでも低めるのでもなく、ひたすら精神を興奮させる作用をするのです。どう説明したらいいのでしょう。音楽は私にわれを忘れさせ、自分の本当の状態を忘れさせ、何か別の、異質な世界へと移し変えてしまうのです。

音楽の影響下にあるときには、自分が本来感じていないものを感じ、理解していないものを理解し、できもしないことができるという気になります。私の説明によれば、音楽の作用はあくびや笑いと同じです——つまり眠くないときでもあくびをしている人を見るとあくびが出てくるように、また笑う理由もないのに笑い声を聞いているとつい笑ってしまうように、音楽も人をある状態に引き込むのですよ。

音楽はこの私を、作曲者の置かれていた精神状態へと、一気に、まっしぐらに連れて行きます。私は精神的に作曲者と融合し、彼とともに一つの状態から別の状態へと移行するのですが、なぜそうするのかは自分では分からないのです。だいたいがたとえば例のクロイツェル・ソナタを書いたベートーヴェンは、自分がどうしてあのような精神状態になったかを知っていたはずでしょう。そのせいで彼はある種の行動をとったわけですから、その精神状態は彼にとっては意味を持っていたわけですが、私にとってはそんなもの何の意味も持たないわけですよ。それだからこそ音楽というものはただ人を刺激するばかりで、果てしがないのです。それだからこそ、たとえば勇壮な行進曲が演奏されて、兵士たちがそれに合わせて行進する場合には、音楽は役割を果たしたといえるでしょう。舞踏曲が演奏されて人が踊る場合も、音楽は役割を果たしたのですし、さらには、ミサが歌われて聖餐式が行われる場合も同じといえるでしょう。ところが例のソナタの場合には、ただ刺激を受けるばかりで、その刺激に応じてとるべき行為がないのですよ。そしてそのせいで音楽は時として厄介な、恐るべき作用をもたらすのです。

中国では音楽が国家的事業とされていますが、まったくそうあってしかるべきなのです。だって誰でも好き勝手に、たがいに催眠術をかけあったり、あるいは一度に多くの人にかけたりして、後に相手を自由に操ることができるような状況を、はたして放置しておいていいものでしょうか？　しかも困ったことに、どんな不道徳な人間がこの催眠術師のまねをするか知れないのですから。

ところがこのおそろしい道具は、どんな人間でも手に入れられるのですよ。たとえばあのクロイツェル・ソナタの第一プレストです。いったい肩もあらわなデコルテをまとって客間に集まった貴婦人たちの真っただ中で、あんなプレストを演奏していいものでしょうか？　演奏しておいて、終わったら拍手をし、それからアイスクリームをほおばって最新のゴシップを語り合うなんてことが許されるでしょうか？　ああした作品の演奏が許されるのは、ある種の荘厳で重々しい雰囲気の中、まさに曲にふさわしい荘重なる振る舞いが要求される場合に限るのです。つまり演奏と同時に、あの曲が喚起する行為をなすべきなのです。さもなければ、場所柄も時間もわきまえずにかきたてられたエネルギーや表出のすべを持たぬ感情が、破壊的な作用をもたらさずにはいないでしょう。

少なくともこの私には、あの作品は恐るべき作用をもたらしました。あたかもそれまで知りもしなかったまったく新しい感情が、新しい可能性が、自分に開示されたかのように感じたのです。

そう、これだ、いままでの自分の考え方や生き方なんかすっかり捨てて、こんな風にするべきなんだ——そんな声が心に響くようでした。自分が感じ取ったその新しいものがいったい何なのかは自分でも説明がつきませんでしたが、その新しい状態の意識自体は実に喜ばしいものでした。その場にいた同じ人々が、妻もあの男も含めて、まったく別の光に包まれて見えたのです。

プレストがすむと、彼らは美しいが月並みで新味のないアンダンテを俗っぽいバリエーションをつけて演奏し、さらにきわめてできの悪いフィナーレを演奏し終えました。その後もさらに客のアンコールにこたえて、エルンストの「エレジー」とか、さらにいろいろな小品を演奏したのです。どれもよくできていましたが、どの曲も私が最初の作品から受けた感動の百分の一も与えてくれませんでしたよ。これはすべて最初の曲がもたらした感動の上に成り立っていたことですからね。

パーティーの間ずっと、私はうきうきした陽気な気分でした。妻にしても、私はあのパーティーの晩のような彼女を見たことがありませんでした。演奏しているときは眼を輝かせ、厳格な、深刻な表情をしていたのが、演奏が終わるとなんだかすっかりくつろいで、か弱くいたいけな、しかもいかにも幸せそうな笑みを浮かべているのです。

私はそのすべてを目撃しましたが、それにいかなる余計な意味も与えず、ただひたすら彼女が私と同じ経験をしたせいだと解釈しました。つまり私と同様彼女にも、あたかも記憶がよみがえるように、新しい、未経験の感情が開かれたのだと思ったのです。パーティーは大盛会に終わり、客たちは帰って行きました。

私が二日後に集会に出かけなければならないということを知っていたトルハチェフスキーは、いとまごいをする際に、今度自分が戻ってきたときにもまた今日のパーティーのような喜びを味わわせていただけたら、という意味のことを言いました。ということは、彼は私の留守中にわが家に出入りするのは不可能だと思っているわけで、そのことが私を喜ばせました。つまり私は彼が当地を去るときまでに戻ってこないので、彼とはもう会えないという計算になります。

私ははじめて心底うれしい気持で彼の手を握り締め、いい演奏を聞かせてくれたことへの謝辞を述べました。彼は妻とも最後の別れの挨拶をしました。そして別れの挨拶をする彼らの様子も、私にはごく自然で作法にかなったものと見えたのです。すべて万万歳でした。私も妻もともに、この日のパーティーに大いに満足していました」

24

「二日後、私は極めてさわやかな、落ち着いた気分で妻に別れを告げ、会議の行われる郡部へと出かけていきました。郡にはいつも仕事が山積していて、まったく別の生活、別の小世界が開けています。二日にわたって私は十時間ずつも会議に出ずっぱりでした。

三日めの会議中に妻からの手紙が届けられました。私はその場で読みました。妻は子供たちのこと、叔父のこと、乳母のこと、買い物のことを書き綴り、ついでにあたかもごくありふれたことのように、トルハチェフスキーが立ち寄って約束の楽譜を届け、また合奏の約束をしていこうとしたが、自分は断ったと書いていました。私には、彼が楽譜を届ける約束をしていったという記憶はありませんでした。あの時すっかり別れの挨拶を済ませたとばかり思っていたので、この報せには不快な衝撃を受けました。しかし仕事がいっぱいで落ち着いて考える暇もなかったため、ようやく晩に部屋へ帰ってからもう一度手紙を読み直した次第です。

するとトルハチェフスキーが私の留守中にまたたずねてきたということ以外に、手紙全体の調子がどうも不自然なように思われてきました。嫉妬という獰猛《どうもう》なけだものが巣穴の中でうなり声を上げ、今にも外に飛び出してきそうになりましたが、そのけだものを恐れる私は、大急ぎでそれを閉じ込めました。

『この嫉妬というのは実に汚らわしい感情だな！』私は自分に語りかけました。『彼女が書いているのはこの上なく自然な話じゃないか』

それから私はベッドに横になり、明日に控えているいろいろな仕事のことを考え始めました。こうした会議が新しい場所で行われると、私はいつもなかなか寝付けないのですが、このときはすぐに寝込んでしまいました。でもそんなときに限って、あたかもふいに電気が走ったように眼が覚めてしまうものです。

この時もそんな風にして眼が覚めてしまいましたが、目覚めたときには妻のことを考えていました。妻に対する自分の肉体的な愛のことを考え、それからトルハチェフスキーのことを考え、そして妻とあの男とはすっかりできているんだと考えました。恐れと怒りが私の心を締め付けます。しかし私は自分をなだめにかかりました。

『なんというたわごとだ』私は自分に言い聞かせました。『何の根拠もありはしない。何もありはしないし、今までだってなかったんだ。それにしてもここまでひどい想像をするなんて、よくも妻と自分を卑しめられたものだ。こともあろうに半端なやくざ者で通っているあんなお雇いのバイオリン弾き風情と、身分ある貴婦人で、れっきとした一家の主婦であるこの俺の妻がひょいとくっつくなんて！　なんとばかばかしい！』一方でそんな考えが浮かびます。『どうしてこれがありえないことなんだ？』別の考えが反論します。そもそもこれはごく単純かつ自明のことで、私が妻と結婚したのもあのことのためなら一緒に暮らしているのもそのためで、それだけが妻のうちで唯一私に必要なものだったのですから、同様に他の連中やあの音楽家が同じものをほしがったとしても、ぜんぜん不思議なことではありません。

彼は独身で、健康で（彼がカツレツに入っていた軟骨をぽりぽりかじったり、真っ赤なくちびるで貪欲そうにワインのグラスに貪りついたりする様子が目に浮かびます）、肉付きも血色もよく、無原則な放埒者であるばかりか、どうやら据え膳食わぬは男の恥といった原則の信奉者でもあるようです。

おまけに彼と妻との間は、みだらな感情に極めて洗練された表現を与える音楽という芸術によって結び付けられているのです。いったい何か彼を抑えとめるようなものがあるでしょうか？　何ひとつありません。逆に、なにもかも彼をひきつけるものばかりなのです。

妻ですか？　そう、妻はいったい何者だったのでしょう？　彼女は神秘です。昔もいまもね。私には彼女が分かりません。私が知っているのは、動物としての彼女だけです。でも動物を押さえつけるなんてことはどうしたって不可能だし、またそれで当たり前なのですから。

このときになってようやく私はあのパーティーのときの二人の顔を思い起こしました。クロイツェル・ソナタに続いて彼らがなにやら情熱的な曲を、誰のかは覚えていませんが、なにやら淫猥なほど官能的な小品を演奏した後の、あの表情をね。『よくものんきに出張に出かけられたものだ』彼らの顔を思い浮かべながら、私は自分に向かってそう言いました。『あの晩彼らの関係がすっかり出来上がったのは、一目瞭然だったじゃないか。もはやあの晩には二人の間に何の垣根もなくなっていたばかりか、二人とも、とりわけ妻が、二人の間にあった出来事に対して一種の恥じらいさえ感じていたのが、はっきりと見えたじゃないか』

　私がピアノに近づいていったとき、彼女が真っ赤に上気した顔の汗を拭いながら、か弱くいたいけな、しかもいかにも幸せそうな笑みを浮かべていたのが思い出されます。二人はすでにあの時点で互いの視線を避けあっており、ようやく夜食の時間になって、彼が彼女に水を注いだときに、眼を見交わしあってかすかに微笑んだのでした。ふと垣間見た彼らの視線と、見分けがたいほどかすかな笑みを、いまや私は戦慄とともに思い起こしました。

『そう、すっかりできているんだ』一つの声がそう言うと、即座に別の声が正反対の主張をします。『気のせいだよ、そんなはずはないだろう』別の声はそう言うのです。

　暗闇で寝ているのが不気味に感じられて、私はマッチをすりましたが、するとその黄色っぽい壁紙の小さな部屋にいること自体、なんだかおそろしくなってきました。

　そしてタバコに火をつけると、解きがたい矛盾に囚われて一つところを堂々巡りしながらタバコをふかすときの常で、もう頭がぼうっとして矛盾が眼に入らなくなるまで、次々とタバコを吸い続けることになりました。

　私はそのまま一睡もせずに夜を明かしたのですが、五時になると、もはやこれ以上緊張の中にいることは耐えられないので即刻出発しようと決断し、起き上がって、世話をしてくれていた守衛を起こし、馬車を呼びにやりました。会議のほうにはメモを残して、緊急の要件でモスクワに呼ばれたので、代役を立ててくれるよう要請しておきました。そうして八時には旅行馬車に乗って家路についたのです」

25

車掌が入ってきて、私たちの席のろうそくが燃え尽きかけているのに気づくと、もはや新しいのを立てずにただ消していった。外は明るみ始めていた。ポズヌィシェフは車掌が車両に残っている間ずっと、ひたすら重苦しいため息をつきながら黙り込んでいた。

車掌が去り、薄闇の車内に窓ガラスの振動音と例の店員の規則正しいいびきだけが聞こえるようになったとき、ようやく彼は話を再開した。明け方の薄明かりの中では、彼の姿は私にはまったく見えず、ただますます昂っていく苦悩に満ちた声が聞こえるだけだった。

「馬車で三五キロ、さらに鉄道で八時間という行程でした。馬車の旅はきわめて快適でした。朝日がまばゆい秋霜の一日で、ちょうどあの、油をひいたような路面に馬車のわだちがくっきりと残るような、そんな時分だったのです。道路は滑らかで日差しは明るく、空気もさわやか――馬車旅にもってこいの天気です。

そうして夜が明けて旅立ってみると、気分も楽になっていました。馬を眺め、野原を眺め、行きかう旅人を眺めているうちに、どこへ向かっているのかも忘れがちになります。時には、自分はただ旅をしているのであって、差し迫った用事など何もないのだという気になりましたが、そんな風に我を忘れてしまうことが格別喜ばしかったのです。

ふと行く先のことを思い出すたびに、私は自分に言い聞かせました――『行けばはっきりするさ。今は忘れていろ』と。おまけにちょうど道半ばのところで一つの事件が起こり、そのために足止めを食ったので、余計に気がそがれることになりました。つまり馬車が壊れて修理しなくてはならなくなったのです。

この事故は重大な意味を持ちました。というのもこのせいで急行列車に乗り遅れ、普通列車で行かなければならなくなったために、五時にはモスクワに着くと見込んでいたところが十二時になり、家に着くのが夜中の一時前になってしまったからです。

ともあれ別の荷馬車に引いてもらい、馬車を修理に出して金を払い、その間旅籠《はたご》で茶を飲んだり主人と雑談したりといった一つ一つのことが、ますます気晴らしになってくれました。

夕刻にはすべての準備が整って再び出発しましたが、夜の馬車旅は昼間よりもさらに快適でした。細い三日月、かすかな凍《い》て、昼よりもよい路面、馬たち、陽気な御者——私は自分を待ち構えているもののことなどほとんど忘れて、ひたすら旅を楽しんでいました。あるいは逆に、自分を待ち構えているものを予感していたせいで、人生の歓びともこれでお別れということで、なおさら楽しんでいたのかもしれません。

しかしそんな風に平然として自分の気持を押し殺していられるのも、馬車旅の間だけのことでした。汽車に乗り込んだとたん、状況は一変したのです。

この八時間の汽車旅は、私にとって生涯忘れられぬようないやな思い出となりました。汽車に乗ったとたんにもう自分が家に帰ったときの様子をありありと思い浮かべてしまったせいか、あるいは鉄道というものが人の神経を刺激するせいかわかりませんが、とにかく座席についた瞬間から、自分の想像に歯止めがかからなくなってしまったのです。わが想像力は私の嫉妬を煽り立てるような情景を、次から次へと絶え間なく、しかも異様に鮮やかに描き出し始めました。しかもどれもこれも実にみだらな空想で、自分の留守中に何が起こっているか、妻がどんな風に浮気をしているかという話ばかりなのです。

怒りと憎しみと、さらに何かしら屈辱ゆえの陶酔感のようなものが心に燃え盛り、私はそうした空想の光景を見つめたまま目が離せませんでした。そうした光景に眼をつぶることも、かき消すことも、抑えることもできなかったのです。いやそれどころか、そんな想像上の光景を見つめているうちに、私にはますますそれが本当のことだと思えてきました。

あたかも想像図の鮮やかさが、想像の中身の真実性を証明しているかのようなあんばい。きっとどこかの悪魔が、こちらの意志に反してとてつもなくいまわしい考えを思いつき、それを私の胸に吹き込んでいたのでしょう。このとき不意に、かつてあのトルハチェフスキーの兄と交わした会話が頭に浮かんだのですが、私はその話をトルハチェフスキーと自分の妻の関係になぞらえてみて、一種自虐的な喜びとともに自分の心をかきむしったものです。

それはかなり以前のことだったのですが、私はふと思い出したのです。あるときトルハチェフスキーの兄は、売春宿に行くことがあるかと質問されて次のように答えたのでした。まともな男なら、あんなところへ通いはしない。病気になるかもしれないし、第一不潔で気持悪いじゃないか。それよりちゃんとした素人の女がいくらでも見つかるだろう――まさにこういう理屈で、今や彼の弟が私の妻を見つけたというわけです。

『確かにこの女はもはや若い盛りとはいえない。脇の歯が一本欠けているし、いくぶん肉がたるんでいる』私はあの男の身になって考えました。『だが仕方あるまい。手近なものを利用しなくてはな』

『そうだ、あいつは妻を愛人にすることで恩でも売っているつもりなんだ』私は心に思いました。『しかも彼女なら安全だしな』

『いや、なんてひどいことを！　いったい俺は何を考えているんだ！』おそろしくなった自分が反論します。

『そんなことは断じてありえない。第一そんなことを想像する根拠なんて何ひとつないじゃないか。そもそも妻は、俺があいつのことでやきもちを焼くと考えただけで侮辱を感じると言ったんじゃなかったか？　そう、だが妻は嘘つきだ、嘘ばかり言っていやがる！』そう心に叫ぶと、そこからまた堂々巡りが始まるのでした。

私の乗っている車両には他に二人の乗客がいるばかりでした。これはともに極端に口数の少ない老夫婦でしたが、その二人もある駅で降りてしまったものですから、私はたった一人で取り残されました。

まるで檻の中のけだものの境遇で、不意に立ち上がって窓辺に駆け寄ってみたり、あるいはよろめきながら汽車をせきたてるように歩いてみたりしましたが、汽車はちょうど私たちの乗っているこの客車と同じで、長椅子や窓ガラスをがたがたゆすって、ひたすら走り続けるばかりでした……」

ポズヌィシェフは立ち上がって何歩か歩きまわると、また座りなおした。

「ああ、私は怖い、鉄道列車が怖い。恐怖感に襲われるのですよ。実際おそろしいのです！」彼は語り続けました。

「私は自分に言い聞かせました。『ほかのことを考えよう。たとえばさっき茶を飲んだ、あの旅籠の主人のことを』すると想像裡に長いあごひげを蓄えた旅籠の主人とその孫の姿が浮かんできました。孫はうちのワーシャと同じ年格好です。

ああ、ワーシャ！　あの子はバイオリン弾きが自分の母親にキスするところを見るんだ。哀れなあの子の心の中はいったいどうなるだろう？　しかし妻にはそんなことどうでもいいんだ！　彼女は恋をしているんだから……。こうなるとまたもや同じ堂々巡りです。

いやいやこれではいけない……病院の視察のことでも考えよう。そう、昨日訪問した病院では、患者が医者のことを訴えていたっけ。ところであの医者の口ひげは、トルハチェフスキーのと同じだった。それに同じような無礼な態度……。あの男が当地を去ると言ったとき、あいつらは二人して俺をだましていやがったんだ……とまたもや同じ繰り返し。何を考えても、全部あの二人のことに結びついてしまうのです。私はひどく苦しみました。

一番苦しいのは、分からないこと、疑っていること、半信半疑の状態でいることでした。つまり妻を愛したものか憎んだものか、判断がつかないのが一番苦しかったのです。いまだに覚えていますが、苦しみのあまり一つの考えを思いつき、それが大いに気に入ったものです――それは外に出て線路に横たわり、汽車に轢《ひ》かれて一挙にけりをつけるという考えでした。そうすれば少なくともこれ以上、迷ったり疑ったりしないですむでしょうから。

唯一つそれをすることを妨げたのは自分への哀れみの気持であり、その気持はそのままままっすぐに妻への憎しみへとつながっていました。相手の男に対しては、憎しみとわが身の屈辱の意識と相手の勝利の意識とが入り混じった、なにやら奇妙な感情を覚えたのですが、妻に対してはひたすらおそろしいほどの憎しみを感じていたのです。『妻を残して自分だけ自殺するなんてだめだ。あいつだってたとえ少しでも苦しませてやらなくては。そうしてこの俺の苦しみを分からせてやるんだ』私はそう自分に言いきかせました。

気を散らそうとして私は駅に停まるたびに外に出ていました。ある駅のビュッフェで人々が一杯飲んでいるのを見かけたので、自分もその場でウオツカを飲みました。ふと見ると隣に一人のユダヤ人が立って同じく飲んでいました。

この男が話しかけてきたので、一人きりで自分の客車に残っているのにうんざりしていた私は、彼のいる車両についていきました。薄汚れてタバコの煙だらけ、嚙み潰したひまわりの種の殻が一面に散らかっている三等車両です。そこで私は男の隣に座り、彼はなにやら散々しゃべり散らし、小話を披露しました。

私は耳を傾けていましたが、相手が何を言っているのか理解できませんでした。なぜなら自分の問題を考え続けていたからです。相手はそれに気づくと、もっと注意して聞けと文句を言い始めました。そこで私は立ち上がり、再び自分の車両に戻りました。『よく考えてみるんだ』私は自分に命じました。『俺が考えていることは果たして本当のことなのか。そして俺が苦しむ根拠はあるのか』

落ち着いて考えてみようという気持で私は腰を下ろしましたが、しかしすぐさま落ち着いた熟考どころか、またもや前と同じことが始まりました。思考のかわりに情景やイメージばかりが浮かんでくるのです。『俺は何度もこんな風にして苦しんできた』私は自分に語りかけました(以前の似たような嫉妬の発作を思い起こしたのです)。『しかし過ぎてしまえばすべてなんでもなかった。だから今度もおそらく、いやきっと、帰ってみれば妻はのんびり寝ているということになるのだろう。彼女は目覚めて俺がいるのを喜ぶ。そして俺は彼女の言葉からも目つきからも、何事もなかったこと、全部おろかな杞憂だったことを感じ取るのだ。ああ、そうだったらなんといいことだろう!』

『いやいや、そうはいくものか。今までがあまりにもうまく行きすぎたんだ。こんどはもう、それではすまないぞ』どこかからの声がそんな風に私に告げて、またもや例の煩悶が始まりました。

そう、まさにこれこそが罰というやつですよ！　たとえば若い男に女遊びをやめさせようとしたら、私なら梅毒専門の病院に連れて行ったりする代わりに、私自身の心をのぞかせて、わが胸をずたずたに引き裂いている悪魔たちの所業を見せてやりますね！

そもそもおそろしいのは、この私が妻の体をまるで自分の体のようにみなして、自分にはそれを支配するだけの、疑問の余地のない十全な権利があると自認しながら、同時に自分にその体を支配する力がないこと、つまり、妻の体は私の所有物ではないのだから、彼女こそそれを自由に扱う権利があり、しかも彼女はそれを私の望むのとは違った風に扱いたいと思っているということを、感じていたことなのです。

しかも私はあの男に対しても妻に対しても、何ひとつしかえしできないのですからね。あの男は首吊り縄を前にした例の鍵番のワーニカ[10]のように、『甘《うま》きくちびるに口

10　ロシア・フォークロアの登場人物。主人の妻や娘を誘惑し、それを自慢して処刑される。

づけせり……』なんて歌を歌うことでしょう。彼の勝ちですよ。

妻にいたっては、私が手を出せる余地はもっと少ないでしょう。仮に彼女は実際には何もしていないが、そうしたいという欲望は持っていて、私のほうがその欲望に気づいている場合、もっとひどいことになります。いっそ何かしてもらって、私もそのことを知り、不明の部分がなくなってくれたほうがましなくらいです。

私はもはや自分がどうしたいのか自分でも言うことができませんでした。私はただ彼女が当然欲するはずのことを欲しないでいてくれと願ったのでした。それはまさに完全なる狂気の沙汰でした！」

26

「終点のひとつ前の駅で車掌が切符を回収に来ると、私は荷物をまとめてデッキに出ました。するともうすぐだ、じきに決着がつくのだという意識で、ますます胸がどきどきしてきました。寒さであごが震え、歯ががちがちと音を立てていました。

到着後、人ごみに混じって機械的に駅舎を出ると、辻馬車を拾って家路につきました。まばらな通行人や屋敷の門番たち、街灯が前後に織りなす自分の馬車の影を眺めながら、何も考えずに馬車に揺られていきました。

半露里もいくと足元が寒くなってきましたが、そこで私は汽車の中で毛の靴下を脱いでバッグにしまったことを思い出しました。あのバッグはどこだろう？　ここかな？　確かにあります。じゃああのバスケットはどこだ？　そこで私は荷物をすっかり忘れてきたことに思い至ったのですが、気がついて荷物の受領書を取り出したところで、いまさら駅まで取りに戻るには及ばないと判断し、そのまま馬車を進めたのでした。

あの時の自分がどんな状態にあったのか、何を考え、何をしたかったのか——今になっていくら思い出そうとしてもできません。覚えているのはただ一つ、自分が何かおそろしい、生涯の一大事を覚悟していたことだけです。

果たしてそういう気でいたからあのような大事件を引き起こしたのか、それともただ予感していた通りになったのか、それも分かりません。ひょっとしたらあんな事件が起こったせいで、そこにいたるまでの一瞬一瞬が、後から記憶の中で陰惨な影を帯びるようになった、ということかもしれませんね。

私は表玄関に馬車で乗り付けました。十二時を回っていました。まだ明かりの灯った窓があるというので、帰り客を見込んだ馬車が玄関脇にたむろしていました(明かりの灯った窓とは、まさにわが家の広間と客間だったのです)。なぜこんな深夜にわが家の窓に明かりが見えるのか納得がいかぬまま、私は相変わらず何かおそろしいことを予期する気持で階段を上り、ベルを鳴らしました。ドアを開けたのは善良で働き者でたいそう愚鈍な召使のエゴールでした。私の目にまず飛び込んできたのは、玄関部屋のハンガーに他の衣服と並んであの男のオーバーコートがぶら下がっていることでした。びっくりして当然だったのですが、私は驚きませんでした。まさに予想した通りだったからです。

『案の定だ』私は心に思いました。

エゴールに客は誰だと聞くと、トルハチェフスキーだという返事。他に誰かいるのかとたずねると、彼は答えました。

『いいえどなた様も』

覚えていますが、彼がそう答えたときの口調は、まるで私を喜ばせてやりたい、他にまだ誰かいるなどという疑いを吹き飛ばしてやりたいといった風でした。『いいえどなた様もか――よしよし』私はなんだかそんな風に自分に語りかけたような気がします。

『子供たちは?』

『幸いお元気で。とっくに御就寝でございます』

私はろくに息もつけず、あごの震えも止められないありさまでした。

『ということはつまり、筋書き通りには行かなかったということだ。だってこれまでは不幸を予想していても、結局は万事めでたしで、すべてもとのままだったじゃないか。ところが今度という今度は違っていて、俺が想像していたこと、しかもただの想像にすぎないと思っていたことが全部、そっくりそのまま現実になったのだ。あげくがこのざまさ……』

私は危うく泣き出しそうになりましたが、その時にわかに悪魔のささやきが聞こえました。

『お前が嘆いたり感傷にふけったりしているうちに、今くっついている二人が何食わぬ顔で離れてしまったら、証拠は残らないんだぞ。そうしたらお前は一生疑っては苦しむことになるだろうよ』

するとわが身に対する感傷はたちまち消え去り、かわりに奇妙な感情がわいてきました。しかもそれが、まさかとお思いでしょうが、喜びの感情なのです。いまこそ自分の苦しみは終わる、いまこそ妻に罰を下し、妻から自由になれる、いまこそ自分の憎しみを思う存分解き放つことができるという、喜びの感情だったのですよ。

そこで私は自分の憎しみを解き放ちました。けだものに、獰猛で狡猾な一匹のけだものになったのです。

『待て、行かんでいい』客間に行こうとするエゴールを私はそう言って引き止めました。『それより、一つ頼まれてくれ。今すぐ馬車を雇って、駅まで行ってくるんだ。この受け取りと引き換えに、荷物をもらってきてくれ。さあ行け』

エゴールはコートを取ってこようと廊下を歩きだしました。彼が二人を驚かせはしないかと心配になった私は、一緒に召使部屋までついて行き、彼が着替えるのを待っていました。間にもう一つの部屋を挟んだ客間から、話し声とナイフや皿の音が聞こえてきました。彼らは食事中で、ベルの音も耳に入らなかったのでしょう。

『いま部屋から出てきませんように』と私は念じました。

エゴールはアストラカンの羊の皮襟がついたコートを着込んで出かけました。私は彼を見送って後からドアに鍵をかけましたが、いよいよ一人になっていざ行動の時が来たと実感すると、なんともいやな気分がこみ上げてきました。

どう行動するかはまだ頭に入っていません。分かっていたのはただ、もはやすべてが終わったこと、妻の潔白などすでに考えてみる余地もないこと、いまや自分は妻に罰を下し、彼女との関係にけりをつけるのだということだけでした。

それまでは私にもまだ迷いがあって、『だがもしかしたらこれは間違いかもしれない、俺の誤解かもしれないぞ』といった風に自問したものですが、このときはすでにそうした迷いは消えていました。何もかも決定済みで後戻りの余地はなかったのです。妻は私に隠れて、男と二人きりでいたのですから。しかも真夜中にですよ！　これはもはや、恥も外聞も忘れた所業というほかはありません。いやもっとたちが悪くて、わざと大胆に、悪びれずに罪を犯しておいて、後から、悪びれるところがないのは罪がない証拠だと言い逃れるつもりなのです。すべてお見通し、疑問の余地はありません。ただ一つ私が恐れていたのは、二人一緒の現場を押さえるのに失敗してまたもや新手の嘘を思いつかれ、証拠不十分で処罰も不能という展開になることでした。それで少しでも早く二人を捕まえようと、私は爪先立ちになって広間へと向かいましたが、途中客間を通らずに廊下と子供部屋を抜けていきました。

第一の子供部屋では子供たちがぐっすり眠っていました。第二の子供部屋へ入ると、乳母が体をもぞもぞさせて眼を覚ましそうになりました。私はふと、すべてを知った後でこの乳母がどんなことを思うだろうかと想像しましたが、するとわが身への哀れみの念がこみ上げてきて涙が抑えきれなくなり、子供たちを起こさぬようにと爪先立ちで廊下へ出て、自分の書斎へ駆け込みました。そしてソファに倒れこんでおいおいと泣いたものです。

『俺は正直な人間だ。俺はわが両親の息子だ。俺は生涯、家庭生活の幸せを夢見てきた。俺は男として一度も妻を裏切ったことはない……そうしてほら、子供も五人できた！

ところが妻は楽士の体を抱きしめていやがる。真っ赤なくちびるをしているからというわけだ！　いいや、あれはもう人間じゃない！　メス犬だ、薄汚いメス犬だ！　自分が生涯愛している振りをしてきた子供たちの部屋の隣で、よくもしゃあしゃあと。しかも俺にはあんな手紙をよこしておいて！　恥知らずにも首っ玉にかじりつきやがるんだ！

そうだ、いったい俺が何を知っている？　もしかしたら、今までもずっとこうだったんじゃないか。ひょっとして妻は昔から下男どもと乳繰り合って子供を作っては、俺の子だと言い抜けてきたんじゃないか。これが、もしも俺が明日帰ってきたとしたら、あいつはいつもの髪型で、いつものすました腰つきと、あの物憂げでおしとやかな身振りで（私は妻の魅力的な、憎らしい顔を思い浮かべたものです）さりげなく俺を出迎えたことだろう。そうしてこの嫉妬のけだものは永久に俺の胸に収まったまま、わが心をかきむしっていたことだろう。

乳母はどう思うだろう。エゴールは。そしてかわいそうなリーザは！　あの娘はもうなにかしらは理解しているのだ。ああ、この破廉恥ぶり！　そして嘘！　そして俺自身がよく知っている、このけだもののような肉欲！』そんな風に私は自分に語りかけたのです。

私は立ち上がろうとしましたが、できませんでした。あまりに動悸が激しくて、自分の足で立っていることができなかったのです。――そう、俺はこのまま卒中で死ぬ。あの女に殺されるってわけだ。まさにあいつの希望通りにな。はてさて、まんまと殺しおおせるか？　いやいや、それじゃあまりにもあの女の思う壺だ。そんないい目を見せてたまるか。ほらこうして俺が座り込んでいる間も、連中はあちらで食ったり笑ったり、そうして……。

そうだ、妻はもはや若い盛りとはいえないが、あの男はそれを厭いはしなかった。妻はあれでなかなかの美人だし、第一なんといってもあの男の大事にしている健康に害がないからな。

『それにしても、どうして俺はあの時女房を絞め殺してしまわなかったのか？』一週間前に妻を書斎からたたき出して、いろんなものを床にぶちまけた瞬間を思い起こしながら、私はそんな風に自問しました。その時の自分の精神状態が、鮮やかに思い出されたのです。

いや、ただ思い出しただけでなく、その時感じたのとまったく同じような、殴りたい、ぶち壊したいという欲求を感じたのでした。今でも覚えていますが、がぜん行動を起こしたいという気持になり、その行動に必要な判断力をのぞいたすべての判断力が頭から失われていったのでした。野獣でも人間でも、危機に際して肉体が興奮すると、正確に、あせらず、しかも一瞬も無駄にせずに、ひたすら唯一の目的のために行動できるものですが、私もそんな状態になったのです」

27

「第一に私がしたのは、ブーツを脱ぐことでした。そうして靴下だけになると、ソファの上の壁に猟銃や短剣が吊るしてあるところへ近寄って、曲がったダマスク鋼の短剣を手に取りました。それは一度も使われていない剣で、おそろしく鋭い刃をしていました。

私は短剣を鞘《さや》から抜きました。抜いた鞘がソファの向こう側に落ちたので、『後で拾っておかないと無くなるぞ』と自分に言ったことを覚えています。それからようやく、今までずっと着たままだったコートを脱ぎ、靴下だけの足をそっと踏み出しながら、あの部屋へと向かったのです。

そっと忍び寄っていった私は、いきなりドアを開け放ちました。あの時の彼らの表情を今でも覚えています。その表情が私に苦しいほどの喜びをもたらしたものですから、それで覚えているのです。

それは恐怖の表情でした。まさに私の求めていた通りの表情でした。私の姿に気づいた最初の瞬間に彼ら二人の顔に浮かんだ絶望的な恐怖の表情を、私は決して忘れないでしょう。

男はどうやらテーブルについていたようですが、私の姿を見るか気配を聞きつけるかして思わず立ち上がって歩き出し、戸棚を背にして立ち止まったところでした。彼の顔に浮かんでいたのは唯一つ、見まごう余地のない恐怖の表情でした。

妻の顔も同じ恐怖の表情を浮かべていましたが、しかしそこにはもう一つ別の表情も混じっていました。もしもあれがただ恐怖の表情だけだったとしたら、ひょっとしてあんなことは起こらなかったかもしれません。しかし少なくとも最初の瞬間の私の印象では、彼女の表情には、恋の悦楽を、恋人と二人でいる幸せを邪魔されたことに対する、無念さや腹立ちが混じっていたのです。まるで自分は他に何も要らない、ただ今の幸せを邪魔しないでほしい、と言っているようでした。

いずれの表情も、ほんの一瞬彼らの顔にとどまっていただけでした。彼の顔に浮かんだ恐怖の表情は、すぐに『騙しおおせるか？』という問いの表情に取って代わられました。騙しおおせるとしたら、すぐに取り掛からなければならない。もしだめなら、何か別の展開になるだろう。でも、いったいどうなるのか？——そんな問いを投げかけるように彼は妻の顔を見やりました。

彼女が彼を振り向いたとき、私にはそれまでの腹立ちと無念の表情が、彼の身を気遣う表情に変わったように思われました。

つかの間、私は背中に短剣を隠したままドア口に立ち止まっていました。まさにそのつかの間に、彼はにっこりと笑顔を浮かべると、滑稽なまでに平静な声を作ってしゃべり始めました。

『僕たち、いまちょうど音楽を……』

『あら、びっくりしたわ』ちょうど同じ瞬間に、妻も彼の調子に合わせるようにしゃべり始めたのでした。

しかし彼も彼女もしまいまで言い切ることはできませんでした。一週間前に経験したのとまったく同じ怒りの発作が、私をとりこにしたのです。またもや私は、いきなりたった気持の赴くままに破壊し、暴力を振るい、歓喜したいという欲求を覚え、それに身をゆだねたのでした。

二人には言い訳をするいとまもありませんでした……。彼が恐れていた『別の展開』が始まって、それが彼らの言葉を一挙に断ち切ってしまったのです。

私は相変わらず短剣を隠し持ったまま、妻に跳びかかっていきました。彼に邪魔されずに、彼女のわき腹の胸の下のところを突き刺そうとしたのです。突き刺す場所は最初から選んでありました。

私が妻に跳びかかろうとした瞬間、彼は私の意図に気づきました。そしてあんな男からはまったく予想もしていなかったことですが、私の腕をつかんでこう叫んだのです。

『落ち着いてください、どうしたんですか！　おい、誰か来てくれ！』

私は腕をもぎ離すと、無言で彼に跳びかかっていきました。二人の目が合うと、彼はたちまちくちびるまで真っ青になり、その眼は一種異様な光を放ちました。そしてこれもまったく予想していなかったことですが、ピアノの下をくぐって出口めがけて逃げ出していったのです。

後を追おうとしたとき、私は左腕に重いものがぶら下がっているのを感じました。それは妻でした。私はもぎ離そうとしましたが、妻はますます体重をかけてしがみつき、離そうとしません。この予想外の邪魔と重みと、相手のいまわしい肌触りがますます私の怒りを掻き立てました。

俺は今完全に怒り狂っており、きっと恐ろしい形相をしているだろう——そう感じると私はうれしくなりました。左腕を思い切り振り上げると、私は肘で彼女の顔面を殴打しました。彼女はギャッと叫んで私の腕を離しました。

私は男を追いかけようと思いましたが、その時ふと、妻の情夫を靴下一枚で追いかけるなんて滑稽だろうと思い至りました。滑稽に見られるのは真っ平だ、俺は人から恐れられたいのだ——そんな風に思ったのです。恐ろしいほどの怒りに燃えていながら、私は終始自分が他人にどういう印象を与えるかを意識していましたし、ある意味ではそうした印象が私の行動を支配していたのです。

私は妻を振り返りました。妻はソファ・ベッドに倒れこみ、私に傷つけられた目のところを片手で押さえた格好で、じっとこちらを見ていました。その顔には私という敵に対する恐怖と憎しみが浮かんでいました。まるでネズミ捕り器に捕まって持ち上げられたときのドブネズミのような表情でした。

少なくとも私は彼女のうちに、そうした自分への恐怖と憎しみ以外何ひとつ見出しませんでした。まさに私に対するこのような恐怖と憎しみから、きっと別の男を愛するようにもなったのでしょう。しかしそれでも、もしあの時彼女が黙っていたならば、私は思いとどまって、あそこまでのことをしなかったかもしれません。

ところが彼女は不意にしゃべりだし、しかも短剣を握った私の手を片手で押さえようとしたのです。

『正気に返ってよ！　あなたどうしたの？　どうしちゃったのよ？　何もありゃしないのよ、何も、何ひとつ……誓ってもいいわ！』

私としてはもっとゆっくりと進めたかったのですが、妻のこの最後の言葉が――私はそれを正反対に捉え、すべてが起こったのだと結論したのですが――私の反応を誘ってしまいました。その反応は当然、私がみずからを追い込んだあのときの気分に見合ったものとなり、そしてそこまで一本調子で昂ってきた気分は、その先も同じように昂り続けるしかなかったのです。憤怒にもみずからの法則というものがあるのですね。『嘘をつけ、この性悪女め！』怒鳴り声を上げると、私は左手で彼女の腕をつかみましたが、相手は身をもぎ離しました。それでも私は短剣を手放さぬままに、左手で妻の首をつかみ、仰向けにのけぞらせておいて、締め付け始めました。いやはやなんと硬い首だったことか……。

彼女は両手で私の手をつかんで首から振りほどこうとしましたが、私はなんだか予想外の抵抗にあった気がして、満身の力をこめて彼女の左わき腹、肋骨の下のところに短刀を突き立てたのです。

よく怒りの発作に駆られて自分が何をしたのか覚えていないと言う人がありますが、あれはでまかせの嘘ですよ。私は何もかも覚えていましたし、一瞬たりとも記憶が途絶えることはありませんでした。身中の憤怒を掻き立てれば掻き立てるほど、意識の光もますます明々と灯って、その光で自分のしていることをすべて眼にせざるを得なかったのです。

どの瞬間にも私は自分が何をしているかをわきまえていました。自分が何をしようとしているかを前もって知っていたのだとは申せませんが、自分がそれを行う瞬間には、いやもしかしたらその数瞬前にはもう、自分のすることを知っていたのです。それはあたかも、私に後悔する時間を与え、自分に向かってここで思いとどまることもできるんだぞと言わせるための余裕のように思われました。

私は自分が肋骨の下のところを突いたことも、短剣が刺さっていったことも知っていました。自分がそれをした瞬間、私は何かそれまでにしたこともないほど恐ろしいことをしでかしつつあること、そしてそれが恐ろしい結果につながるだろうということを自覚していました。しかしその意識は一瞬稲妻のようにひらめいただけで、意識の後にはすぐに行為が続きました。そしてその行為もまた異様なまでに鮮烈に意識されたのです。

一瞬だけコルセットと他に何か抵抗するものがあり、それから刃が肉の中へ滑り込んでいったのですが、私はそのいずれも感じ取りましたし、今でも覚えています。妻は両手で短剣をつかみ、切り傷だらけになりましたが、刃を押しとどめることはできませんでした。

後に拘置所の中で、すでに私のうちで精神の一大変化が起こった後ですが、私は長いことこの瞬間のことを思い、ある限りの記憶を掘り起こしては、あれこれ考えをめぐらしたものでした。覚えておりますが、あの行動に先立つ一瞬間、ただの一瞬間だけですが、自分が一人の女を、かよわい女を、わが妻を殺そうとしている、そして殺してしまったという、恐ろしい意識がひらめきました。その意識の恐ろしさを覚えているせいで、今の私はこう推定し、ぼんやりとした記憶さえあるのですが、短剣を突き刺したとたんに、私はいまやったことを取りかえそう、中止しようと思って、とっさにそれを引き抜いたのです。

これからどうなるか、取り返しはつくのかと思いながら、私は一秒間じっと立ちすくんでいました。すると妻が跳ね起きて悲鳴を上げたのでした。

『乳母や！　わたしこの人に殺される！』

騒ぎを聞きつけていた乳母はすでにドア口に立っていました。私は相変わらず、どうなるかという思いと信じられないという気持のまま、立ち尽くしていました。だがその時、妻のコルセットの下から血が噴き出してきたのです。ここにいたってようやく私は、もはや取り返しがつかないことを理解し、しかも直ちに、何もその必要はない、これこそ俺の望むところだし、まさになすべくしてなしたことだと腹を決めたのでした。

立ち尽くす私の目の前で妻が倒れ、乳母が『あら、たいへん』と叫んで駆け寄っていきます。その時ようやく私は短剣を脇に投げ捨てて部屋を出ました。

『うろたえるんじゃない、自分のしていることをちゃんと知っておく必要があるぞ』

妻にも乳母にも眼をくれぬまま、私は自分に向かってそう命じました。

乳母は叫び声を上げ、小間使いを呼んでいます。私は廊下を歩いていって小間使いを乳母のところへ行かせてから、自分の部屋へと向かいました。

『これからどうするべきだろうか？』私は自分に問い、すぐに何をすべきかを理解しました。書斎に入るとまっすぐに例の壁のところまで行って、連発拳銃《リボルバー》をはずし、点検をして――拳銃は装塡されていました――机の上においたのです。それからソファの裏に落ちていた短剣の鞘を拾い、ソファに腰を下ろしました。

長いこと私はそうして座り込んでいました。何も考えず、何も思い出しませんでした。向こうのほうで何かが行われている物音が聞こえてきました。誰かが馬車でやってきて、それからまた誰かが到着した音が聞こえました。それから私の耳と目は、エゴールが駅から受け取ってきた私の旅行カバンを書斎まで運び込むのを捉えました。まるでそんなカバンが誰かに必要だとでもいうように！

『お前、何があったか聞いたのか？』私は彼に言いました。『管理人に言って警察に連絡させせろ』

エゴールは何も答えずに姿を消しました。私は起き上がるとドアの錠をかけ、紙巻タバコとマッチを取り出して一服しはじめました。そして一本のタバコを吸い終わらぬうちに、睡魔に襲われて倒れこんでしまいました。おそらく二時間ほども眠ったでしょう。覚えていますが、その時見た夢の中では私は妻と仲良くなっていました。喧嘩はしたけれども仲直りして、なんだか少し違和感はあるものの、うまくいっていたのです。

ノックの音で眼が覚めました。『警察だな』目覚めながらそう思いました。『どうやら俺は人殺しというわけだからな。それともひょっとして、これは女房で、何も起こっていなかったということなのか？』

ノックの音はまだ続いています。私は返事もしないまま、あれは本当にあったことなのか、それともなかったことなのかと、考えをめぐらしていました。そう、本当のことなのです。コルセットの抵抗感と刃が埋まっていくときの感触を思い出すと、思わず背筋がぞっとしました。

『そう、あれは本当だったんだ。とすれば、今度は自分の始末をする番だ』私は独り言を言いました。しかしそんなことを言いながら、自分は自殺しないだろうということがわかっていたのです。

とはいえ私は立ち上がると、あらためて例の拳銃を手に取りました。奇妙な感慨を覚えました。というのも、思えば私はそれまでに何度も自殺しそうな心境になったことがあり、ちょうどこの日の汽車の中でもそんなことを考えたのでしたが、そんな時私には自殺なんて簡単なことだと思われたものでした。

なぜかといえば、私は自殺することで妻をびっくりさせてやろうということばかり考えていたからです。それが今となっては、どうしても自殺などできないばかりか、自殺を考えることさえできなくなっていたのです。『どうして自殺などするのか?』私はみずからに問いましたが、答えは得られませんでした。ドアにはまだノックの音が続いています。『そうだ、まず誰がノックしているのか確かめなくては。その後でも間に合うから』

私は拳銃をおいて新聞で隠しました。ドアのところへ行き、錠をはずします。ノックしていたのは妻の姉、あの善良で愚かな未亡人でした。『ワーシャ! いったいなんてことをしたの?』そう言うと、いつでも準備できている彼女の涙が溢れ出しました。

『何の用です?』私はぞんざいな口調でたずねました。この女性に対して乱暴な態度をとる必要も理由もまったくないということはわかっていたのですが、他にどんなしゃべり方をしたらいいのか、まったく思いつかなかったのです。

『ワーシャ、妹は死にかけているのよ! イワン・フョードロヴィチ先生がおっしゃったのよ』イワン・フョードロヴィチというのは妻のかかりつけの医者で相談相手でした。

『あの医者が来ているって？』そう問い返すと、またもや妻に対する憎しみの念がそっくりよみがえってきました。『だからどうだというんですか？』

『ワーシャ、彼女のところへ行ってやって。ああ、なんてむごいことになったの』姉は言いました。

『妻のところへ行くだって？』私は自分に問いを投げかけてみました。すると即座に、そう、行くべきだという答えが出ました。きっといつだってそうなのだ、自分のような夫が妻を殺したときには、必ず相手のところへ行くことになっているのだ、という気がしたのです。

『もしもそういう慣わしなら、行かざるを得まい』わたしは自分に言いました。『例のことが必要になれば、いつだってその暇はあるからな』自分の自殺の意図についてそう考えをまとめると、私は姉の後について歩き出しました。

『これから空々しい文句だのしかめ面だのが始まるだろうが、俺はそんなものに負けやしないぞ』私は心に誓いました。

『ちょっと待って』私は姉に呼びかけました。『ブーツを脱いだままじゃみっともない。せめてスリッパでも履かせてもらいます』」

28

「そして驚いたことに、自室を出て見慣れた部屋部屋を抜けていくうちに、またもや胸の中に、本当は何もなかったのではないかという希望が芽生えてきたのです。しかしその時、医者の使うあのヨードホルムとかフェノールとかのいやなにおいが、私の鼻をうちました。いやいや、すべて現実の出来事だったのです。

子供部屋の脇の廊下を通るときに、私はリーザを見かけました。娘はびっくりした目で私を見つめました。私にはまるで、そこに五人の子供がそっくり勢ぞろいして、みんなで一斉に私を見ているような気さえしたものです。

例の部屋の戸口まで行くと小間使いが中からドアを開けてくれ、自分はそのまま出て行きました。

まず目に飛び込んできたのは、妻の明るいグレイのドレスが、黒い血痕だらけになって椅子にかけられている様子でした。夫婦のツイン・ベッドの、いつも私が寝ている側に——その方が運ぶのに近かったからでしょう——妻は膝を立てた格好で横たわっていました。体にはクッションばかりをつかってきわめて緩やかな傾斜がつけられ、ブラウスの前がはだけています。傷の部分は何かで覆われていました。部屋中にヨードホルムの重いにおいが立ち込めています。

真っ先にそして何よりも強く私を驚かせたのは、彼女の顔が、鼻の一部と眼の下といい、ぼこぼこに腫れあがって黒ずんでいることでした。あの時引き止めようとした彼女を、私が肘で殴打した結果なのです。そこには美しさのかけらもなく、私は何か彼女のうちのおぞましいものを見たような気がしました。私は敷居口で立ち止まってしまいました。

『近寄って、もっと妹のそばへ行って』姉が私を促しました。

『そうだな、きっと妻も罪を悔いたいのだろう』私はそう思いました。『許してやるべきか？　そうだ、死んでいくんだからな、許してやってもいいだろう』つとめて寛大になろうという気で、私はそんなことを考えていました。

すぐそばまで行くと、妻は片方が打撲で黒ずんだ目でかろうじてこちらを見上げ、口ごもりながら苦しげに言い放ちました。

『さぞかし本望でしょうね、人殺しをして……』こう言うと彼女の顔には、もはや死の瀬戸際とも言うべき身体の苦痛を通り越して、私が久しく見慣れてきた例の冷酷な、けだもののような憎悪の表情が浮かんできたのでした。『子供たちは……ぜったいあなたには……渡さない……姉に（妻の姉のことです）引き取らせる……』

私にとって大事な問題である彼女の罪のこと、不倫のことは、妻はあたかも話題にする価値もないと思っているかのようでした。

『さあ、自分がしたことをじっくり観賞するがいいわ』妻はドアのほうを見てそう言い放つと、しゃくりあげて泣き始めました。ドア口には姉が子供たちを連れて立っていました。『そうよ、これがあなたのしたことなのよ』

子供たちを見やり、青あざだらけの妻の顔を見やったとき、私ははじめて自分のことも、自分の権利や誇りのことも忘れ去り、はじめて妻を人間としてみることができました。そしてそれまでわが身の屈辱だと感じてきたことも、自分の嫉妬心も、すべて実にちっぽけなことに思われ、反対に自分のしでかしたことが極めて大きな罪だと思われたのでした。私は妻の手に顔をうずめて『許してくれ！』と言いたい気持になりましたが、しかしできませんでした。

妻は黙って眼をつぶっています。明らかにそれ以上話を続ける力がないのでしょう。それから醜く歪んだその顔が震え出し、しわくちゃになりました。彼女は力弱く私を押しのけました。

『なぜこんなことになったの？　いったいなぜ？』

『許してくれ』私は言いました。

『許してくれですって？　そんなこと、まったくどうでもいい！……ただ死ぬのだけはいや！……』そう叫ぶと彼女は上体を起こし、熱に浮かされたようにぎらぎらした眼で私をにらみつけました。

『そうね、あなたは目的を達したのよ！……あなたが憎らしい！……ああ！　ああ！』明らかにうわごとらしく、何かにおびえたように彼女は叫びだしました。『ほら、殺すがいい、殺すがいい、私は怖くない……どうせならみんな殺すのよ、みんな、あの人も。逃げていくなんて、逃げていくなんて！』

うわごとはそれからずっと続きました。妻はもう誰の顔も見分けられませんでした。その日の昼近く、彼女は息を引き取りました。私はその前に、八時には区の警察へ連行され、そこから拘置所に移されました。私は裁判が行われるまで、そこに十一ヶ月間収容されていましたが、その間に自分のこと、自分の過去のことをじっくりと考え、それを理解したのです。理解し始めたのは三日めのことでした。三日めに私はあそこへ連れて行かれたのです……」

彼は何かを語ろうとしていたが、嗚咽《おえつ》をこらえきれなくなっていったん休止した。それからもう一度力を振り絞るようにして、先を続けたのだった。

「私がようやく理解し始めたのは、妻が棺に入っているのを見たときでした……」彼は一つすすり上げたが、すぐに急いで先を続けた。

「妻の死に顔を見たときようやく、私は自分がしでかしたことをすべて理解したのです。私は理解しました――自分が、この私が彼女を殺したのだ、この私のせいで、今まで生きて、動いて、暖かかった彼女が、今ではもうじっと動かない、蠟のような、冷たい体になってしまったのだ、そしてこれを元に戻すことはいつになっても、どこへ行っても、何をもってしても不可能なのだということを。あれを経験していない人には、分かるはずもありませんが……うっうっうっ……」彼は何度か叫んでから黙り込んだ。

私たちは長いこと黙りこくって座っていた。彼は向かいの席で黙ってすすり上げたり身を震わせたりしていた。

「いや失礼しました……」

そう言うと彼は反対側を向き、肩掛けに身をくるんで座席の上に横になった。

自分の降りる駅に着いたとき――それは朝の八時のことだった――私は別れを告げようと彼に近寄った。だが眠っているのか眠った振りをしているのか、彼は身じろぎもしない。私は手で彼をつついたが、目を開けたその様子から、彼が眠っていなかったのは明らかだった。

「ではさようなら」私は彼に手を差し出して言った。

彼も手を伸ばしてかすかに微笑んでみせたが、その笑顔はあまりにも哀れっぽくて、こちらが泣きたくなるくらいだった。

「どうも失礼しました」彼は話のしめくくりに言ったのと同じ言葉をくりかえしたのだった。

解説

望月哲男

本書に収められた『イワン・イリイチの死』（一八八六）、『クロイツェル・ソナタ』（一八八九）の二作品は、ともに後期トルストイの代表的な中編小説です。

トルストイの作家活動は半世紀以上にもわたりますが、そのうち彼が小説執筆にもっとも力を注いだのは一八六〇年代から七〇年代にかけてで、これはロシアで農奴解放をはじめ地方行政・司法・軍などの制度改革が行われたアレクサンドル二世の治世とほぼ重なっています。産業・交通・情報・科学・思想など、諸方面でロシア社会が活性化したこの時代の精神をベースに、トルストイは歴史ものの『戦争と平和』と同時代ものの『アンナ・カレーニナ』という二大長編を書き上げ、作家としての地位をゆるぎないものにしました。

しかし七〇年代の末になると、彼は創作家としての達成感と世間的な栄光のかげで、深刻な精神の危機を味わいます。人間のいとなみのむなしさ、死の避けがたさの感覚にとりつかれた彼は、自分で自殺を危惧するほどの「凶暴なる鬱」とでもいうべき状態に陥りました。もともと思想や倫理規範を実生活の場でたしかめる志向の強かったトルストイは、このときの体験をきっかけとして、あらゆる世俗的価値をうたがい、人が前向きに生きるためのよりどころとなる本物の価値を求めて、古今東西の宗教や哲学を批判的に検討しはじめます。この模索の結果としてトルストイ独自のキリスト教信仰が生まれますが、それは愛と非暴力の教え、姦淫の戒めなど、福音書のキリストの言葉に立脚し、民衆の素朴な信仰をモデルとして、教会的な権威体系を否定するものでした。

後の『懺悔』に書かれるこのような精神的体験は、創作活動にも影響をもたらしました。歴史の場面から人間心理の内奥まで、手にとるように再現する近代小説の名手とみなされた作家が、一時期、事実上創作の筆を折って、『四福音書の統合と翻訳』、『さらばわれら何をなすべきか』といったフィクション以外の文章、あるいは民衆層への語りかけを意識した『民話』などの執筆に没頭したのです。そして同時に、後の『芸術論』などに明示される「キリスト教芸術」の理念が形作られていきます。『イワン・イリイチの死』以降の後期作品は、このような近代文学への懐疑をくぐった後にあらためて書かれたフィクションですが、『復活』のような大作も含め、そこには共通の傾向があります。すなわちいくつかの筋が並走し、複数の主題が展開されるような長編小説的な編成が姿を消し、人物やテーマ設定の単純明快さ、簡潔な描写の内に隠喩・寓言・対比などのレトリックを配した叙述の緊密性、強烈な問題提起性、といった特徴が現れているのです。この時期のトルストイは、あるべき芸術とは万人にとって新しくかつ重要なメッセージを、美しい形式で、作家の内発的な意欲にもとづいて誠実に描くものだと定義しています。万人にとっての新しさや重要さといった表現には、トルストイらしい極端主義のにおいがしますが、死、性、愛、結婚といった普遍的なテーマを斬新な手法で正面から描いた本書の二作品は、まさにそうした「あるべき芸術」へ向けての挑戦の好例とみなせるでしょう。

『イワン・イリイチの死』に描かれているのは一九世紀ロシアの一裁判官の死というできごとです。主人公はアレクサンドル二世時代の司法改革の尖兵として働き、人生の盛りで控訴院判事という要職に就くのですが、些細な事故をきっかけに病を得て、三ヶ月ほどの闘病生活の後に死んでいきます。作者はこのできごとを、一種の倒叙法で描いています。つまり主人公の死と葬儀という、「終わりの後」の描写ではじめ、あらためて彼の生い立ちから死までをたどるという構成をとっています。しかも冒頭の死後の物語が、生者の側から見た死の違和感を、風刺喜劇のようなタッチで描きだしているのに対して、第二章以降では、まさに生死の不条理な境界を越えざるをえない人間の視点から見た世界が、恐怖を呼ぶような漸増的スピードで語られています。そこでは空間も時間も、死という一点をめがけて凝縮していくのです。トルストイは『三つの死』『主人と下男』などでも死の問題を扱っていますし、『戦争と平和』の主人公たちの死も印象深い場面ですが、このテーマへの総合的なアプローチという点で、本作品はユニークなものだといえるでしょう。

トルストイは一八八一年に死んだイワン・イリイチ・メーチニコフという実在の裁判官の死をきっかけに、この作品を構想しています。モデルの経歴や病気の症状など、細かい部分まで参考にしており、また政界の状況から舞台情報まで、同時代史を踏まえて書いています。いわばこれは紛れもなく一九世紀ロシアに固有の死なのですが、しかし同時に時空を超えて人々に感慨を与える普遍性を持ったできごとでもあります。実際ここに描かれた死の経験の迫真性と、その描写にこめられたトルストイの死生観は、現代の読者の関心を引くに足るものでしょう。

たとえば死と向かい合う人間の心理的葛藤について、トルストイの描写はきわめて真実らしく見えます。病を自覚してからのイワン・イリイチの態度は、おおむね恐れ、拒絶、怒り、戦い、取引、絶望、鬱、受け入れといった段階を経るのですが、これは現代の心理学者が描く病気や死の受容の諸段階と対応しているようです。実存主義的な死の性格づけも、主人公の経験に通じるところがあります。ハイデガー的な考えによれば、死とは誰にも代理してもらえぬ固有な経験であり、他者との交渉がまったく断絶する孤独な経験であり、その向こう側が見えない究極の可能性であり、絶対確実な可能性であるとともに、時間的に規定できない未決定な可能性です。これはちょうど、「カイウスは人間である。人間はいつか死ぬ。したがってカイウスはいつか死ぬ」という無味乾燥な三段論法（第六章）に満足できず、かけがえのない自分が失われることの意味をゼロから考えざるを得ない、イワン・イリイチの死体験への説明になっているのではないでしょうか。彼はまさにある共同体に属す社会的個人として、認識や価値観の共有可能性と将来の見通しを保証された生活から、まったくの一人ぼっちで、意思疎通も未来の展望も不可能な暗い穴へと墜落するように、死を経験するのです。V・ジャンケレヴィチが有名な『死』という論考の冒頭で、生物学上の死と形而上学的な死の落差の例として、この作品に言及しているのも想起されます。

ただしトルストイの物語では、この不条理な死が、同時に精神的な覚醒のきっかけともなります。すなわちわれわれの日常生活の中でまぜこぜになっているさまざまな価値が死の意識によって二極化され、財産、地位、能力、知的快楽、性的魅力といった世俗的価値が、愛、同情、やさしさといった精神的価値によって相対化されていくのです。作品の中ではこれが、たとえば患者個人の運命に無関心なまま病気そのものに対処しようとする医者たちと、言葉や態度で死に行く者の精神を癒そうとする農民上がりの召使ゲラーシムとの対比として現れています。げっそりとやつれた主人と若くて健康な召使との間に、体と心の両面にあいわたる形で生じるあまえと癒しの関係の描写は、トルストイの文章の中でももっとも特異でかつ切実なものと感じられます。

そしてこの種の親密なコンタクトを媒介に、自己を閉ざすようにして生きてきた主人公自身も、死の間際における周囲への思いやりという形で、ある種の「回心」をとげるようです。

トルストイはいくつかの箇所で死のシンボルと生のシンボルをあえて混在させてい

ます。たとえば主人公が死の過程として思い浮かべる、体ごと「黒い袋」を通過するというイメージは、出産をも連想させますし、死に近づくにつれて彼が示す一連の兆候（あまえる、泣く、言葉がもつれるなど）は幼児性への回帰を思わせます。またある種の場面では、死んでいく主人公の周囲にイエス・キリストの死を暗示するような細部が描き込まれています。これらは総じて死から生への転化をはらむイメージ群ですが、トルストイの世界に人格としての復活や来世の感覚はないようです。おそらく死に直面して真実の価値に目覚める瞬間こそが新しい誕生であり、人生を浄化してくれる恵みということでしょうか。

もうひとつこの作品で目立つのは、他人との精神的なかかわりを避けようとして機械的な自動性に陥っている、むなしい生に関する表現が繰り返されていることです。それは裁判官としての主人公の成功術（自己を介在させずに事件を客体として扱う）、趣味のカードゲームのコツ（計算と距離感）、うまくいかぬ家庭生活への対応法（自己の周囲に仕事の壁を張り巡らせて閉じこもる）などで、総じてひとつの生活の型＝閉ざされた、死に似た生のイメージに収斂します。このような生活の中でしばしば言及される「気楽、快適、上品」という価値尺度は、彼の生の虚構度を示すものであり、彼が人生の階段を上がっていったときに梯子から落ちて致命傷を負うという、いかにも寓話的なシチュエーションは、無機的な生に対する事物の側からのからかいとも思えます。

このような自己を閉ざした生からの覚醒が、いわば死を体験することの積極的な意味なのですが、作品ではこの覚醒も、きわめて個人的なできごとの域に閉じ込められているようです。時間的には主人公の「回心」の後に来る作品冒頭の、裁判所から葬儀までの一連のシーンで支配的なのは、やはり地位への野心、金銭欲、博打の快楽といった、現世的な価値だからです。主人公の名前イワン・イリイチ・ゴロヴィーンの語源上の意味合いはヨハネ・エリヤ（イリア）・頭《あたま》となりますが、ともにイエスの先駆者（預言者）を示唆する名および父称部分と、理性の殻を暗示する姓の部分の対立が、この作品の葛藤を絵解きしていると言えるかもしれません。

「死を思い起こせ」というこの作品のメッセージは、古今の読者の共感を呼びました。モーパッサンがこれを読んで自分の全作品が無意味となったような感触を覚えたというエピソードも印象的ですが、ロマン・ロランの『トルストイの生涯』に報告された、フランスの田舎町の素朴な住民たちが熱心にこの作品を語り合っているという情景も、トルストイにとってうれしいものだったでしょう。黒澤明監督の映画『生きる』もこの作品の強烈な印象から発想されています。

『クロイツェル・ソナタ』も、死を媒介とする生の真実の発見というテーマ構造をもっていますが、この作品が扱うのは、より具体的な男女間の愛の問題です。社会的な地位のある地主貴族の主人公が、嫉妬がもとで妻を刺し殺す——この通俗小説のようなプロットを入り口に、作者は彼一流の過激さで男女の愛の問題に分け入っていきます。

告白する主人公の独特な思想によれば、夫婦の背信や嫉妬、憎しみといった現象は、単なる偶然でもなければ個別の因果関係だけで説明すべきことでもなく、広く一般的な理由をもっています。すなわち合法的な性愛関係の形成、財産の維持、家系や種の存続といった多様な目的に奉仕している現存の結婚制度と、キリストの説くような純潔や隣人愛の精神との間のズレが根本的な原因であり、夫婦間に生ずるさまざまな問題はその結果にすぎないという考え方です。だから主人公は、自分はある日とつぜん嫉妬からナイフで妻を殺したのではなく、そのはるか以前に結婚という形の殺人を犯していたのだと言うのです。

このような特異な論理を持ったこの作品も、また一種の倒叙法で描かれています。長距離列車に乗り合わせた旅人たちのあいだで当世の結婚風俗や女権問題をめぐる議論がひとしきり行われたところへ一人の男が介入し、男女間の愛の観念や結婚制度そのものの欺瞞性を批判してみせるという出だしです。彼はついでに妻殺しという自分の過去を告白し、いわば結婚という幻想の破綻を味わった者の立場から、さかのぼって自らの性愛の伝記ともいうべきものを語りはじめます。

殺人という取り返しのつかぬ行為の後でようやく決定的な真実に気づいたと自認する主人公は、いわば回心して死んだイワン・イリイチの再来です。この彼岸からの観察者の言説は、破壊的かつ挑発的な点で、あたかもプラトンの対話編におけるソクラテスの言葉のような機能を果たしています。「あなたが言うのは、どうしたら人類が存続できるかということですね？　ではいったいなぜ人類が存続しなければならないのですか？」（第十一章）といった根本論は、実際ソクラテス的な弁証法を想起させます。ダイモーンと交信するソクラテスが異形さや奇行を特徴とするように、この主人公も口中から奇妙な音を発したり、むやみにタバコを吸い、茶を飲んで、時に思考停止の状態になったりもします。ただし彼がリードする物語自体は、プラトン的な開かれた対話世界とは違って、あたかも疾走する汽車のような一定のリズムで、読者をあらかじめ決定された結末へと連れて行くのです。

よくできた告白型の小説がしばしばそうであるように、聞き手の気がかりと語り手の気がかりの落差が面白い効果を生んでいます。冒頭から「私」という代名詞で登場する聞き手の乗客は、妻を殺したという隣席の客の回想に付き合いながら、おそらく相手の結婚生活の経緯とそれが破綻した具体的な理由、さらには相手の人柄そのものに関心を覚えています。つまりこの人物の悲劇を、ひとつの特殊な事例として理解しようとするのです。一方すでに世界観の転倒を体験してしまった語り手は、自分の経験の普遍的な意味に目を向けています。彼はたえず自分の人生を一般化しながら、その随所に破局へといたる構造を見出し、遅まきながらの悔いや警告の言葉を発し続けます（主人公の姓ポズヌィシェフが「手遅れ」を含意するのも、偶然とは思えません）。読者は聞き手の立場に身をおき、夜行列車の薄闇の中に浮かぶ顔の輪郭や声を想像しながら、この辛らつで饒舌な常識の批判者が、取り返しのつかぬ人生の軌跡を追体験した末に、苦しげに黙りこむのを目撃するのです。

トルストイと同時代の作家チェーホフはこの作品の思想喚起力に感服し、「読みながら『そのとおり』とか『ばかな』とか叫び出すのをやっとのことでこらえていた」と書いていますが、トルストイは特異な方向に発展していった自らの結婚観を読者と同じ対話の組上に載せるのに、またとない方法を選んだというべきでしょう。彼は小説本体とは別に、自身の禁欲論を展開した「『クロイツェル・ソナタ』あとがき」という文章を書いていますが、そのテクストはこの作品のように対話的、音楽的には読めないからです。

それにしても男女関係のすべてを性衝動や支配／服従関係の問題に還元するかのような主人公の論理戦略は、結婚をめぐる制度を小気味よいほどに「異化」する効果を発揮しています。彼によれば求婚は女性という奴隷をめぐる市場取引であり、妻は長期の売春婦であり、性交は暴力であり、結婚生活は憎しみと性欲の波の交代であり、医者は妻を堕落させる破廉恥漢です。貴族の家庭コンサートが公然たる姦通の現場のように描かれているのもこうした論理の延長なら、最後のシーンでナイフによる殺人が性交の隠喩のように書かれているのも、同じ原理によるものと思われます。

社会的な意味でいちばん過激なのは、題辞にあるマタイ福音書の姦淫の戒めを、夫婦間にも当てはめようという姿勢です。『懺悔』などの作品に見られるように、性欲と倫理の関係論はトルストイの人生を貫く巨大なテーマでしたが、その問題の一部としての夫婦の性関係に対する見方が、決して常に否定的なものだったわけではありません。彼自身が大きな家族の父であり、また『アンナ・カレーニナ』のような小説でも『さらばわれら何をなすべきか』といった宣言文でも、幸福な結婚や多産な結婚を支持しています。それがこのような否定的結婚観に傾いていくのは、まさにこの作品を書いていた一八九〇年前後のことで、「悪に立ち向かうに暴力をもってするなかれ」という彼の有名な非暴力主義と同じく、福音書の精神の徹底した、字義通りの解釈の果てに至ったひとつの立場です。ここにはまたロシア去勢派やシェーカー教徒などのラジカルな禁欲主義や欧米の産科学《トコロジー》の所説との近接関係も指摘されています。いずれにせよこれはキリスト教会の言う結婚の秘蹟の否定として、宗教界からの批判を呼ぶと同時に、ロシアの検閲局が作品の発行を禁止する理由の一つにもなりました。非暴力主義が徴兵忌避に結びつくのと同じように禁欲主義が家族制度の破壊につながるならば、国家の統治に問題が生ずるからです。トルストイの言説は、当時それほどの影響力を持つものとみなされていたのでした。

ちなみにこの小説はロシアの読書文化史のテーマとしても面白い素材で、一八八九年十一月に最終稿の一つ前の段階の原稿（最終稿完成は同年十二月）が手書きの写しやリトグラフで首都の読書界に出回り、未出版のまま地方や外国にまで伝わって広く読まれました。一八九〇年四月にフランス語とドイツ語の翻訳がロシアに逆輸入されるにいたって、検閲局はこれを結婚に関する有害な記述、性欲の不自然な誇張などの理由で正式に発禁処分とします。翌九一年二月に夫の作品集の出版を手がけていたトルストイ夫人ソフィヤが『クロイツェル・ソナタ』とその「あとがき」を同作品集十三巻の一部に収録しますが、没収され、同年四月、夫人が皇帝アレクサンドル三世と直接の交渉をすることで、ようやく正式に流通するようになります。この際ソフィヤ夫人は、今後皇帝がじかにトルストイの著作の検閲役をしてほしいと申し出たそうです。

このような経緯の中で作品はにぎやかな議論の的になりました。前述の宗教界の批判以外にも、リベラル派はたとえばここにある恋愛観や女性観の偏りについて、保守派は作者のニヒリズム的傾向について、言うべき事がたくさんあったのです。もちろん今日的なフェミニズムの思想家がいたら、性的関係における男性の主体性・女性の客体性を前提としたうえで性からの解放を説くトルストイの「男性中心主義」を、存分に解析したでしょう。六十歳にして第九男をもうけ、総計十三人もの子供を持った禁欲主義者というもの自体が理解しにくい存在なので、作家の偽善や思想の抽象性を説く声も多く聞かれました。一番複雑な対応をとったのはもっとも作家の身近にいた妻ソフィヤで、彼女は作品の出版に奔走しながらも、そこに含まれた結婚観そのものや自分たち自身の結婚生活からとった細部の扱い方に、深く含むところがあったようです。彼女は後に同様な物語を妻の側から読み替えたようなカウンター・ストーリー『誰の罪？　ある女の物語（トルストイ『クロイツェル・ソナタ』によせて）』を書いています。一時期トルストイに傾倒していたチェーホフも、この小説への論争的レスポンスと読める作品をいくつか書いています。

トルストイ自身、「この作品を書きながら、厳しい理論が自分をこのようなところにまで導こうとは思いもよらなかった」と述懐しているように、この創作は性と愛をめぐって青年期から晩年まで続いたトルストイの葛藤に満ちた探求に、ある極限の表現を与え、しかもそこに社会を巻き込む作用をしたといえるでしょう。彼はこの作品で人をいやおうなくある心身の状態へと導く音楽の魔力について語っていますが、似たことは文学についても言えるのだと思われます。ただし音楽がいたずらに官能を刺激するのみでなく、楽しい夢や激しい悲しみを含めた総合的な生の時間体験を与えてくれるように、トルストイの文学も単に極端な禁欲論の媒体となっているわけではありません。それはある種の環境や経験の中で形成される特異な精神の形を、息遣いや声や身体の感触とともに、トータルに体感させてくれるのです。

トルストイ年譜

＊は同年の社会史など

一八二八年

八月二十八日（新暦九月九日）トゥーラ県ヤースナヤ・ポリャーナ村（北緯五四度、東経三七度）に伯爵家の四男として生まれる。

一八三〇年　二歳

母親の死。

一八三七年　九歳

モスクワへ転居。父親の死により叔母が後見人に。

一八四一年　一三歳

カザン（北緯五五度、東経四九度）に転居。

一八四四年　一六歳

カザン大学東洋学部に入学（後に法学部に転部）。兄たちと初めて娼館に。

一八四七年　一九歳

約一五〇〇ヘクタールの領地を正式相続。哲学と実生活の合一のため大学を中退、ヤースナヤ・ポリャーナに帰る。超人的な計画の下に勉学と農民生活の改善事業に取り掛かるが、やがて挫折。

一八四八年　二〇歳
＊フランス二月革命。

一八四九年　二一歳
村に子供の学校を開く。＊ユートピア社会主義のペトラシェフスキー会事件でドストエフスキーらシベリア流刑に。

一八五一年　二三歳
長兄ニコライに従いロシアとイスラーム世界が対立するコーカサス戦線へ。＊モスクワ―ペテルブルグ間に鉄道開通。

一八五二年　二四歳
砲兵下士官となる。処女作『幼年時代』発表、ツルゲーネフらに注目される。

一八五四年　二六歳
少尉補に昇進し帰省。『少年時代』。オスマン帝国、英仏軍とのクリミア戦争の舞台である黒海北岸のセヴァストーポリへ。

一八五五年　二七歳
戦記『十二月のセヴァストーポリ』など。ペテルブルグに行き、文壇の歓迎を受ける。＊ニコライ一世死去、アレクサンドル二世即位。クリミア戦争敗北。

一八五六年　二八歳
中尉で退役し、村に帰還。所有農奴解放の試み。『地主の朝』。

一八五七年　二九歳
最初のヨーロッパ旅行（一月〜七月）。パリで殺人犯の公開ギロチン処刑を見て西欧的文明に幻滅。プルードンを読み無政府主義に関心を覚える。『ルツェルン』『青年時代』。

一八五八年　三〇歳
『三つの死』。

一八五九年　三一歳
『家庭の幸福』。邸内の学校で農民子弟の教育に没頭、創作活動の放棄を考える。＊ダーウィン『種の起源』。

一八六〇年　三二歳
教育事情の調査を兼ねて妹と二度目の外国旅行（六月〜翌年四月）。九月南仏で長兄の死に立ちあい、衝撃を受ける。

一八六一年　三三歳
ロンドンでロシア的社会主義の理念を説く亡命思想家ゲルツェンと、ブリュッセルで無政府主義者プルードンと会見。帰国後農事調停員に任命されるが、農民の利益を擁護して地主層の反発を買い、一年で辞任。
ツルゲーネフと決闘騒ぎのすえに絶交。＊三月農奴解放令。ドストエフスキー『死の家の記録』。

一八六二年　三四歳
教育雑誌「ヤースナヤ・ポリャーナ」刊行。カードの賭けで千ルーブリを失い、これを機に賭博をやめる。

四月〜七月ステップ地方で馬乳酒療法。
トルストイの教育事業を怪しむ当局が
村を捜索。九月宮廷医ベルスの次女ソ
フィヤ・アンドレーエヴナと結婚。学
校閉鎖。
論文「国民教育論」。＊ツルゲーネフ
『父と子』。
一八六三年　三五歳
『コサック』『ポリクーシカ』。長男セ
ルゲイ誕生。『戦争と平和』に着手。
＊ポーランドで反ロシア蜂起。チェル
ヌイシェフスキー『何をなすべきか』。
一八六四年　三六歳
著作集全二巻を出版。長女タチヤーナ
誕生。＊司法制度改革。

一八六五年　三七歳
『戦争と平和』発表開始（当初の題は
『一八〇五年』）。
一八六六年　三八歳
次男イリヤ誕生。指揮官への暴行をと
がめられた兵士シャブーニンを弁護。
＊カラコーゾフによる皇帝暗殺未遂。
ドストエフスキー『罪と罰』。
一八六八年　四〇歳
ショーペンハウアーを耽読。
一八六九年　四一歳
三男レフ誕生。『戦争と平和』完結。
J・S・ミル『女性の解放』に反発。
アルザマス市（モスクワ東四百キロメ
ートル）で死の恐怖を味わう。

＊ネチャーエフら革命家の地下組織運動。

一八七一年　四三歳

次女マリヤ誕生。

一八七二年　四四歳

邸内に学校を再開。『コーカサスの捕虜』。四男ピョートル誕生。

一八七三年　四五歳

『アンナ・カレーニナ』執筆開始。サマーラ地方の飢饉救済義捐金活動を行う。四男ピョートル、ジフテリアで死亡。『初等教育読本』。科学アカデミー準会員に。

一八七四年　四六歳

モスクワで公開授業。五男ニコライ誕生。＊このころナロードニキ運動ピークに。

一八七五年　四七歳

『アンナ・カレーニナ』連載開始。五男ニコライ脳水腫で死亡。三女ワルワーラ早産で死亡。

一八七六年　四八歳

チャイコフスキーと知り合い、弦楽四重奏に感動。

一八七七年　四九歳

『アンナ・カレーニナ』完成。精神的不安から宗教への関心を深め、修道院などを訪問。六男アンドレイ誕生。＊ロシアとオスマン帝国との露土戦争（～七八）。

一八七九年　五一歳
民話の語り手シチェゴリョーノクから聞き書き、後の民話風作品に活用。教会の教義との絶縁を決意。『懺悔』（八四年刊）や宗教哲学論文を書き始める。七男ミハイル誕生。

一八八〇年　五二歳
『教義神学批判』『四福音書の統合と翻訳』を執筆。

一八八一年　五三歳
アレクサンドル二世暗殺事件の後、犯人を処刑しないよう新帝に訴える。『要約福音書』『人は何で生きるか』。裁判官メーチニコフの死を知って『イワン・イリイチの死』の着想を得る。

モスクワへ転居。八男アレクセイ誕生。＊ドストエフスキー没。

一八八二年　五四歳
モスクワ国勢調査に参加、悲惨な住民の現実を見て『さらばわれら何をなすべきか』に着手。トルストイの宗教的著作を警戒する宗務院の検閲が強化。

一八八三年　五五歳
ツルゲーネフから文学への復帰を促すメッセージを得る。晩年の相談役的な存在となったチェルトコーフと知り合う。＊ツルゲーネフ没。

一八八四年　五六歳
『わが信仰のありか』手書きで広まる。老子や孔子を読む。四女アレクサンドラ誕生。妻との不和から最初の家出の試み。

一八八五年　五七歳

『さらばわれら何をなすべきか』の掲載誌発禁に。トルストイの非暴力主義による徴兵忌避者出現。菜食、禁煙、禁酒に取り組む。『民話』『ホルストメール』。妻との不和つのり、妻に著作権を譲る。

一八八六年　五八歳

八男アレクセイ、ジフテリアで死亡。『イワン・イリイチの死』完成（三月）。

一八八七年　五九歳

『闇の力』発禁に。ロマン・ロランの手紙を受け取る。『クロイツェル・ソナタ』に着手。『人生論』。

一八八八年　六〇歳

九男イワン誕生。

一八八九年　六一歳

『クロイツェル・ソナタ』完成（十二月）。これに先立って同作品の第八稿が手書きやリトグラフなどで流布。

一八九〇年　六二歳

『クロイツェル・ソナタ』発禁処分確定（四月）。＊ロシア象徴主義の勃興。

一八九一年　六三歳

ソフィヤ夫人がトルストイ作品集第十三巻に『クロイツェル・ソナタ』を収録、皇帝との直接交渉で発禁が解かれる。一八八一年以降の著作に関する著作権を放棄。飢饉救援で給食所活動を開始。

一八九三年　六五歳
『神の王国は汝らのうちにあり』。

一八九五年　六七歳
『主人と下男』。九男イワン猩紅熱で死亡。前年に知り合ったドゥホボール教徒の徴兵忌避と関連して、官憲の圧力を受ける。チェーホフと知り合う。

一八九八年　七〇歳
『芸術とは何か』。＊ロシア社会民主労働党（共産党）結成。

一八九九年　七一歳
リルケ来訪。『復活』完成。収益をドゥホボール教徒の海外移住資金に。

一九〇〇年　七二歳
『生ける屍』執筆。ゴーリキーとの出会い。

一九〇一年　七三歳
宗務院がトルストイを破門、広範な批判を呼ぶ。

一九〇四年　七六歳
日露戦争を批判する論文「反省せよ！」をロンドン・タイムズに発表。兄セルゲイ死去。『ハジ・ムラート』完成。＊日露戦争（〜〇五）

一九〇五年　七七歳
『壺のアリョーシャ』『緑の杖』執筆。チェーホフ『かわいい女』序文を書く。
＊ペテルブルグ労働者の請願デモに軍

が発砲した「血の日曜日事件」から第一次革命へ。

一九〇六年　七八歳
次女マリヤ死去。＊第一次国会開設。ストルィピン改革。

一九〇七年　七九歳
ストルィピン首相に土地私有の廃止を提言。

一九〇八年　八〇歳
死刑反対論文「沈黙してはいられない」を発表。＊レーニン『ロシア革命の鏡としてのレフ・トルストイ』。

一九〇九年　八一歳
ガンジーよりインドの植民地状況を訴える手紙を受け取る。

一九一〇年　八二歳
十月二十八日、家出。十一月七日（新暦二十日）リャザン・ウラル鉄道のアスターポヴォ駅で死去。

訳者あとがき——トルストイの音について

好んで倫理的なテーマをとりあげた作家トルストイは、創作の方法論においてもきまじめで、重要な「真実」を読者に伝える「宗教的芸術」のあり方について、いくつかの論考を残しています（その一端については、本書の「解説」にも触れられていま す）。ただしどんな作家についても言えることですが、トルストイの創作の魅力を、彼が正面きって主張する創作論だけで説明しきれるわけではありません。たとえば訳者は彼の文章に、ある種の耳のよさや呼吸感覚から来る「調音」の要素を感じ、大きな興味を覚えてきました。

彼の文章は、個々の文の長さや複雑さの度合いは別にして、ちょうど人が無理なく呼吸しながら、メリハリをつけて読めるような、意味の区切りやアクセント付けがされているように思います。また同義語のグループや対義語のペアを繰り返し用いて音と意味のリズムを作ったり、語呂合わせに意味を持たせたりというような表現の遊びとも無縁ではありません。

『イワン・イリイチの死』における繰り返し表現はかなり目立ちます。「気楽、快適、上品」といった表現セットの多用もそうですし、イワン・イリイチという主人公名の反復的リズム自体が、この人物の固定した生活パターンの模写のような効果を発揮しています。多義語を用いた遊びもみられて、たとえば主人公にとっての快楽と苦痛の両極にあたる「ホイストをする」と「(病気の腹部が)揉みこむように痛む」という概念を、同じ〈ヴィンティチ〉という動詞で表現するような、少し悪趣味なしゃれさえみられます。

興味深いのは言いまちがいの演出で、主人公が最後に妻に向かって〈プロスチイ〉と言うべきところを〈プロプスチイ〉と言ってしまう箇所などがその例です。ちなみに前者は「ゆるしてくれ」もしくは「さようなら」の意味ですが、後者は「通してくれ」「見逃してくれ」といった意味になります(拙訳では作者の語呂合わせに敬意を表して「ゆるくしてくれ」としました)。死が狭い袋を無理やり通り抜けるイメージで描かれていることと関連付けると、あたかもすんなりと向こうへ行かせてくれと、何者かに祈っているようなニュアンスが発生しています。

『クロイツェル・ソナタ』ではこうしたことに加えて、言及されるだけで描写されない（もしくはされえない）音やリズムを作品世界に響かせるような演出がなされています。疾走と停止を繰り返す汽車のリズム、語る主人公がときどき発する笑い声とも慟哭ともつかぬ音など、時おり触れられるだけでわれわれの耳から離れなくなってしまう音の世界がここにあります。もちろん主題となっているクロイツェル・ソナタの響きそのものが、描写を超えて作品世界に君臨しているわけです。トルストイはおそらく煩悩と規範志向、快楽を追求するイドとそれを規制する超自我がともに極度に発達した人なので、ある種の音の中には、いわばそうしたアクセルとブレーキの間の微妙な均衡のようなものが聞きとれる気さえします。

翻訳という作業はとりあえず作品の字面をゆっくりと追う「遅読」の作業なので、この二作品を訳していた数ヶ月間は、こうしたトルストイの音やリズムの世界といろいろな速度で、たっぷりと付き合うことになりました。それはある意味で、トルストイの思想を追う作業に劣らぬほど興味深い体験だったことを報告しておきます。訳文のうちにいくらかでもそのような音の世界が反映されていたら、訳者としては幸いです。トルストイの研究や紹介はこの二作品にかかわるものだけでも豊富な蓄積があり、訳者も翻訳や解説にあたって、そうしたものを参照し、勉強させていただきました。なかでもとりわけ参考になった先達の仕事を巻末に掲げます。最後に、どちらかというとドストエフスキーが専門の者にトルストイを訳させるという奇想を思いつかれ、翻訳のプロセスでは訳稿をたんねんに読んで数々の適切なアドバイスをして下さった編集の今野哲男さん、駒井稔さんに、深い感謝をささげます。

翻訳出典

トルストイ『イワン・イリイチの死』『クロイツェル・ソナタ』出典
Л. Н. Толстой.《Смерть Ивана Ильича》,《Крейцерова соната》// Собрание сочинений в 22 томах. Т.12. Москва: Художественная литература, 1982.

参考文献

法橋和彦編「トルストイ年譜」『文芸読本トルストイ』河出書房新社、１９８０

川端香男里『トルストイ』（人類の知的遺産52）講談社、１９８２

八島雅彦『トルストイ』（人と思想１６２）清水書院、１９９８

L. N. Tolstoy, *The Death of Ivan Ilyich*. Edited with an Introduction, Notes and Vocabulary by Michael Beresford, Letchworth, Hertfordshire: Bradda Books Ltd., 1966.

Peter Ulf Møller（translated from Danish by John Kendal), *Postlude to the Kreutzer Sonata: Tolstoy and the Debate on Sexual Morality in Russian Literature in the 1890s*, Leiden, New York, Kobenhavn, Koln: E. J. Brill, 1988.

Leo Tolstoy, *Tolstoy's Short Fiction*. Edited and with revised translation by Michael R. Katz, N.Y. & London: W. W. Norton & Company, 1991.

Gary R. Jahn（ed.), *Tolstoy's The Death of Ivan Il'ich: A Critical Companion*, Evanston, Illinois: Northwestern University Press, 1999.

翻訳

トルストイ『イワン・イリッチの死』（米川正夫訳）岩波文庫

トルストイ「イヴァン・イリイーチの死」（木村彰一訳）『世界文学大系84　トルストイ4』筑摩書房、１９６４
トルストイ「イワン・イリイチの死」（工藤精一郎訳）『トルストイ5』新潮世界文学20、１９７１
トルストイ「クロイツェル・ソナタ」（木村彰一訳）『世界文学大系84　トルストイ4』筑摩書房、１９６４
トルストイ『クロイツェル・ソナタ』（原卓也訳）新潮文庫

kobunsha classics
光文社古典新訳文庫

イワン・イリイチの死《し》／
クロイツェル・ソナタ

著者　トルストイ
訳者　望月《もちづき》 哲男《てつお》

2006年10月20日　初版第1刷発行
2022年5月25日　第6刷発行

発行者　田邉浩司
印刷　新藤慶昌堂
製本　ナショナル製本

発行所　株式会社光文社
〒112-8011東京都文京区音羽1-16-6
電話　03（5395）8162（編集部）
03（5395）8116（書籍販売部）
03（5395）8125（業務部）
www.kobunsha.com

落丁本・乱丁本は業務部へご連絡くだされば、お取り替えいたします。
ISBN978-4-334-75109-8 Printed in Japan

いま、息をしている言葉で、もういちど古典を

長い年月をかけて世界中で読み継がれてきたのが古典です。奥の深い味わいある作品ばかりがそろっており、この「古典の森」に分け入ることは人生のもっとも大きな喜びであることに異論のある人はいないはずです。しかしながら、こんなに豊饒で魅力に満ちた古典を、なぜわたしたちはこれほどまで疎んじてきたのでしょうか。

ひとつには古臭い教養主義からの逃走だったのかもしれません。真面目に文学や思想を論じることは、ある種の権威化であるという思いから、その呪縛から逃れるために、教養そのものを否定しすぎてしまったのではないでしょうか。

いま、時代は大きな転換期を迎えています。まれに見るスピードで歴史が動いていくのを多くの人々が実感していると思います。

こんな時わたしたちを支え、導いてくれるものが古典なのです。「いま、息をしている言葉で」――光文社の古典新訳文庫は、さまよえる現代人の心の奥底まで届くような言葉で、古典を現代に蘇らせることを意図して創刊されました。気取らず、自由に、心の赴くままに、気軽に手に取って楽しめる古典作品を、新訳という光のもとに読者に届けていくこと。それがこの文庫の使命だとわたしたちは考えています。

このシリーズについてのご意見、ご感想、ご要望をハガキ、手紙、メール等で翻訳編集部までお寄せください。今後の企画の参考にさせていただきます。
メール　info@kotensinyaku.jp